눈물편지

눈물 편지

신정일

판테온하우스

슬픔이 지극하면 우는 것이지

강진의 열악한 유배지에서 수많은 역작을 남긴 다산 정약용도 한때는 꽃시절이 있었다. 그는 정조의 총애를 받던 초계문신들과 함께 〈죽란시사〉라는 모임을 만들어 풍류를 즐겼다. 어느 날, 그들은 우리나라 역사상 가장 값비싼 눈물을 흘린 사람이 누구인지에 관해 이야기를 나누었다.

먼저 누군가가 하서河西 김인후金麟厚가 유배지에서 읊은 시를 꼽았다.

"푸른 강물 위의 부르지 못할 혼이여, 백일이 어느 때에 이 원통함을 비춰 주랴. 석양에 물든 눈물 아까워서 못 떨어뜨리겠네."

그는 그 못 떨어뜨린 눈물 값을 만금萬金이라고 했다.

그러자 이번에는 어떤 이가 고려 말의 문장가인 목은 이색李穡의 눈물을 꼽았다. 고려가 망하고, 조선이 들어서자 이색은 은둔생활을 시작했고, 그의 아들은 무고誣告로 형을 받아 죽고 말았다. 이에 이색은 방랑의 길을 떠났다가 68세가 되던 해 5월, 고향 여강(지금의 경기도 여주)으로 갔다. 그때 그가 왔다는 소식을 들은 그의 문생門生이 찾아왔고, 이색은 함께 산놀이를 가자고 했다. 그리고 제자를 붙잡고 "내가 여기 온 것은 실컷 울고 싶었기 때문이네"라고 말 한 후 서럽던 지난날을 얘기하며 하루종일 통곡했다고 한다. 이색이 그 산을 내려오며 지은 시는 다음과 같다.

> 소리를 안 내려니 가슴이 답답하고
> 소리를 내려하니 남의 귀 무섭구나
> 이래도 아니 되고 저래도 아니 되니
> 에라 산속깊이 들어가
> 종일토록 울어나 볼까?

이렇듯 서러움으로 인해 하루종일 울었던 이색의 눈물 값을 어떤이는 만금이라고 했다. 고려 때 시인 김황원金黃元을의 눈물을 꼽은 사람도 있었다. 어느 날, 그는 평양 대동강 연광정에 올라 하루종일 깊은 생각에 빠졌지만 연구聯句 하나밖에 짓지 못했다.

> 긴 성 한쪽에는 넘실넘실 강물이요
> 큰 들녘 동쪽에는 띄엄띄엄 산이로다.

그 후 시상이 막혀 그는 더 이상 짓지 못하고 통곡하며 내려갔다고 한다. 이에 그 미완의 눈물을 만금 값이라고 했다.

만일 누군가 내게 똑같은 질문을 한다면, 나는 연암 박지원이 누나의 상여를 지켜보며 스물여덟 해 전 누나가 시집가던 날을 회고하며 흘렸던 눈물을 우리 역사상 최고로 값비싼 눈물로 꼽고 싶다.

··· 강가에 말을 세우고 강 위쪽을 바라다보니, 상여의 명정은 바람에 휘날리고, 뱃전의 돛 그림자가 물위에 꿈틀거렸다. 기슭을 돌아가 나무에 가려 다시는 볼 수 없이 사라지고 말았다. 그때 강가의 먼 산들이 검푸른 것이 마치 누님의 쪽진 머리 같았고, 강물 빛은 누님의 화장 거울과 같았으며, 서쪽으로 지는 새벽달은 우리 누님의 고운 눈썹 같았다.

눈물을 흘리며 누님의 빗을 떨어뜨렸던 일이 떠올랐다. 유독 어렸을 적 일만 역력하게 떠올랐다. 생각해보면 즐거웠던 기억은 많았는데, 세월은 덧없이 길고 그 사이에는 대부분 이별의 근심을 괴로워하고 가난을 걱정하고, 괴로워하면서 보냈으니, 인생이 덧없는 것이 마치 꿈결과 같구나. 남매로 지낸 날들이 어찌 그리도 빨리 지나갔더란 말인가?

떠나는 사람 정녕코 다시 온다 약속을 남기고 가지만
보내는 사람 눈물로 여전히 옷깃을 적시게 하네
조각배 이제 떠나가면 언제 돌아올까
보내는 사람만 헛되이 강가에서 외롭게 돌아가네.

담헌 홍대용이 연익성이라는 친구의 제문을 지으며 흘렸던 눈물 역시 이에 못지 않다.

　　30년 동안 좋았던 정분이 이로써 영결이로다. 글자마다 눈물방울, 그대 와서 보는가?

어디 그 뿐인가. 나라를 잃고 머나먼 이국땅으로 떠나야 했던 수많은 애국지사들이 흘린 눈물, 해방 후 벅찬 감동으로 흘렸을 그 눈물도 천금 만금 값으로 매길 수 없는 슬픔의 눈물이었으리라.

《북학의》를 지은 초정 박제가는 울음이 나오는 원리를 "슬픔이 지극하면 우는 것이지, 어찌 미리 울려고 마음먹어서랴"라고 한 바 있다.

그렇다. 슬픔은 인간의 본성이다. 본성이 근원적으로 표출되거나 승화될 때, 그 슬픔이 아름다움으로 나타난다. 뿐만 아니라 그 슬픔이 개인은 물론 한 사회를 건강하게 만드는 견인차 역할 및 치유의 역할을 하기도 한다. 목 놓아 울고 났을 때 후련함 또는 맑은 정신과 해방감을 느끼기 때문이다.

사실 슬픔은 시공을 뛰어넘어 누구에게나 존재한다. 현존하는 것 뿐만 아니라 우리가 읽는 수많은 책 가운데에도 기쁨보다는 슬픔이 더 많다. 이것이 바로 슬픔이 현실이고 삶이라는 증거 아니겠는가.

어떤 글은 슬픔이 단지 슬픔으로 끝나는 경우도 있지만, 그 슬픔으로 흘리는 눈물이 너무 아름다워 더욱 슬퍼지는 경우도 있다.

언필칭 사대부라고 해서 그것이 덜한 것은 아니다. 선인들이 남긴 편지와 문집 속의 글 중에도 슬픔이 있어 더 아름다운 작품이 적지 않다는 것이 그 반증이다.

권문해가 지은 아내의 제문을 보라. 사랑하는 아내를 잃은 슬픔과 뼛속까지 사무치는 그리움은 글을 읽는 사람의 가슴까지 절절하게 만든다.

오호, 서럽고 슬프다. 사람이 죽고 사는 것은 우주에 밤과 낮이 있음 같고 사물의 시작과 마침이 있음과 다를 바 없는데, 이제 그대는 상여에 실려 저승으로 떠나니 그림자도 없는 저승 나는 남아 어찌 살리. 상여소리 한 가락에 구곡간장 미어져서 길이 슬퍼할 말마저 잊었다오. 상尙 향饗.

무오사화 당시 서른셋의 나이로 죽임을 당한 김일손이 그 형님을 위해 지은 제문은 또 얼마나 가슴이 아픈가. 마치 피를 토하는 듯한 통곡소리를 옆에서 듣는 것만 같다.

여러 조카들이 피눈물을 흘리고, 친한 친구가 와서 곡을 하는데, 형은 홀로 듣지 못하고 한 번 눕고 일어나지 아니하니, 어찌 번거롭고 시끄러운 이 세상을 슬퍼하심이 이처럼 극단에 이르렀나이까. 아, 꿈이란 말입니까.

이덕무는 그의 저서 《이목구심서耳目口心書》에서 슬픔 뒤에 오는 눈물을 다음과 같이 이야기했다.

진정眞情을 펴는 것은 마치 고철古鐵이 못에서 활발히 뛰고, 봄날 죽순竹筍이 성난 듯 땅을 내밀고 나오는 것과 같다. 거짓 정을 꾸미는 것은 먹을 반반하고 매끄러운 돌에 바르는 것이나, 기름이 맑은 물에 뜬 것과 같다. 칠정七情(희노애락애오욕喜怒哀樂愛惡欲) 중에서도 슬픔은 더더욱 곧장 발로 되어 속이기가 어려운 것이다. 슬픔이 진하여 통곡하기에 이르면 그 지극한 정성을 막을 수가 없다. 이런 까닭에 진정에서 나오는 울음은 터럭 위로 떠다니게 되니, 온갖 일의 참과 거짓을 이로 미루어 알 수가 있는 것이다.

　　슬픔과 눈물을 통해서 어제와 오늘을 이어보았다. 지극한 슬픔 뒤에 찾아오는 눈물이 나를 서럽게도 했지만 살게 했던 원동력이 되기도 했다.

　　"이해의 기쁨은 슬픔이다. 그리고 그 슬픔의 눈물은 아름다운 것이다"라는 말처럼 슬픔으로 흐르는 자연스런 눈물은 무엇과도 비할 수 없는 아름다움 그 자체이다. 하지만 정작 슬픔이 아름답다고 깨닫게 되는 것은 오랜 세월이 흐른 뒤일지도 모른다.

　　슬픔이 눈물이 되고 그 눈물이 강물이 되어 화엄의 바다로 흘러갈 그 먼 날, 나는 어디에서 눈물을 글썽이며 지나간 삶을 회고하고 있을까.

신정일

4장 글자마다 눈물방울, 그대 와서 보는가 | 벗과 스승을 잃은 슬픔

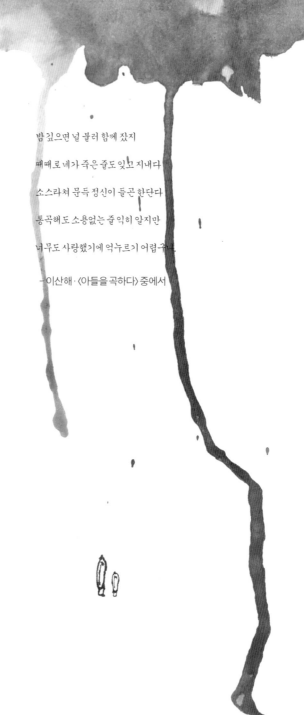

밤 깊으면 널 불러 함께 잤지

때때로 네가 죽은 줄도 잊고 지내다

소스라쳐 문득 정신이 들곤 한단다

통곡해도 소용없는 줄 익히 알지만

너무도 사랑했기에 억누르기 어렵구나

— 이산해 · 〈아들을 곡하다〉 중에서

1장

눈물은 수저에 흘러내리고

어린 자식을 잃은 슬픔

慘
慽

*참척(慘慽) – '참혹한 슬픔'을 뜻하는 것으로, 자식이 부모나 조부모보다 먼저 죽는 것을 말한다. 같은 표현으로 자사(子夏)가 서하(西河)에 있을 때 자식을 잃고 너무 슬피 운 나머지 소경이 된 고사에서 나온 '서하지통(西河之痛)'이란 말이 있다. 아들을 잃은 슬픔을 말할 때 '상명지통(喪明之痛)'이란 말을 쓰기도 한다.

우리 농아가 죽다니

| 정약용 | 막내아들 농아를 잃고 쓴 편지

다산 정약용은 유배지인 강진에서 네 살짜리 막내아들 농아農兒가 죽었다는 소식을 전해듣고 피를 토하는 듯한 심정으로 편지 한 장을 썼다. 아픈 자식에게 아무것도 해줄 수 없었던 아버지의 애절함과 슬픔이 절절히 묻어나는 그 글을 읽으면 누구라도 눈물을 흘리지 않는 사람이 없을 것이다.

네가 태어날 때 나는 깊은 근심을 하고 있을 때여서 너의 이름을 농農이라고 했다. 이미 우리 집이 화에 미쳐서는, 너를 살게끔 하는 일은 농사뿐일 거고, 그렇게라도 하는 것이 죽는 것보다 나았다. 만일 내가 죽는다면, 혼연히 황령을 넘어 한강을 건너갈 수 있을 것이다. 이렇게 보면 내가 죽는 것은 사는 것보다 나을 수도 있다. 나의 죽음은 사는 것보다 나은 일이거늘, 나는 살아 있고, 네가 사는 것은 죽는 것보다 낫거늘 죽어버렸으니, 나의 능력으로는 할 수 있는 일이 아니었나보다. 내가 네 곁에 있었다고 하더라도 꼭 살 수 있었던 것은 아니지만, 너의 어머니가 보낸 편지에서 너는 "아버지가 나에게 돌아와주서도 발진이 나고, 아버지가 돌아와 주서도 마마가 걸릴까요?"라고 물었다고 했다. 네가 뭘 헤아리는바가 있어서 그런 말을 했겠느냐마는, 내가 네 곁에 돌아가면 의지할 것 같아 그런 말을 했을 것 같으니, 너의 소원을 이루지 못한 게 참으로 슬픈 일이 되고 말았구나.

신유년(1801년) 겨울 과천의 주막에서 너의 어머니가 너를 안고 이별할 때 너의 어머니가 나를 가리키면서 "저기 네 아버지다"라고 하니, 너도 따라서 나를 가리키면서 "저기 우리 아버지다"라고 했다. 아버지가 어떻게 해서 아버지라는 것도 실제 알지 못하면서 말이다. 그것도 슬픔을 자아내게 하던 소리였다. 이웃 사람이 가는 편에 소라껍데기 두 개를 너에게 전해주게 했는데, 너의 어머니 편지에, 너는 강진 사람이 올 때마다 소라껍데기를 찾았고, 찾다 못 찾으면 몹시 섭섭해 하였다고 했다. 이제 네가 죽고 나서야 소라껍데기가 다시 가게 되니, 슬프기 한량없구나.

너의 얼굴 모습은 빼어나서 깎은 듯했고, 코의 왼쪽에 조그마한 점이 있었다. 네가 웃을 때에는 양쪽 송곳니가 유난히도 톡 튀어나오곤 했었지. 슬프기 그지없구나. 나는 그저 너의 모습이나 생각하여 잊지 않아서 아비 생각하던 정에 보답해주마.

—《여유당전서》

정약용의 막내아들 농아는 기미년(1799년) 12월 초이튿날 태어나 임술년(1802년) 11월 30일에 죽었다. 겨우 3년 남짓 산 것이다. 그 중 정약용이 막내아들과 함께 살았던 기간은 채 1년이 안 되었다. 그런 아들이 죽었으니 정약용의 마음이 오죽 아팠을까.

어린 아들과 과천에서 헤어질 때 아내 품에 안겨서 "저기 우리 아버지다"라고 하는 말을 들었을 때 다산의 가슴은 한 귀퉁이가 무너지는 듯했다고 한다. 아들이 그토록 기다리던 소라껍데기를 그가 죽은 뒤에야 보낼 수밖에 없었던 심정은 또 어떠했을까.

다산이 살았던 시대는 아이를 낳기는 낳되 고이 기르기가 쉽지 않은 때였다. 다산 역시 예외가 아니었다. 남양 홍씨와 결혼 후 19년 동안 10여 명의 아이를 낳았으나 큰아들 학연學淵과 둘째 아들 학유學游 외에는 모두 요절하고 말았다. 요절한 아이들을 불쌍히 여긴 다산은 "삼동이 다음 아이는 이름도 짓지 못했고, 구장이와 효순이는 두척斗尺의 산등성이에다 묻었고, 삼동이와 그 다음 아이는 두척의 산발치에다 묻었다. 농아도 필시 산발치에다 묻었을 거다"라고 쓴 뒤 "오호라, 내가 하늘에서 죄를 얻어 이처럼 잔혹한 일이 벌어지니 이를 어찌할거나"라며 울부짖었다고 한다. 그리고 얼마 후 아들들에게 한 통의 편지를 다시 보냈다.

우리 농아가 죽었다니 참혹하고 비참하구나! 가련함에 나의 몸이 점점 쇠약해져 가고 있을 때 이런 일까지 닥치다니, 세상은 나에게 너무도 무심하구나.

너희들 아래로 무려 사내아이 네 명과 계집아이 하나를 잃었다. 그 중 하나 는 낳은 지 열흘 만에 죽어버려 그 얼굴조차 기억하지 못하고 나머지 세 아이 는 모두 세 살 때 품에 안겨 한창 재롱을 피우다가 죽고 말았다. 그 세 아이들 은 나와 네 어머니가 함께 있을 때에 죽었기에 딴은 운명이라고 처버릴 수도 있었다. 그래서 이번처럼 간장을 쥐어짜는 듯한 서러움이 복받치지는 않았 다. 내가 이렇듯 먼 바닷가 변두리에 앉아 있어 못 본지가 무척 오래인데 죽다 니. 그 애의 죽음이 한결 서럽고 슬프구나.

생사고락의 이치를 조금은 깨달았다는 나의 애달픔이 이러할진대 하물며 네 어머니야 뱃속에서 직접 낳은 애를 흙구덩이 속에 집어넣었으니 그 애가 살았을 때 어리광부리던 말 한 마디, 귀엽던 행동 하나하나가 기특하고 어여 쁘게만 생각되어 귓가에 쟁쟁하고 눈앞에 삼삼할 것이다. 더구나 여자들이란 정이 많아 이성에 의지하지 못하는 것이 십상인데 얼마나 애통하겠느냐?

내가 여기 있는 동안 너희들은 이미 어른이 되었고 생명만 붙어 있는 이 아 비가 무척 밉기만 할 것이다. 더욱이 큰 난리를 만나 무척 애태웠던 무렵에 이 런 불상사가 한두 가지가 아니고, 날이 감에 따라 생명만 죽어가고 있으니 이 것 참 괴이한 일이로구나. 설혹 내가 너희들이라 해도 아버지라는 것도 잊은 채 다만 어머니의 슬픔만을 생각하고 말 것 같구나.

아무쪼록 너희들은 마음과 뜻을 바쳐 어머니를 섬기고 오래 사시도록 하 여라. 차후에는 진실된 마음으로 두 며느리로 하여금 아침저녁으로 부엌에 들어가 음식을 맛있게 해드리고, 방이 차고 따뜻한가를 잘 보살피며, 한시라도 시어머니 곁을 떠나지 않게 할 것이며, 고운 얼굴 부드러운 낯빛으로 매사를 기쁘게 해드려라. 시어머니가 쓸쓸해하고 불편을 느끼면 낯빛을 변치 말고 더욱 정성을 쏟아 머리카락 하나의 틈이라도 보이지 않으면 오래도록 자연스럽고 믿음직스러워질 것이며 안방에서는 화평한 기운이 한웅큼 솟아나느니, 이렇게 되면 천지의 화응和應을 얻어 닭이나 개, 채소나 과일까지도 탈 없이 무럭무럭 제 명대로 자랄 것이고 얼마나 맺힌 게 없어 나 또한 임금의 은혜라도 입어 풀려서 돌아가게 될지 누가 아느냐?

-《여유당전서》

'겨우 목숨만 붙어 있던' 다산이 할 수 있는 일이라고는 상처받은 아들들에게 맺힌 한을 삭이고 삭이며 편지를 보내는 일 밖에 없었을 것이다. 이에 다산은 아들들에게 홀로 남은 어머니에게 효도하는 것이 집안이 화평한 길이며, 맺힌 게 없다보면 임금의 은혜를 입어 언젠가는 집으로 다시 돌아갈 수 있을 것이라며 편지를 보냈다. 하지만 그가 집으로 돌아간 것은 그 후로도 오랜 세월이 지난 뒤였다.

정약용·丁若鏞(1762~1836)

조선 후기의 문신이자 학자로 이익李瀷의 유고遺稿를 접한 뒤 경세치용의 학문에 뜻을 두었으며, 이벽李檗으로부터 큰 영향을 받았다. 1794년 경기도 암행어사를 거쳐 동부승지·병조참의가 되었으나 청나라 신부 주문모 잠입사건에 연루, 좌천되었다가 유득공·박제가 등과 함께 규장각의 편찬작업에 참여했다. 정조 사후 조정의 주도권이 벽파인 노론에게 넘어가자 1801년(순조 1) 신유박해 때 경상도 장기로 유배되었다가, 그의 조카사위였던 황사영黃嗣永 백서사건으로 인해 전라도 강진으로 이배되어, 그곳에서 18년간 경학과 저술에 전념하였다. 그러던 중 1818년(순조 18) 이태순李泰淳의 상소로 마침내 유배에서 풀려나 고향에서 저술활동을 하며 여생을 보냈다. 역사와 지리, 서양 과학지식과 기술에도 관심을 가져 한강 배다리 가설과 수원 화성 설계, 기중기 창제, 종두법 연구와 실험을 시도하기도 했다. 자는 미용美庸, 호는 사암俟菴·탁옹籜翁·태수苫叟·자하도인紫霞道人·철마산인鐵馬山人·다산茶山, 당호는 여유與猶, 본관은 나주羅州.

눈물은 수저에 흘러내리고

|윤선도|어린 아들 막둥이의 죽음을 애도함

고산孤山 윤선도는 쉰셋에 여덟 살 난 어린 아들을 잃는다. 큰 상심에 잠긴 그는 아들을 애도하기 위해 평소 아들에 대한 사랑을 담아 한 편의 시를 쓰는데, 이 글에서 그는 아들과 애틋한 정을 나누었던 일들을 회상하며 아들의 죽음을 안타까워한다.

귀천으로 나눈다면 다를지라도
부자의 정이야 어찌 차이가 있으랴
길가다 네가 죽었다는 소식 들으니
곡하기도 전에 마음 먼저 두려워 떨리네
내 나이 마흔여섯에
슬하에 어린애 얻어 기뻐했더니

눈과 눈썹 진실로 내 자식이었고

타고난 재능은 출중하기도 했지

겨우 서너 살 되었는데도

행동거지가 내 뜻과 같았으니

종이와 붓을 좋아할 줄 알았으며

배나 밤 따위는 멀리할 줄 알았다네

때때로 간략한 것을 가르쳐주면

쉽게 배우고 기억도 잘하였지

네가 여섯 살 때 내가 바다로 들어가 보니

바다 위의 선산은 깊기도 하였네

휘장 친 수레 달리고 배 노젓던 줄로

날 좇아가지 않은 곳 없었다네

내가 앞뒤의 시내에서 노닐 때면

나보다 먼저 짚신을 엮어주고 하였지

나 홀로 석실에 깃들어 있을 때에는

날마다 찾아와 바위 사이에서 놀았지

기이하고 드높은 형상을 좋아하더니

신선의 비밀을 말할 줄 알았다네

옛 사람의 선행을 기쁘게 들으니

나의 간략한 가르침에 불평하였고

더 해달라 소리치기에 이르러서는

등불 켜놓고 밤에는 잠들지 않았다네
전년前年에 붙잡혀가게 될 때에는
황당한 이별에서는 버리는 양 했는데
너는 내 곁에 서 있다가
채찍질 멈추게 하고 한 번 바라보았지
유배지 산속에서 뉘와 함께 즐거우리
너를 어쩌면 데려다 둘까 생각했다만
이번 봄꿈에서 너를 보았으니
완연히 찾아들어 남쪽 창가에 모시었다
네가 어떻게 멀리서 올 수 있을까만
의아해 하여 마음에 몰래 기억해두었더니
다행히 은사를 받아 돌아가게 되었더니
네가 날 위하여 기다릴 줄 생각했었다
어찌 헤아렸으랴
네가 죽었다는 소식을
오늘 길가는 중에 듣게 될 줄을
네가 죽었어도 어루만지지 못하고
네가 병들었어도 약조차 쓰지 못했구나
이 때문에 나의 아픔 더욱더 커지니
애통하고 슬픈 마음 견줄 곳이 없도다
밥 앞에 두고 눈물은 수저에 흘러내리고

말을 타면 눈물이 고삐를 적시누나

전에 귀양 가서는 좋아하던 이를 잃더니

이번 귀양에선 다시 이런 일을 당했구나

비록 나의 악업일지라도

기혹한 벌을 하늘은 어찌 일삼고 있을까

근년에 백미白眉(여럿 가운데 가장 뛰어난 사람)가 떠나서

지금도 심장을 찌르는 듯하건만

이제 또 네가 나를 등지니

육신이란 붙어있는 삶과 같은 줄 깨닫게 되고

길고 짧음이야 실로 천명에 달렸던가

삶을 가슴 아파하면 도道에 누가 되리라

어찌해야 슬픔이 더 하지 않으리

이치로서 보내기를 나 다만 바랄뿐이라네.

　처첩 소생인 막둥이는 태어나면서부터 영특하여 고산이 유난히 사랑을 쏟았던 자식이었다. 그러나 애석하게도 그 아들이 죽었을 때 고산은 그곳에 없었다. 그는 1639년 2월 경상도 영덕의 유배처에서 돌아오던 길에 경주 땅 요강원에 이르러 아들이 천연두를 앓고 있다는 소식을 들었다. 그리고 다음 달 초하루에 결국 아들이 죽었다는 비보를 접한다. 가슴이 너무 아파 정신을 잃을 지경이었다.

　겨우 정신을 수습한 그는 시를 지어 아픈 심사를 쏟아냈다. 그 중 "밥

앞에 두고 눈물은 수저에 흘러내리고, 말을 타면 눈물이 고삐를 적시니"라는 구절은 굴원의 글을 연상시킨다.

거듭 흑흑 느껴 울어도 내 마음 답답하여

때를 잘못 만났음을 슬퍼하도다

혜초蕙草를 잡고 눈물을 닦으니

눈물이 내 옷깃을 줄줄 흐르네.

– 굴원·〈이소경〉

윤선도·尹善道(1587~1671)

조선 중기의 문신이자 시조 작가. 명문가 출신이었지만 정치적으로 소외받던 남인 집안이었던 탓에 파란만장한 삶을 살았다. 1636년 병자호란이 일어나자 임금을 돕기 위해 강화도로 가던 중에 강화도가 함락되었다는 소식에 이어 임금이 삼전도에서 청나라에 항복의 예를 갖추었다는 소식을 듣고 되돌아갔다. 이에 다시는 세상을 보지 않을 것이라 작정하고 제주도를 향해 떠나던 중 보길도를 발견하고 원림을 조성한 뒤 은거했다. 1651년(효종 2)《어부사시사漁父四時詞》를 지었고, 다음해에 양주楊州의 고산孤山에서 마지막 작품인《몽천요夢天謠》를 지었다. 정철鄭澈·박인로朴仁老와 함께 조선시대 삼대가인三大歌人으로 불린다. 자는 약이約而, 호는 고산孤山·해옹海翁, 본관은 해남海南.

아비와 딸의 지극한 정이 여기서 그친단 말이냐
| 신대우 | 둘째 딸의 1주기에 쓴 제문

1789년 3월 차녀 정유인鄭孺人을 잃은 신대우는 그 애절하고 비통한 마음을 〈제망녀문祭亡女文〉에 담았다. 그의 딸은 스무살의 나이에 자식 없이 죽었는데 죽기 전에 아버지에게 자신의 묘지명을 써달라고 부탁했다. 그러나 너무 깊은 슬픔 때문에 그 부탁을 들어주지 못했다. 그러다가 그 다음해 3월 19일 딸의 1주기에 맞추어 제문을 지었다. 마치 살아 있는 딸에게 속삭이기라도 하듯 쓴 제문은 읽는 사람으로 하여금 세상의 인연이 무엇인지 새삼 깨닫게 한다.

아아! 슬프다. 너는 평소 건강해서 아무 병이 없었다. 더욱이 지난해 임신 증세가 있었기에 모두가 기뻐했지. 하지만 너는 병이라 여기고서 의사를 불러 고쳐 달라고 청했다. 서너 차례나 의사를 불러달라고 하여 "무슨 말도 안 되는 소리냐"고 꾸짖었지만, 너는 기어이 의사를 불러달라고 하였다. 임신은 원래 흔한 조짐이라서 별로 신경을 안 썼는데, 너는 임신이 아닌 것을 어찌 알고서 치료를 청했는지 모르겠다.

8월에 이르자 증세가 더욱 심해져, 어쩌면 임신이 아닐지도 모르겠다고 여겨서 의원을 불렀다. 진맥을 마친 의원이 "확실하지 않으니 서너 달을 지켜보자"고 하자 너는 "의원이 잘못 알고 있다"고 했지. 네가 굳이 의원이 잘못 알고 있는 것이라고 말한 것은 대체 무슨 까닭이었느냐?

서너 달 후에야 네가 임신이 아니고 다른 병이라는 걸 알게 되었다. 그러나 그때는 이미 병이 깊이 몸에 뿌리 내린 뒤였다. 약을 쓰기도 하고, 침에다 쑥뜸을 써서 병을 낫게 하려 했지만 그럴 수 없었다.

아아, 슬프다. 이것이 무슨 운명이란 말인가? 이미 고인이 된 네가 나를 일컬어 어리석다고 한들 내가 무슨 말을 할 수 있으랴?

내가 연초에 남쪽으로 가게 되어, 차마 아픈 너와 이별하기가 안타까워 나갔다가 다시 들어가 네 얼굴과 등을 쓰다듬고 떠났었다. 그렇게도 너를 끔찍이 생각했기에 네가 그토록 쉽게 세상을 하직하리라고 생각하지도 않았다.

남쪽으로 내려간 뒤에는 네가 하루도 내 꿈속에 나타나지 않은 적이 없었으니 무슨 연유가 있었더냐? 그런데 요즘에는 내 꿈에라도 네가 나타나길 바라지만 나타나지를 않으니 이 또한 무슨 연유란 말이더냐?

나는 질병이 그토록 깊어서 능히 살아난 사람을 본 적이 없다. 그러나 정이 깊어 그 정에 가리면 마음의 눈이 변하기 쉬운 법인가 보다. 그래서 "너는 아직 나이가 어려 상을 당할 사람이 아니다"라고 하였다. 그런데 얼마 안 되어 네가 죽었다는 소식이 도착했다. 그날 정오였다. 아아, 슬프다. 이것이 운명이란 말이냐, 아니란 말이냐?

너는 다른 사람들보다 뛰어난 행실이 없었다. 나 역시 평상시에 너를 가르치지 못했다. 또한 한 번도 자식들과 마주앉아서 저마다의 장점을 칭찬해준 적이 없었다. 그랬던 내가 오늘 일어난 일은 내 곁에 살아서 앉아 있는 너에게 말하는 것과 같구나. 나는 너에게 내가 품었던 의문을 물어서 풀어주었으면 하는 마음이다.

두터운 정의情誼는 글로써 쓸 수가 없고 아프고 쓸쓸한 말은 혹시라도 너의 마음을 근심케 할까 두렵다. 너의 사적과 행실 중에서 한두 가지 기록해둘만한 것은 반드시 글로 써서 토광 남쪽에 묻을 것이다. 아아! 스무 해를 아버지가 되고 딸이 되었던 지극한 정이 여기서 그친단 말이냐? 슬프고 또 슬프다. 상향.

-《완구유집》

얼마나 슬픈 일인가? 스무 해 동안 아비가 되고 딸이 되었던 정분이 지금 이 순간부터 그친다고 생각해보라. 딸은 가고 없으며, 아비는 혼자 남아 형체도 없이 사라진 딸을 그리워하고 있다. 내리는 비는 눈물이 되고 떨어지는 나뭇잎은 처연하게 작은 소리를 내며 흙으로 돌아간다. 하지만 나는 이제 어디를 바라보고 어디로 가야 한단 말인가.

"세상에 존재하는 일체의 생명이 있는 것들은 결국 다 죽음으로 돌아간다. 수

명이 비록 한량없다 하더라도 언젠가는 반드시 생명이 다할 날이 있다. 왕성한 것은 반드시 쇠락함이 있고, 만남에는 헤어짐이 있으며, 젊음은 오래 머물지 않는다. 이 세상에 고정 불변한 것은 없으며, 수명도 이와 같은 것이다."

-《대반열반경》

신대우 · 申大羽(1735~1809)

조선 후기 문신. 우승지를 지낸 택하宅夏의 손자이자 의영고판관을 지낸 성록의 아들이다. 1784년(정조 8)에 음보蔭補로 선공감역에 기용되어 사도시주부와 동부도사東部都事 등을 역임했다. 1799년 학문과 덕행이 훌륭함을 인정받아 원자궁元子宮의 요속寮屬으로 발탁되어 동궁(훗날의 순조)을 보필했고, 3년 후 동궁이 세자로 책봉되자 세자익위사의 익위에 등용되었다. 순조 즉위 후 우부승지에 제수되었으며, 수년간 총 13번에 걸쳐 승지에 임명되었다. 1804년 가선대부嘉善大夫에 올라 부총관 한성부좌 · 우윤을 거쳐 1808년에는 호조참판의 자리에 오른 뒤 그 이듬해 성천에서 죽었다. 저서로는《완구유집》이 있다. 자는 의부儀夫, 호는 완구, 본관은 평산平山.

나 죽거든 너와 한기슭에 누우련다

| 이산해 | 〈아들을 곡하다〉

이산해는 오성과 한음으로 유명한 한음 이덕형의 장인이다. 빼어난 문장가이자 정치가인 그는 54세에 경상도 울진 평해로 유배를 간다. 그가 유배지에 있을 당시, 그의 아내와 어린 남매는 전란을 피해 천 리 길 머나먼 길을 찾아오기도 했다. 하지만 어느 날 아들이 갑자기 죽고 만다. 이에 그는 〈아들을 곡하다〉라는 슬픈 제문을 지어 아들의 죽음을 슬퍼했다.

네가 어이 나를 버리고 떠나
홀홀히 나를 돌아보지도 않느냐
울며 가슴 쳐도 너는 알지 못하고
목놓아 불러봐도 너는 깨지 않네
네가 간지도 어언 반 달이 지났건만
어이 한 번 꿈속에도 오지 않느냐

정령이 어찌 자각이 없으랴마는
나의 슬픔 더할까봐 걱정해서겠지
경진년에 네 형을 곡할 당시엔
지하에 함께 못 묻힘이 한스러웠는데
이듬해 봄 다행히도 너를 얻어
슬픈 심정이 자못 위로되었었지
아침저녁으로 장성하기를 바랐나니
얼마나 마음 쏟아 지성껏 가르쳤던가
네 나이 겨우 열 살이 지나자
훤칠하게 또래들 중에 빼어났었지
지난해 뜻밖에 전란을 만나서
열 식구가 산속으로 피신할 적에
허둥지둥 네 어미와 누이를 따라
천 리 먼 이곳 유배지로 찾아왔었지
갖은 고초를 겪으며 높은 재를 넘고
주림 목마를 참으며 산길 물길 지나
황보촌에 와서 산 지 삼 년 동안
죽으로 끼니 때워도 탈이 없기에
네가 맘껏 뛰놀게 내버려두고
네가 건강해 내 마음 든든했었지
다리 아픈 것쯤 걱정하지 않았더니

마침내 위독해질 줄 누가 알았으랴
여드레 만에 기운이 실낱같더니만
가물가물 점점 끊어지려 했었지
사람들은 삿된 귀신이 붙었다 했지만
허탄한 소리라 나는 듣지 않았고
어떤 이는 종기가 안에서 생겼다 해도
이 말 역시 근거 없다 믿지 않았지
맥을 짚어보아도 아무도 병을 모르니
무슨 수로 좋은 약인들 쓸 수 있었으랴
완연한 너의 이목구비가
내 옆자리에 항상 있는 듯하고
낭랑한 너의 웃음소리는
먼저 간 네 형들과 노는 듯하네
해 저물면 너 오길 기다리고
밤 깊으면 널 불러 함께 잤지
때때로 네가 죽은 줄도 잊고 지내다
소스라쳐 문득 정신이 들곤 한단다
통곡해도 소용없는 줄 익히 알지만
너무도 사랑했기에 억누르기 어렵구나
죽음에 어찌 나이의 선후가 있으랴만
죽지 못한 이 몸 슬픔이 끝이 없단다

네 형이 겨우 스무 살에 죽더니만
지금 너는 열네 살에 요절하였구나
아들을 잃은 사람 물론 많겠지만
누가 나처럼 참혹한 슬픔 겪었으랴
내가 평소에 악한 업을 많이 쌓아
겹친 재앙을 이렇게 불러들였구나
무주공산에다 너의 널을 묻고서
향화를 사르고 한 번 곡을 하노라
네가 놀던 곳에는 동풍이 불어와
풀은 지난해처럼 이렇게 푸르건만
너는 가서 다시 돌아오지 않으니
이내 가슴이 어이 찢어지지 않으랴
조만간에 성은을 입고 사면되거든
말을 빌려 너의 유골을 싣고 가서
고향 산에 돌아가 고이 안장하고
나 죽거든 너와 한 산기슭에 누우련다
나의 소원은 오직 이것뿐이지만
사람 일이란 알 수 없음을 어이하리요
넋은 어디고 마음대로 갈 수 있으려니
네 형을 찾아가 함께 잘 지내려무나.

-《아계유고》

조만간에 임금의 성은이 내려 사면이 되면 말을 빌려 아들의 유골을 싣고 가서 고향의 산에 안장하고 그가 죽으면 한 산 기슭에 눕는 것이 소원이라고 끝맺은 후에도 아들을 위한 그의 슬픈 시는 계속 쓰인다. 그 중 한 편이 〈밤에 일어나〉라는 시이다.

발자국 소리 가까워졌다, 다시 멀어지고
인기척이 있는 듯하여 내 아이인가 하였더니
일어나보니 쓸쓸할 뿐 아무도 없어
달빛만 뜰에 가득하고 산새 구슬피 우네.

−《아계유고》

나뭇잎 떨어지는 소리에도 놀래고, 바람이 문풍지를 흔들고 지나가도 행여 그 사람인가 하고 놀라서 깨는 밤 시간이 얼마나 길었겠는가. 그래서 그런지 그의 시는 한 편 한 편이 모두 가슴을 에인다.
다음 글은 〈꿈을 깨고〉라는 시이다.

지난해엔 한 딸을 곡하고
올해엔 한 아들을 곡하네
죽은 자는 길이 가버렸고
산 자도 천리 멀리 있다오
간 밤 꿈에 홀연히 보았더니

얼굴 모습이 옛날과 같았지

옷깃을 당겨 말을 걸려 하니

이미 안개 속에 사라져 갔네

관산은 아득히 험하고 먼데

오고 감이 어이 그리 빠른가

일어나 앉으니 방은 컴컴한데

달빛만이 창문 가득 비치누나.

-《아계유고》

이산해는 평해에서 3년간의 유배생활을 보냈다. 그러나 역설적이게도 이 고난에 찬 유배 기간이 그의 문학적 완성의 계기가 되었다.《아계유고》에 실려 있는 840여 수의 시의 절반이 넘는 483수가 이 기간에 지어졌기 때문이다. "그의 시는 초년에 당시唐詩를 배웠고, 만년에 평해로 귀양가 있으면서 조예가 극도로 깊어졌다"고 한 허균의 평가에서도 이를 알 수 있다.

돌아갈 길은 기약 없이 막막한데, 어린 아들 딸이 자신보다 먼저 가다니. 이 얼마나 가슴 아픈 일인가?

이산해 · 李山海(1539~1609)

조선 중기의 학자로 목은 이색의 7대손. 부친은 현감을 지낸 이지번李之蕃이며, 숙부가《토정비결》로 유명한 이지함李之菡이다. 어려서부터 숙부 이지함에게서 학문을 배웠다. 전하는 말에 의하면, 그의 부친이 산해관에서 그를 잉태하는 태몽을 꾸어 이름을 산해라 지었다고 한다. 어려서 글씨에 능했으며 그의 총명함이 명종에게까지 회자되었다고 한다. 문장에 능해 선조조 문장 8가의 한 사람으로 불렸다. 저서로《아계유고》, 글씨에《조정암광조묘비趙靜庵光祖墓碑》등이 있다. 자는 여수汝受, 호는 아계鵝溪, 종남수옹終南睡翁, 시호는 문충文忠, 본관은 한산韓山.

봄바람에 떨군 눈물 적삼에 가득하네

ㅣ강희맹ㅣ아들 인손의 죽음을 애도하며

강희맹은 "아! 아비와 자식의 관계는 천성이고 수명의 길고 짧은 것은 천수이다. 근친近親도 수명의 길고 짧은 천수에는 어쩔 수 없으므로 애도의 마음이 일어나는 것이다"라고 말한 바 있다. 그러면서 강희맹은 아들과의 지난날을 회상한다.

신사년 가을 아들 인손麟孫과 함께 공부한 아이들이 시를 지었는데 인손이 지은 시가 장원을 차지했다. 이에 그는 아들에게 다음과 같이 말했다고 한다.

"일찍부터 헛된 이름이 나면 학문에 도움이 없으니 시를 배워서는 안 된다."

한 번은 그가 연경(북경)에 갈 때 집안사람들에게 슬프게 생각하지 말라고 당부하였는데, 아들이 울부짖으며 전별의 장소까지 따라와 눈물을 흘리지 않을 수 없었다고 회상하면서 그 아들이 말을 하면서부터는 한 번도 허튼소리를 한 적이 없고 효성이 남달랐다는 말을 덧붙인다.

그런데 그 아들이 어느 날 갑자기 요절하고 만다. 얼마나 가슴이 터지도록 아팠을까. 죽은 아들에 대한 애정을 이처럼 가슴 저미게 표현한 아버지가 과연 세상에 몇이나 될까. 글을 보면 아들에 대한 강희맹의 사랑이 얼마나 남달랐는지 미루어 짐작할 수 있다.

아들 두니 아들 두니 나이가 열세 살이라
육친六親이 안고 끌며 선남이라 일컬었지
스승 따라 글 읽고 의리를 깨달으니
이따금 비범한 이야기를 하였었지
보배 못지않게 애지중지하였었지
이 늙은이 어떻게 요사할 줄 알았겠나
사람 만나 말하자니 마음이 부끄럽네
아! 한 번 노래하자 노래가 암담한데
봄바람에 떨군 눈물이 적삼에 가득하네.

이 늙은이 험난한 연경 길 떠나니
아이가 울부짖어 모습이 야위었지
아이가 구천 떠나 늙은이와 이별하니
이 늙은이 쫓아갈 도리가 없었지

문 닫고 말없이 우두커니 앉았으니
남산인들 이 사람 근심보다 높겠는가
아! 두 번 노래하자 노래가 끝나지 않아서
옆 사람 마음이 쓰리고 쓰렸다네.

어제는 아이들이 동각에 가득 모여
앞 다투어 호명하며 해학 잘도 하더니만
오늘 아침 아이들이 달리며 울어대고
슬픔 품고 이따금씩 조문객 왔네
어인 일로 길게 누워 불러도 못 듣고
일평생 이 마음에 상처를 주었는가
아! 세 번 노래하자 노래가 점점 빨라지니
따라가고 싶지만 천지가 비좁네.

아이 살고 내 죽으면 내 죽지 않은지라
가문 명성 안 끊겨 오래도록 빛나지만
내 살고 애 죽으면 내 바로 죽은 것이니
형영만 남아서 쓰러질 뻔하였다네
문경공 후손이 백 명도 안 된지라
만년에 아이 얻고 마음이 좋았는데
의지하고 싶어도 아이가 없으니

내 마음 일신 위해 상심한 게 아니었지
아! 네 번 노래하자 눈물이 주룩주룩
하늘을 쳐다보니 그저 아득하기만 하네.

깊이 든 큰 병도 치료할 수 있지만
일념의 이 상심(傷心)은 어느 때나 치료되나
월형刖刑(발꿈치를 베는 형벌)을 당한 절름발 애꾸눈도 걷거나 보지만은
아이 잃은 이 늙은 이 무엇을 한다는 말인가
때로는 번민 털고 관대하고 싶었지만
마음속에 슬픔이 때 없이 찾아드네
이 마음은 마땅히 이 몸과 존재할 터
일생을 무궁한 슬픔 길이 품겠네
아, 다섯 번 노래하자 노래가 슬퍼지니
구천九天의 어느 곳에서 내 아들을 찾으랴?

사람들이 찾아와 슬퍼 말라 하면서
그 아이와 전생에 원한이 있었다 말하네
그 말을 들러보고 감정을 눌렀지만
갑자기 생각나면 눈앞이 캄캄했지
나에게 정주니 어떻게 견디겠나
사랑이 고통되니 어찌한단 말인가

아! 여섯 번 노래하자 노래가 안 되니
천지가 끝이 없지만 마음은 끝이 없어라.

싹이 나서 꽃 못핀 게 천명이 아니라고
소동파의 그 말이 옛날부터 전래됐지
안전에 갑자기 쌍명주를 잃고 나니
꽃만 피고 결실 못해 더욱더 가련하이
보양하며 날마다 성립하기 바랐는데
귀신이 왜 그리 빨리도 앗아갔나
부르다가 속이 타도 곧 바로 죽지 않고
노안에 눈물 없어 마음만 망연했지
사람들이 무정한 걸 이상하게 여기지만
마음 항상 들끓을 줄 어떻게 알겠는가
아! 일곱 번 노래하기 이 무슨 인연인고
천명을 어이하랴 천명을 어이하랴.

-《사숙재집》제4권

어찌 이리도 슬픈 심사를 표현할 수 있으랴. 이미 가고 없는 인연인데
"천명을 어이하랴, 어이하랴" 부르짖는 강희맹의 울음소리가 들리는 듯
하다. 일곱 편의 노래로 아들의 죽음을 회고하니 세상의 모든 것이 들썩

거리며 통곡할지도 모르겠다. 사랑이 고통되니 어쩌란 말인가?

강희맹 · 姜希孟(1424~1483)

조선 초기의 문신으로 강희안의 동생이자 세종의 이질姨姪. 1447년 별시문과에 급제했으며, 벼슬이 조찬성에 이르렀다. 인품이 겸손하고 치밀하여 맡은 일을 잘 처리했으며, 경사經史와 전고典故에 통달한 뛰어난 문장가이기도 했다. 관인적 취향과 섬세한 감각을 가진 문인이면서도 당시 농촌에 전승되고 있던 민요와 설화에도 큰 관심을 가져 관인문학의 고답적인 자세를 스스로 파괴하였다. 저서로는 성종의 명에 따라 서거정이 편찬한《사숙재집》17권과《금양잡록衿陽雜錄》《촌담해이村談解頤》가 있다. 자는 경순景醇, 호는 사숙재私淑齋, 본관은 진주晉州.

죽을 때도 아비를 불렀다는 말을 듣고

| 이항복 | 딸의 죽음을 통곡하며 지은 애사

이항복은 임진왜란을 맞아 임금과 그 가족들의 호위를 맡아 피난을 가게 되었다. 그러나 임진왜란은 그에게 씻을 수 없는 천추의 한을 남긴다. 형님과 딸이 죽었다는 비보를 접한 것이다. 그의 형은 임진왜란의 와중에 왜적을 만나 물에 빠져 죽었으며, 딸은 1593년 12월 역질에 걸려 강화도에서 죽고 말았다. 특히 죽음을 목전에 둔 딸은 억지로 괴로움을 참으며 아버지가 보고 싶어 세 차례나 아버지를 부르다 죽었다고 했다. 그 말을 전해들은 아버지 이항복의 가슴은 찢어질 듯 아팠을 것이다. 이에 그는 딸이 죽은 지 4년째 되던 1596년 통곡하면서 다음과 같은 애사를 지었다.

그때 젖먹이라 철이 없었지

애비가 어미 손을 잡고 네게 한 말

"죽기 전에 다시 만날 날 있겠지"

죽을 때도 애비를 불렀다는 말을 듣고

늙은 이 남몰래 뿌리는 눈물이 깃발을 적시네

아아, 네 번째 노래는 차마 부르지 못하겠네.

이제까지 외로운 영혼은 백주에 통곡하리니.

-《백사집》 권2

이항복은 바람 앞에 촛불같은 상황속에서 동·서 당쟁의 어느 한 파에 속하지 않고 중심을 지니고 살았던 인물이다. 그러나 지나치게 명민하고 사리가 밝아 때로는 극히 타산적이라는 평가를 받기도 했다.

그가 죽은 뒤 조선 중기 한문 4대가의 한 사람이었던 월사月沙 이정구李廷龜는 "이항복이 관직에 있던 40년 동안 누구 한 사람 당색에 물들지 않은 사람이 없을 정도였지만, 오직 그만은 초연히 중립을 지켜서 당색이란 찾아볼 수가 없었으며, 그의 문장은 이러한 기품에서 이루어졌으니 뛰어날 수밖에 없지 않겠는가"라며 완벽에 가까웠던 그의 기품과 높은 인격을 칭송한 바 있다.

다음 글은 그가 그의 오랜 벗 한음 이덕형의 죽음에 부쳐 지은 만사의 일부이다. 이를 통해 그는 마음 터놓고 말할 수 없는 당시의 현실을 한탄하고 있다.

궁산에 떨어진 신세 말이나 삼키려고

훌쩍훌쩍 남몰래 한원군을 곡하노라.

애사에도 감히 분명하게 말하지 못하는 것은

야박한 풍속이 남 엿보다 말 만들기 좋아하는 때문일세.

-《백사집》권1

이항복 · 李恒福(1556~1618)

조선 중기의 문신. 오성대감으로 널리 알려져 있으며, 소년 시절 친구 한음漢陰 이덕형李德馨과의 기지에 관한 이야기로 유명하다. 1590년 기축옥사가 일어났을 때 친국에 참여하여 선조의 두터운 신임을 받았고, 동인들이 국문을 받을 때 공정한 판단으로 많은 사람들을 구하려고 애썼다. 그 공로로 평난공신 3등에 녹훈되었다. 1592년 임진왜란이 일어나자 선조와 왕비·왕자 등을 호위했고, 그 후 신병으로 사임할 때까지 다섯 번이나 병조판서를 지냈다. 1602년 성혼成渾을 비호하다 정철鄭澈의 일당이라는 탄핵을 받고 사직하였으나 훗날 다시 영의정까지 올랐다. 1617년 인목대비 김씨의 폐위 주장에 맞서 싸우다가 삭탈 관직된 후 함경도 북청으로 유배되어 그곳에서 위리안치된 채 파란 많던 일생을 마감했다. 자는 자상子常, 호는 백사白沙·필운弼雲, 본관은 경주慶州.

너희들 무덤에 술잔을 붓노라

| 허난설헌 | 사랑했던 남매를 잃은 슬픔

허난설헌은 15세에 당대의 문벌인 안동 김씨 김성립金誠立과 혼인했으나 결혼생활이 순탄하지 못했다. 남편은 급제하여 관직에 나갔으나 기방을 드나들며 풍류를 즐겼고, 시어머니는 시기와 질투로 그녀를 학대했다. 설상가상으로 사랑하던 아들과 딸마저 어린 나이에 세상을 떠나고 뱃속의 아이마저 잃는 아픔을 겪어야 했다. 어린 남매를 잃었을 때의 심정이 〈곡자哭子〉라는 시에 잘 나타나 있다.

지난해 사랑하던 딸을 여의고
올해는 사랑하던 아들을 잃었네
슬프고도 슬픈 광릉 땅이여
두 무덤 마주 보고 나란히 섰구나

사시나무 가지에 소소히 바람 불고
도깨비 불빛은 숲속에서 반짝인다
지전을 뿌려서 너희 혼을 부르노라
너희들 무덤에 술잔을 붓노라
나는 안다, 너희 남매의 혼이
생전처럼 밤마다 놀고 있으리
비록 뱃속에도 아이가 있지만
어찌 무사하게 키울 수 있으랴
하염없이 황대黃臺의 노래 부르며
통곡과 피눈물을 울며 삼키리.

-《난설헌집》

　아이들의 죽음으로 괴로워하던 허난설헌은 그 후 아이들의 묘비명을
써주고 자신에게는 스승이나 다름없던 오빠 허봉마저 세상을 뜨자 세
상을 다 잃은 것 같은 고통을 느껴야 했다. 연이은 비극으로 인해 삶의
의욕을 잃은 그녀는 만 권 책을 벗하면서 문학의 열정으로 아픈 심사를
달래다가 스물일곱의 나이로 초당에 가득하던 책속에 향불을 피워놓
은 채 지난했던 삶을 마쳤다.

허난설헌 · 許蘭雪軒(1563~1589)

조선 중기의 여류 시인. 엽曄의 딸이자, 봉篈의 여동생, 균筠의 누나이다. 문한가文翰家로 유명한 명문 집안에서 태어났으며, 용모가 아름답고 천품이 뛰어났다고 한다. 오빠와 동생 사이에서 어깨너머로 글을 배우기 시작했고, 집안과 교분이 있던 이달李達에게서 시를 배웠다. 8세에 〈광한전백옥루상량문〉을 지어 신동이라는 말을 들었다. 15세에 안동 김씨 김성립金誠立과 성혼을 하였지만 부부관계가 원만하지 못하였다. 작품으로 〈유선지〉 〈빈녀음〉 〈곡자〉 〈망선요〉 〈동선요〉 〈원부사〉 등이 있으며, 시집으로 《난설헌집》이 있다. 본명은 초희楚姬, 자는 경번景樊, 호는 난설헌. 본관은 양천陽川.

팔공산 동쪽에 아이를 묻고

|양희지|어린 아들 영대를 묻으며

불행은 늘 예고 없이 찾아온다. 한성부 우윤(지금의 서울 부시장)을 지낸 조선 초기의 문신 대봉大峯 양희지는 그토록 총명했던 어린 아들을 장사지내는 무덤에 가서 아들의 모습을 떠 올리며 슬프고도 아름다운 제문을 지었다.

여기는 내 어린 자식 영대榮大의 무덤이다.

성화成化 12년 병신년(1476년, 성종 7)에 나는 성은聖恩을 입어 장의사藏義寺에서 독서를 하고 있었는데, 조대허曹大虛가 금산金山에 갔다가 오는 도중에 집에서 보낸 편지를 가져왔다. 9월 4일 오시午時에 아들을 낳았다는 내용이었다. 나는 기뻐서 아이의 이름을 '영대'라고 지었다. 그것은 이 날 저녁 임금으로 선온주(궁중에서 담근 술)와 붓을 하사받는 영광을 입었기 때문에 그 영광을 기념하기 위해서였다.

같은 해 섣달에 휴가를 얻어 고향에 돌아가서 아이를 보니 골격이 장대하고 눈과 눈썹이 그린 것처럼 또렷하였다. 기쁜 얼굴로 집사람을 돌아보며 "아이를 잘 기르시오. 용렬한 놈은 아닌 것 같소"라고 말했다.

아이는 두 살에 수천 글자를 해득하고 세 살에 붓을 들어 큰 글자를 썼는데 획이 자못 힘차고 생기가 있었다. 그리고 네다섯 살에 벌써 시와 산문을 지어 사람들을 놀라게 하였다. 여섯 살에《주역》에서 설명한 세상의 변화에 대한 이치를 이해하니, 홍겸선洪兼善(홍귀달), 허헌지許獻之(허침) 등이 입을 모아 칭찬하였고, 나 역시 마음속으로 아이의 민첩함을 기특하게 생각하였다.

신축년(1481년) 가을에 달성達城 지방의 평탄한 산천을 좋아하여 그곳 미리美里라는 마을로 옮겨서 살았는데, 금년 여름에 아이는 저의 형을 따라서 선사암仙槎菴에 가서 머물렀다. 그 암자는 옛날 최고운(최치원)이 벼루를 썼던 연못이 있는 곳으로서, 아이는 날마다 그 연못 주위를 돌아다니며 시를 짓고 노닐었다.

어느 날 아이가 형에게 이르기를, "꿈에 도사가 나타나서 나를 안고 하늘로 올라갔어요"라고 하였다는데, 그 일이 있은 뒤 아이는 병을 얻어 집으로 돌아온 지 며칠 만에 죽고 말았다. 이 날이 임인년(1482년) 6월 17일이다.

아하, 애석하기도 하여라! 채기지蔡耆之(채수)는 위로하기를, "도사는 분명히 최신선(최치원)일 걸세. 아마 그의 재주를 사랑하여 데려간 모양이야. 너무 애석하게 생각지 말게"라고 하였다.

이는 억지로 끌어다 붙인 허망한 말이다. 최고운이 신선이 되어 떠난 지천여 년이 되었거늘 아직까지 죽지 않고 지금에 와서 한 어린아이를 데려간

단 말인가? 단지 내가 평생에 지은 죄악이 이 아이에게 옮아 가 그 목숨을 짧게 했을 것이다. 그렇지 않다면 그토록 장대한 기골과 기특한 재주를 가지고 열 살도 안 되어 죽는단 말인가? 아이가 나던 날 집사람의 꿈에 키가 크고 눈썹이 하얗게 센 노인이 와서는 "댁에 기남자奇男子가 태어날 것입니다"라고 했다는데 내가 생각하기에는 아이가 보았다던 그 도사가 바로 그 눈썹이 하얗게 센 노인인 것 같다.

아하, 절통하고 슬프다! 이 해 팔월 열엿샛날에 팔공산八空山의 동쪽 기슭에 남향으로 아이를 묻으니, 이 아이의 성은 양씨楊氏이고, 아버지는 이름이 희지로서 홍문관弘文館 교리인데 사천현령泗川縣伶으로 자청하여 임지에 있다가 어떤 일로 인해 체직遞職되었으며, 어머니는 이씨李氏이다.

                                                                    -《대봉집》

꿈속의 노인으로부터 "기남자가 태어날 것"이라는 계시를 받아 세상에 나온 그 영특한 아들이 열 살도 채 되지 않아 죽고 말았다. 원통하고 절통하다고 목을 놓아 울 수도, 소리칠 수도 없고, 그저 멍청하게 서서 먼 하늘을 우러를 뿐이다. 근심과 슬픔이 끊임없이 이어지는데, 그 무엇이 아들 잃은 아버지의 마음을 예전의 평온했던 마음으로 돌아가게 할 것인가.

양희지 · 楊熙止(1439~1504)

조선 초기의 문신. 1474년 식년 문과에 병과로 급제하였다. 성종으로부터 희지稀枝라는 이름과 정부貞父라는 자를 하사받았다. 1494년 연산군 즉위 후 상의원정으로《성종실록》편찬에 참여하였으며, 1498년(연산군 4) 무오사화 당시 좌부승지로 있다가 충청도 관찰사로 나간 후 곧바로 사퇴하였다. 문장이 뛰어나고 재주가 있었으나 임금의 뜻만 좇는 출처出處로 인해 많은 비난을 받았다. 유고집으로《대봉집》이 있다. 자는 가행可行, 호는 대봉大峯, 본관은 중화中和.

너의 요절은 나의 과실이니

| 정철 | 딸의 죽음을 전해듣고 지은 제문

기축옥사 당시 수많은 동인을 죽음으로 몰아넣었던 송강 정철. '권불십년 화무십일홍權不十年 花無十一紅'이라 했던가. 막강했던 그의 권력 역시 그리 오래가지 못했다. 정쟁에서 밀린 나머지 다시 유배를 가야 했다. 그곳에서 그는 딸의 부음을 전해듣고 참회하듯 간절하고 애절하기 이를 데 없는 제문을 지었다.

만력萬曆 19년(1591) 세차歲次 신묘辛卯 6일 모일某日에 네 아비 늙은 송강松江은 임금의 견책譴責을 받고 이제 바닷가에 물러나와 있으므로, 멀리 네 빈소殯所에서 일보는 사람으로 하여금 대신 한 잔 술을 따라 망녀 최씨부의 영 앞에 부어주노라.

아! 너는 본디 성품이 인자하고 유순하며, 자질이 아름답고 맑아서 연마를 더 하지 않아도 곧 금金이요, 옥玉이었다. 내가 네 배필을 가릴 때 애혹愛惑(여자와 사랑에 빠져 눈이 멀음)에 빠짐을 면치 못하여 병이 든 사람에게 출가시키어 두어 달 만에 네 남편이 죽으니 나이 겨우 스물둘이었다. 유약한 네가 이런 참혹한 변을 당하여 곡벽哭擗(죽은 사람을 애통해 하며 가슴을 두드리고 뛰는 것으로 벽용擗踊이라고도 한다)을 절차없이 하며 죽기로 작정하고 먹지를 않아 하루에도 몇 번씩 기절을 하니 이 소식을 들은 나는 차마 가까이 할 수조차 없었다. 너는 삼년상을 다 치른 후에도 더욱 조심하며 흰옷과 소박한 음식으로써 열이요 또 두 해를 보냈다. 날이 갈수록 말라감을 슬프게 여겨 맛있는 음식이라도 먹으라고 권하면 가슴속에 맺힌 통한에 말보다 눈물이 앞섰다. 네 뜻을 꺾을 수 없음을 안 나는 아무 말도 없이 마주앉아 목메어 슬퍼할 뿐이었다.

그러다가 마침내 너는 고질병을 얻어 오랫동안 천식의 고생으로 형용이 말라붙어 생명을 부지 할 수 없는 지경에 이르렀다. 다시 전 날에 한 말을 거듭하면 너는 차츰 아버지 말에 따르겠다고 말하면서도 또 시일을 끌기만 했다. 죽기 며칠 전에야 맛있는 음식을 먹겠노라고 자청해 말하기를 "부모의 명을 어기면 효孝가 아닌 즉, 내 장차 죽을 것이라 잠깐 제 뜻을 굽히겠습니다"라며 조금 먹더니 죽고 말았다.

아! 저 푸른 하늘이여. 덕德은 주고 수명壽命은 아꼈으니, 하늘의 이치가 어찌 이다지도 망망茫茫한 것인지. 이것을 비록 하늘의 운명이라고 하지만 사람의 잘못도 있다고 볼 수 있지 않겠느냐.

추운 겨울 찬방에 얼음과 눈발이 살에서 나올 정도였으니, 건강한 사람도 어렵거든 하물며 병이 든 몸으로 어찌 부지할 수 있었겠느냐. 집이 본래 가난하여 염장鹽藏과 식량이 여러 번 떨어졌었다. 너는 남편의 집에 정사情事가 맞지 않음을 애닯게 여겨 조그마한 집 한 간이라도 마련하여 제사 범절을 받들어 보려는 것이 평생의 지극한 소원이었으나, 힘이 모자라 뜻을 이루지 못하고 여러 가지 군색한 일로 가끔씩 마음을 상하며 속으로 녹아들어 그것이 불치의 병이 되고 말았다. 용한 의원에게 맡긴 것도 오히려 등한한 일인데, 하물며 이 요찰夭札이야말로 곧 나의 과실이니 백 년이 지나도록 참통慘痛(뉘우치고 통곡함)하여도 미칠 수 없는 일일 것이다.

더욱 통탄할 일은 병이 들었을 때 서로 보지 못하고 죽을 때에도 영결永訣을 못한 일이로다. 한 조각 밥과 나약한 노복奴僕이라도 하사받을 것을 너와 같이 나누려고 문서를 작성하였으나, 네 병이 위독하므로 네 마음이 불안하게 될까 저어하여 비밀에 붙여두고 말하지 않았는데, 나의 이러한 애통을 네가 아는지, 모르는지, 이젠 네가 의뢰할 바는 오직 영서迎曙에 있는 새 무덤 남편만을 의지할 것이다. 살아서 겪은 애통은 비록 괴로웠으니 죽어서는 즐거움이 틀림없이 많을 것이다. 이것이 오직 네 소원이었을 것인데 나 역시 어찌 슬퍼만 하랴. 그리고 더구나 우리 고양高陽에 계신 선산의 송재松梓(소나무와 가래나무)를 서로 마주보게 되었으니, 다른 날 혼백이 서로 더불어 비양飛揚할 것이다. 그러면 우리 아버지와 딸로 맺은 인연이 인간에서의 기쁨은 비록 적었지만 지하에서의 낙樂은 무궁하리니 또 무엇을 슬퍼하리오.

너 역시 괴로운 회포를 너그러이 하고 아비가 따라주는 술 한 잔 와서 들라. 상향.

-《송강집》원집 권2

읽는 사람의 눈시울을 적시다 못해 가슴이 아파오게 만드는 글이다. 젊은 여인과의 사랑에 눈이 멀어 사위될 사람이 병든 줄도 모르고 시집을 보내야 했던 딸. 나중에야 그 사실을 알고 후회했지만 당시 사회 분위기상 어쩔 수 없었을 것이다. 결국 사위는 결혼한 지 두 달 만에 죽고, 딸은 삼년상을 치른 후 시름시름 앓다가 죽고 말았다.

조선의 사대부 가운데 어느 누가 자신의 잘못을 이처럼 솔직하게 털어놓은 사람이 있는가? 솔직했으므로 적이 많았고, 한평생이 바람 앞의 등불처럼 위태롭기도 했지만, 솔직해서 아름답기도 했던 송강이었다. 그런 연유로 《사미인곡》의 몇 구절은 지친 마음에 강물 같은 슬픔을 주곤 한다.

마음에 맺힌 시름 첩첩이 쌓여 있어
짓느니 한숨이요, 흐르나니 눈물이라
인생은 유한한데 시름도 그지없다
무심한 세월은 물 흐르듯 하는구나.

우리는 너무 늦게야 깨닫곤 한다. 내가 누군가를 그토록 절실하게 사랑한 적이 있었던가. 아니면 그저 먼발치에서 바라만 보진 않았던가. 그래서 떠나보낸 뒤에야 그것이 사랑이었음을 깨닫고 기나긴 불면의 밤을 새우지는 않았던가.

정 철 · 鄭澈(1536~1593)

조선 중기의 문신. 뛰어난 시인으로 더 유명하다. 1545년 을사사화에 그의 매형 계림군이 관련된 나머지 어린시절부터 아버지의 유배지를 따라다녀야 했다. 1551년(명종 6) 아버지가 유배에서 풀려나자 온 가족이 고향 전라도 창평昌平으로 이주했다. 그곳에서 당대의 석학이었던 김윤제 金允悌 · 기대승奇大升 등으로부터 사사하였다. 《관동별곡關東別曲》《훈민가訓民歌》《사미인 곡思美人曲》《속미인곡續美人曲》《성산별곡星山別曲》등 수많은 가사와 단가를 지었다. 그러나 1589년 정여립 사건이라고 일컬어지는 기축옥사己丑獄死가 일어나자 위관이 되어 정개청 · 최 영경 · 정언신을 비롯한 수많은 동인을 죽음에 이르게 했다. 이후 동인들의 탄핵을 받아 사직, 강 화도 송정촌에서 불우한 말년을 보내다가 죽고 말았다. 자는 계함季涵, 호는 송강松江, 본관은 연일延日.

아들아, 나를 두고 어디로 갔느냐

| 이순신 | 아들 면의 죽음을 전해듣고 쓴 일기

1597년 10월 이순신은 다시 아들 면勉이 전사했다는 부고를 받는다. 하늘이 무너지고 땅이 꺼지는 듯 그의 슬픔은 깊고 깊었다. 괴테의 시 〈티롤의 묘비명〉에 "온갖 나날은 온갖 슬픔 뿐, 죽은 뒤에야 벗어날 슬픔"이라는 구절이 있는데, 아마 그때 이순신의 심정이 그러했으리라.

14일(신미) _ 맑았다. 4경(새벽 2시)에 꿈을 꾸었다. 말을 타고 언덕을 지나다가 말이 발을 헛디뎌 냇물 속으로 떨어졌지만 다행히 거꾸러지지는 않았다. 막내아들 면勉이 나를 껴안는 모습을 보고 깨었다. 무슨 조짐인지 모르겠다. 저녁에 어떤 사람이 천안의 집에서 편지 한 통을 가지고 왔다. 봉함을 뜯기도 전에 뼈와 살이 먼저 떨리고 정신이 혼미해졌다. 겉봉을 대강 뜯고 둘째 아들 열의 글씨를 보니, 겉에 '통곡'이라는 두 글자가 씌어 있었다. 면이 전사戰死했다는 소식에 나는 나도 모르게 간담이 떨어져 목 놓아 통곡하고 말았다. 하늘은 어찌 이리도 인자하지 못한가. 내가 죽고 네가 사는 것이 이치理致에 마땅하건만, 네가 죽고 내가 살았으니, 무슨 이치가 이다지도 어긋날 수 있단 말인가. 하늘과 땅이 캄캄해지고, 밝은 해까지도 빛을 잃었다. 슬프다, 내 아들아, 나를 버리고 어디로 갔느냐? 남달리 영특해서 하늘이 이 세상에 남겨두지 않은 것이냐? 내가 지은 죄 때문에 재앙이 네 몸에 미친 것이냐? 이제 내가 세상에 산들 누구를 의지해 살겠느냐? 울부짖기만 할 뿐이다. 하룻밤을 지내기가 일 년보다 길고도 길구나.

16일(계유) _ 내일이 막내아들의 부고를 들은 지 나흘째 되는 날인데도, 마음껏 통곡하지 못했으므로, 수영에 있는 강막지姜莫只의 집으로 갔다.

17일(갑술) _ 맑았다. 새벽에 아들의 복服을 입고 곡했다. 비통함을 어찌 견딜 수 있으랴. 우수사가 보러 왔었다.

-《난중일기》선조 30년 (1597년 10월)

태어남이야 순서가 있지만 죽음이야 어디 그런가. 먼저 왔거나 늦게 온 순서도 없이 앞서 가버린 아들을 위해 "내가 죽고 네가 사는 것이 이치에 마땅하건만, 네가 죽고 내가 살았으니"라고 통곡하는 것을 보며 끓어오르는 비통함에 목 메이지 않을 사람이 있을까.

혹자는 이순신이 그 마지막 싸움에서 전사한 것은 일부러 죽기 위해 갑옷을 벗어 총탄을 맞았기 때문이라고 한다. 그 예로 숙종 때(1711년) 시강언문학 이여李畬는 "임진왜란 당시 공훈을 세우고도 모함을 당해야 했던 이순신의 처지와 북인이 우세한 정국의 형편을 볼 때 남인계열인 이순신의 죽음은 미리 작정한 것일 수도 있다"라고 하였는데 이순신은 이미 오래전부터 생과 사에 초연했던 듯 보인다.

그는 32세 때 무과시험장에서 다음과 같이 대답했다고 한다. "삶이 있으면 반드시 죽음이 있으니, 죽지 않는 이치는 없다." 이를 보면 죽음에 대한 그의 신념을 엿볼 수 있다. 한편 이순신은 임진왜란 때 항상 선봉에 서서 분투하였던 정운鄭運이 전사하자 다음과 같은 제문을 짓기도 했다. 마치 그 자신의 운명을 예감한 듯 담담하기만 하다.

"인생이란 반드시 죽음이 있고, 죽고 삶에는 반드시 명이 있나니, 사람으로 한 번 죽는 것은 진실로 아까운 게 없는 것이다. 그대 같은 충의야말로 고금에 드물거니, 나라 위해 던진 그 몸 죽어도 살아 있는 것과 같다."

이순신 · 李舜臣(1545~1598)

조선 중기의 무신. 삼도수군통제사三道水軍統制使를 지내며 임진왜란으로 나라가 존망의 위기에 처했을 때 바다를 제패함으로써 전란의 역사에 결정적인 전기를 이룩한 명장이다. 옥포대첩, 사천포해전, 당포해전, 1차 당항포해전, 안골포해전, 부산포해전, 명량대첩, 노량해전 등에서 승리했다. 갖은 모함과 박해의 온갖 역경 속에서 일관된 그의 우국지성과 고결 염직한 인격은 온 겨레가 추앙하는 의범儀範이 되어 우리 민족의 사표師表가 되고 있다. 저서로 《난중일기》와 몇 편의 시조 · 한시 등을 남겼다. 자는 여해汝諧, 시호는 충무忠武, 덕수德水.

이제 들을 수도 볼 수도 없구나

|조위한|아들의 죽음에 통곡하며 지은 제문

조위한과 가깝게 지냈던 허균은 그의 저서 《성소부부고》에서 그에 대해 다음과 같이 말했다.

"서로 친구가 되어 매우 좋아하며 마음에 거슬림이 없으니 아침저녁으로 서로 찾고 좋아서 잠시도 헤어지려 하지 않았다."

그들은 벼슬하기 전부터 함께 중국에 갈 것을 약속했을 정도로 절친한 사이였다. 허균은 그런 조위한을 그 시대 명문장가 중 한 사람으로 꼽았다. 그러나 잇따른 모해와 인목대비 폐위사건으로 인해 서울에서 살 수 없게 된 조위한은 전라도 남원으로 내려가 여생을 보내고자 하였다. 동생 조찬한이 토포사로 남원에 왔다가 돌아간 후 조위한은 〈차사제운次舍弟韻〉이라는 글을 쓴다.

천 리 길 어렵게 남원의 성촌省村에 내려왔는데

내 몸은 병이 들어 침침하고 수척하였네

오랫만에 타향에서 너를 보고 겨우 눈을 떴는데

곧바로 이별하게 되니 다시 애간장이 녹는구나

바람에 흔들리는 박태기나무, 봄인 듯싶더니 금세 시들하고

가뭄으로 인하여 꿈속에서조차 푸른 풀을 볼 수가 없네

슬프다, 텅 빈 골짝에서 그 누구에게 내 시름을 전할까

풀이 우거져 쓸쓸하므로 낮에도 문을 걸어 잠그네.

―《현곡집玄谷集》

봄은 왔건만 비는 내리지 않아 잎은 피지도 않은 채 시들시들하고, 누구하나 다정하게 말을 나눌 친구조차 없는 신세, 바로 조위한 자신을 두고 한 말이었다. 저기 무심히 서 있는 나무, 저 나무 등 뒤에서 누군가가 손짓할 것 같은데 무심한 바람만 스치듯 지나간다.

다음 글은 그의 아들 의㑧가 병을 앓다가 죽자 그가 통곡하며 지은 제문이다.

9월에 이르러 병이 다시 깊어졌으나 닷새 만에 조금 나아졌었다. 그 뒤 속히 병이 나아 평소나 다르지 않게 평안하고 건강하였다.

을축년乙丑年(1625년)이 다가오기까지 너는 계속 별 탈이 없었다. 책 읽고 글 쓰는 일에 너무 매진하는 것이 걱정스러워 책을 덜 읽었으면 했지만 차마

못 읽게 할 수는 없었다. 그러던 중 11월 초하루에 병이 다시 도지고 말았다. 다음날 증세가 조금 나아지는가 싶더니 먹는 것과 마시는 것, 그리고 웃고 말하는 것이 병이 나기 전과 전혀 다름이 없었다.

차원差員이 되었기에 나는 강원도 간성杆城으로 가야 했다. 그러나 네가 아파 오래도록 머물며 가지 않으니, 너는 내게 어서 가시라고 권했다. 11월 3일 나는 드디어 먼 길을 떠나게 되었다. 그때 너는 나를 웃으며 보냈다.

다음날 나는 간성에 도착했다. 그런데 관인이 새벽같이 달려와서는 네가 기절을 했다는 말을 전했다. 너무 놀라 말을 타고 가면서도 통곡하면서 갔는데, 집에 도착해 보니 너는 이미 꽁꽁 묶여 있고, 사람들이 염을 하고 있는 중이었다.

아아, 슬프다. 네가 죽는 것 보다 내가 죽어 없어서 너의 죽음을 알지 못하는 것이 나을 것인데, 어찌 이렇게 네가 죽고 내가 살아서 이런 한도 끝도 없는 슬픔을 간직해야 한단 말이냐?

조위한은 그의 아들의 재주가 남달랐음을 말하며, 아버지가 잘못이 있으면 그 단점을 지적해주어 자중하고 조심하면서 지기知己와 같이 여겼다고 술회한다. 또한 아들이 재주가 많아서 잡술에도 능통하였고, 침술과 약술, 점치는 것 등 배웠는데, 항상 절구를 지을 때 그 말이 너무 슬프고 가슴 아파서 다시는 그런 글을 짓지 말라고 타일렀다고 술회한다. 그러한 여러 가지 정황이 아들이 인간이 사는 세상에서 오래 살 수 없음을 미리 예감하고 있었기 때문에 그러한 글을 지은 것이 아닌가?하며 애달파한다. 조위한의 글은 다음으로 이어진다.

아아! 슬프다. 어찌 내가 너의 혼령에 제사를 지낼 수 있겠느냐. 네 관을 덮던 그때, 나는 아이와 자식으로 만난 한없는 정을 적어서 네 관에다 넣었다. 그 뒤 나는 네가 내 꿈속에 나타나 그것에 대해 대답해주기를 바랐다. 그런데 해와 달이 지고 또 가도 한 번간 너의 모습은 흔적조차 볼 수가 없다. 정말로 사람이 죽게 되면 혼백이 바람에 날리듯 흩어져 사라져 버리고 침침해져서 도저히 알 수 없단 말이냐. 진실로 삶과 죽음의 길이 그토록 다르고 이승과 저승은 틈이 벌어져 있기 때문에 만나고자 해도 만날 수가 없단 말이냐. … (중략) … 아아, 슬프다. 다시는 이 세상에서 아름다운 네 모습과 네 목소리를 볼 수도 들을 수도 없단 말이냐. 네가 책 읽던 소리가 내 귓가에 선명하게 들리는 것 같고, 마당을 지나던 네 모습이 눈앞에 선연하다. 내가 너의 이름을 부르면 금세 답하며 달려올 것 같고, 손을 내밀면, 금세 네 손이 잡힐 것 같지만, 이제 들을 수도 볼 수도 없구나.

—《현곡집》

이 얼마나 가슴이 무너져 내리는 글인가. 아들이 나보다 먼저 가다니. 부르면 어디선가 달려 나올 것만 같고, 손을 내밀면 금방이라도 손을 내밀어 그 따스한 손이 잡힐 듯싶다. 하지만 손은 허공을 휘젓기만 하고 꿈속에도 찾아오지 않고, 간절하게 부르는 소리는 메아리가 되어 되돌아온다.

조위한은 아들이 죽자 크게 상심하였다고 한다. 그런 나머지 조선을 떠나 중국으로 갈 생각도 했고, 심지어 목숨을 끊으려고 하기도 했다고 한다.

단테는《신곡》〈지옥〉편에서 "행복했던 시절을 회상하는 것처럼 큰 슬픔은 없다"라고 했다. 잊으려 할수록 더 생생하게 되살아나는 가버린 아들, 어떻게 할 것인가. 그 아들은 이제 가고 없는데.

조위한·趙緯韓(1567~1649)

조선 중기의 문신. 임진왜란이 일어나자 김덕령金德齡을 따라 종군하였다. 1613년 부원군 김제 남金悌男의 무옥誣獄에 연루되어 여러 조신들과 함께 구금되었다. 1623년 인조반정仁祖反正으로 다시 등용되어 사성·장령·집의에 오르고 호당湖堂에 뽑혔으나 얼마 후 양양군수로 좌천되었다. 1624년(인조 2) 이괄李适의 난을 평정하는 데 참여했고, 정묘·병자호란 때에도 출전하였다. 동부승지·직제학·공조참판을 지내고 80세에 자헌대부에 올라 지중추부사를 지냈다. 민생고를 그린《유민탄流民嘆》을 지었다고 하나 전하지 않는다. 자는 지세持世, 호는 현곡玄谷. 본관은 한양漢陽.

연기처럼 사라지다니

|조 익| 딸의 장사를 지내며

조선 중기의 문신 조익은 남달리 효심이 깊었다. 그는 병자호란 당시 예조판서로 있었는데, 종묘를 강화도로 옮기고 뒤이어 인조를 남한산성으로 호종하려다가 여든의 아버지가 사라지자 며칠 동안 아버지를 찾느라 임금(인조)을 호종하지 못했다. 이에 병자호란 후 임금을 호종하지 못한 죄가 거론되어 관직을 삭탈당하고 유배를 가야 했다. 그러나 그것이 효심에서 비롯된 것이고, 아버지를 무사히 강화도로 도피시킨 후 경기지역의 패잔병들을 모아 남한산성을 포위하고 있는 적을 공격했다는 사실이 참작되어 그 해 12월 석방되었다.

그의 삶은 불행의 연속이었다. 설상가상으로 사랑하는 딸마저 잃는 불운을 겪어야 했다. 더욱이 그 딸의 삶은 두 자식과 남편을 먼저 떠나보내야 했을 만큼 참혹하기 그지없었다. 그래서인지 그 제문 역시 슬프기 그지없다.

아, 슬프다! 내가 너를 낳고서 기를 때 소망은 단 하나였다. 네가 아름다운 배필에게 시집을 가서, 두 내외가 늙어 죽을 때까지 함께 화목하게 살고, 또 많은 자손을 낳아 기르며, 세상의 온갖 복을 다 누리며 살기를 바랐다. 그러한 내 염원과 같이 너는 좋은 남편을 만났고, 집안도 화목하였으며, 잘 생기고 영리한 아이도 낳았다. 그래서 나는 내 유일한 소망이 이루어졌음을 매우 기뻐하였다.

그런데 몇 년 사이에 네가 사랑하던 두 아이가 연달아 죽고, 수개월 후 남쪽 지방으로 갔던 네 남편마저 죽고 말았다. 그때 너는 남편의 병이 위중하다는 소식을 듣고 곧 바로 남쪽 지방으로 달려가 겨우 남편을 만났지만, 이미 네 남편은 말을 하지 못하는 상황이었다. 그때 슬픔에 젖었던 마음이 네 건강을 해쳤을 것이다. 나는 그 때 네게 편지를 보내 "음식을 억지로라도 먹어 건강부터 챙겨라. 뱃속에 있는 아이의 건강을 돌보아야 한다"고 위로했었다.

내가 바라고 바란 것은 너는 꼭 죽지 말고 그 아이를 낳은 뒤 그 아비의 제사를 지내도록 하는 것이었다. 그해 9월 다행히 너는 남자 아이를 낳았다. 네 어미와 나는 물론 너 역시 매우 기뻐하며 불행 중 다행이라고 여겼다. 하지만 그 애가 태어난 지 일 년 만에 네가 죽고, 네가 죽은 지 한 달 만에 그 아이 또한 죽고 말았다.

네 가족들이 모두 안개나 연기처럼 사라져 버려 다시는 이 세상에서 볼 수가 없게 되었구나. 세상에 어찌 이렇게 참혹한 일이 일어날 수 있단 말이냐?

… (중략) … 아, 슬프다. 너의 그 단아한 얼굴과 목소리가 내 귀와 눈에 이렇게 남아 있거늘, 언제쯤 내 마음의 아픔이 그치겠느냐?

오호! 이제는 이승에서 너를 도저히 볼 수 없다. 언제나 내가 죽어 너를 다시 만날 수 있단 말인가? 이제 나이도 들고 몸도 쇠약해지고 있으니 너를 만날 날이 그리 멀지 않을 것이다.

네 장사를 지내고자 지금 여기 섰다(옛날에는 사람이 죽으면 임시로 땅에 묻었다가 몇 달 뒤에 장사를 지냈다). 네 영정 앞에 앉아서 이렇게 너를 영결하는구나. 이렇게 울부짖는 지금 내 마음은 갈기갈기 찢어지는 듯하여 근처의 온 산천이 모두 빛을 잃는 것 같구나. 지하에 있는 너도 아픈 이 아비의 마음을 알고 있느냐?

아하, 슬프고 애달프다.

-《포저집》

"행복과 아름다움은 지속적으로 합일되지 않는다"는 옛말이 있다. 유감스럽게도 그 말이 제대로 증명되는 경우를 간간이 볼 수 있다. 세상 대부분의 부모들이 자식들에게 간절히 바라는 소원이 하나 있다. 바로 아름다운 배필을 만나 결혼을 해서, 내외가 늙어 죽을 때까지 함께 화목하게 살고, 많은 자손을 낳아 기르며, 세상의 온갖 복을 누리는 것이다. 그런데 운명이 얼마나 잔혹하기에 조익은 딸과 사위, 외손자들마저 모두 일찌감치 저 세상으로 보내고 말았을까.

"하늘이여, 하늘이여!"라고 외쳐 부르는 조익의 슬픈 목소리가 저만

치서 들리는 듯하다.

살아남은 자의 슬픔은 이다지도 서럽고 애통하다. 죽은 자도 과연 그 마음을 알까.

조 익·趙 翼(1579~1655)

조선 중기의 문신. 음보蔭補로 정포만호井浦萬戶가 된 후 1598년(선조 31) 압운관押運官으로 미곡 23만 석을 잘 운반하여 표리表裏를 하사받고, 1602년 별시문과에 병과로 급제하였다. 여러 벼슬을 거친 뒤 1611년(광해군 3) 수찬修撰으로 있을 때 이황李滉 등의 문묘종사文廟從祀를 반대한 정인홍鄭仁弘을 탄핵하다 고산도찰방으로 좌천, 이듬해 사직하였다. 김육金堉의 대동법大同法 시행을 적극 주장하였고, 성리학의 대가로서 예학禮學에 밝았으며, 음률·병법·복서에도 능하였다. 저서에《포저집浦渚集》《서경천설書經淺說》《역상개략易象概略》등이 있다. 자는 비경飛卿, 호는 포저浦渚, 본관은 풍양豊壤.

고통을 참고 흐느끼며

| 김창협 | 요절한 딸을 위해 지은 제문

조선 중기의 문장가이자 문신인 김창협이 지은 〈산민山民〉을 읽으면 그 당시 이 땅에 살았던 백성들의 삶이 그림처럼 펼쳐진다.

사방에 이웃이라고는 없고
닭과 개만 산기슭을 오르내린다
숲속에는 사나운 호랑이가 많고
나물을 뜯어도 얼마 되지 않네
슬프다, 오진 살림 무엇이 좋아서
가파른 이 산중에 있는고?
저쪽의 평지가 좋기야 하지만
원님이 무서워 갈 수가 없구나.

원님이 무서워 산 아래에 갈수도 없고, 산 중에 있자니 호랑이가 무서고… 이렇게도 저렇게도 할 수 없는 신세가 바로 당시 백성들의 삶이었다. 이를 지켜보는 김창협의 삶 역시 크게 다르지 않았다. 김창협은 요절한 딸을 위해 다음과 같은 제문을 지었다.

거사(김창협 자신)가 일찍이 언젠가 어떤 집의 요절한 딸을 위하여 묘지문을 짓고 있었는데, 딸이 마침 그것을 보고는 "그래도 아버님의 글을 얻어 불후한 이름을 남기게 되었으니, 이 죽음은 불행이 아니군요"라고 하였다. 중간에 또 남편 명중明仲에게 말하길, "저는 여자예요, 아무 공덕도 세상에 드러날 것이 없어 한스러우니, 차라리 일찍 죽어서 우리 아버지의 서너 줄 글을 얻어 묘석에 새기는 것만 못할 거예요"라고 하였다. 지금 딸아이가 이미 죽었거늘, 나는 그때에 맞추어 명銘을 짓지 못하였으니, 하루아침에 죽어간다면 아비와 딸이 흙속에서 둘 다 눈을 감지 못할 것이다. 마침내 고통을 참고 흐느끼면서 글을 써서 유택幽宅에 올린다. 아아, 이것이 정말로 참언讖言이었던 것인가, 과연 그 바라던 바를 얻었단 말인가?

-《농암집》

여자로서 아무 공덕도 세상에 남기지 못하고 가는 것이 사회에서 제외된 채 살았던 것이 대부분 조선 아녀자들의 운명이었다. 그래서 오래 사느니 일찍 죽어 아버님의 글 몇 줄을 얻어 새기는 것이 나을 것이라고 말했던 딸의 제문을 그때는 짓지 못하고 세월이 흐른 뒤에야 짓는 아버지의 심사는 어떠했을까.

　지금도 세상에는 그보다 일찍 죽은 자식들을 잊지도 못하고 서성이는 부모들의 눈물이 흐르는 강물처럼 마를 길이 없다. "헤어진 뒤에 끝없이 합치되는 생각이 있다"는 퇴계의 말이 정녕 맞았더란 말인가.

　김창협의 글을 읽다가 보면 쉴러의 명시 〈죽은 자식을 그리는 노래〉가 떠오른다.

　　여덟 살에 일곱 해를 병들었으니
　　돌아가 눕는 것이 너는 아마 편하리라
　　가엾다, 눈 내리는 밤에
　　어미를 떠나서도 추운 줄 모르는구나.

　아나톨 프랑스는 《인간비극》에서 다음과 같이 말한다. "이해의 기쁨은 슬픔이지만 한 번 그 기쁨을 맛본 사람은 대다수의 사람들의 보잘 것 없는 환락이나 터무니없는 희망과 이 기쁨을 바꾸려고 하지 않는다."

　김창협이 아버지와 딸로 맺은 인연으로 정녕 그 이해의 바다를 건너 다시 만날 수 있었는지 아니면 지금도 그 눈물이 마르지 않고 헤매는지는 모를 일이다.

김창협 · 金昌協 (1651~1708)

조선 후기의 유학자. 병자호란 때 화의를 주장하다가 심양에 끌려가서도 절개를 굽히지 않았던 김 상헌의 증손자이자 영의정을 지냈던 김수항의 2남이다. 문장에 능하고 글씨를 잘 썼다. 청풍부사 로 있을 때 기사환국으로 아버지 김수항이 전라도 진도에서 사사되자 벼슬을 버리고 영평永平 옛 집으로 돌아가 농암수옥農巖樹屋을 짓고 살며, 끝내 벼슬에 나가지 않은 채 일생을 마쳤다. 안동 김씨의 세도가들인 김수근 · 김문근 · 김병학 · 김병국 등이 모두 그의 후손이다. 저서에《농암집》 《오자수언》등이 있으며, 금강산 기행문인《동유기》가 있다. 자는 중화仲和, 자호는 농암農巖, 본 관은 안동安東.

애지중지하던 너를 앞세우고 보니

| 임윤지당 | 아들 신재준의 죽음에 슬픈 심사를 적은 글

임윤지당은 19세에 그보다 한 살 아래인 신광유에게 시집을 갔다. 하지만 8년 후 아들 하나 남기지 않고 남편이 갑자기 세상을 뜨고 말았다. 그때부터 가사를 도맡으며, 낮에는 부녀자의 일에 진력하고, 밤이 깊어서는 목소리를 낮추어 책을 읽어 공부하는 티를 내지 않았다.

어릴 때부터 차분하고 총명했던 그녀는 특히 성리학性理學에 몰두하였는데, 가족들도 그녀의 학문적 성취를 알지 못했을 정도였다. 그러나 남몰래 쌓은 경전에 대한 조예와 성리학의 이해는 당시 대학자들에 견주어 손색이 없었다.

키가 작고 아담한 풍채를 지녔지만 그녀의 거동은 태산 같은 위엄이 있었다. 이에 선릉참봉을 지낸 시숙부 신저申著는 "나이도 어리고 체구도 작은데, 처신하는 것을 보면 그 의젓함이 태산교악泰山喬岳과 같다"

며 칭찬했다고 한다.

다음 글은 1787년 스물여덟에 죽은 양자養子 신재준申在竣의 죽음에 대한 그의 슬픈 심사를 적은 것으로 신재준의 삼년상이 끝나가던 1789년에 지어 삭망제에 올린 것이다. 원제는 〈제망아재준문祭亡兒在竣文〉이다.

신재준은 시동생인 신광우의 큰아들로 어릴 때 신광유에게 입양되어 윤지당의 손에서 자랐다. 그러나 신광유가 일찍 죽자 두 사람은 서로를 믿고 의지하며 살았다. 그래서일까. 모자간의 정 또한 각별했다.

네가 나를 버리고 어디로 가서 한 해가 되도록 돌아오지 않느냐. 내 나이 마흔이 넘어 비로소 너를 아들로 삼았으나 네가 처음 나면서부터 너를 안아 길러 네가 일찍이 나를 어버이로 생각하지 않은 일이 없었고 나 또한 너를 자식처럼 생각하지 않은 적이 없었다. 네가 젖을 떼면서 내 손에서 먹고 나와 함께 잤다. 네가 가지고 놀던 노리개 등속이 아직도 모두 내게 남아 있다. 네가 놀던 방도 반드시 내가 거처하는 방이 아니었더냐. 나는 홀어머니의 몸으로 너를 믿고 살아왔다. 네가 성장해서 아내를 맞이하고 자녀를 두게 되어 내 마음과 눈을 위로하고 기쁘게 하였으며 너 또한 나를 지성으로 효도하며 섬겼다. 평소에 매양 내 뜻을 먼저 알고, 하려고 하는 내 마음을 받들어 주어 나 또한 마음속으로 많은 위로가 되었구나.

죽기 얼마 전에 너의 학업이 더욱 성취되어 가고 기운도 더욱 충실해지는 것을 보고, 다시 슬하에 아이들이 차례차례 장성해서 우리 집안이 크게 번성

한다고 일가와 가문이 밤낮을 축복하였다. 진실로 이것이 내게는 한도를 넘어 너무 지나친 과분한 일이 아닌가 생각하였다. 그런데 네가 이처럼 하루아침에 죽으니 내가 원해오던 것이 다 수포로 돌아가고 말았구나. 흰 머리 외롭고 쓸쓸한 몸이 의지할 곳이 없게 되었으니 이 무슨 일이냐.

심하도다, 나의 우둔함이여! 내 전에 너를 애지중지하였던 마음으로 너를 앞세우고 보니 마땅히 경각이라도 지탱해서 살고 싶은 까닭이 없다. 내 이제 너를 잃고 외로이 세상에 살아남아 있는 것이 오래 되었다. 둔하고 어두워서 시장기가 있으면 먹고, 곤하면 자는 것이 다른 사람과 다를 바 없고, 혈기가 쇠퇴하고 정신이 닳아 없어져 참으로 무엇이 슬픈지조차 알 수 없게 되었구나. 이 모두가 인력으로 어찌할 수 없는 것인 바에야 하늘에 부쳐 오직 그 명을 스스로 다했다고밖에 볼 수 없지만, 믿기지 않는구나.

통곡하고 통곡하노라. 너의 어질고 효성스러운 성품과 화락和樂한 용모와 기상, 단아한 행실과 문장·지식의 정통함, 지조의 단결함을 어찌 하늘에 허물을 돌릴 것이냐. 이 모진 목숨이 마땅히 먼저 죽었어야 할 터인데 구차히 살아남아 있어 아래위로 노여움을 받았는데, 너마저 귀신에게 빼앗기니 내 궁하고 다한 신세 더할 나위 없구나.

사람들은 세월이 약이라 하더라만 지금 나의 뼈아픈 슬픔은 갈수록 더욱 심하여 이 생에서 이런 슬픔은 다시 또 없을 것이다. 슬프고 슬프다. 사람에 있어 이 무슨 일인가. 인생은 참으로 순식간이라 하지만 하물며 나는 늙어 병든 몸으로 빈사의 지경에 있는데다가 또 작년 봄에 내 둘째 형님의 상을 당하고 겨울에는 둘째 형님의 아들인 어린 조카를 잃어 지극한 정의 슬픔을 하나같이 참기 어려웠거늘 하물며 다시 또 세 번째의 슬픈 정경을 당했음이랴.

내 기력이 안으로 꺼져가고 밖으로 늙고 볼품없이 되어 날이 갈수록 더욱 분주해지니 내 비록 모질다 하나 목석이 아닐진대 어찌 오래 지탱할 수 있으리오. 그러나 하루가 3년같이 지긋지긋하여 다만 원하는 바는 하루속히 너에게로 돌아가 지하에서나마 만나 다음 세상에서의 모자간 인연을 잇고자 하는 것뿐이다.

슬프다. 세월은 흐르는 물과 같아 어느덧 3년이 되고 보니 너의 궤연几筵 (혼백·신주를 모셔두는 곳) 또한 걷게 되고 사당에 들어가게 될 것이다. 이제부터는 비록 곡을 하여 가슴속 슬픈 한을 풀어보려 하여도 선왕의 예에 마련된 한도가 있으니 어찌할 수 있으랴. 슬프도다. 내가 평소에 좋아하던 물건을 보면 아침저녁 밥상에 갖추어 반드시 너에게 먹게 하기를 네가 살아 있을 때와 같이 하였지만, 이제는 그것조차 하지 못하게 되었으니 슬프고 애처롭도다. 내 장차 어느 곳에 마음을 붙여 여생을 살아가야 하느냐. 내 철궤연撤几筵(삼년상을 마치고 신주를 사당에 모시고 영좌를 거두어 치움)하기 전에 참석하여 조석으로 와서 곡하면서 조금이라도 이 원통한 마음을 풀어볼까 하나 눈이 점점 어두워져 거의 눈을 잃다시피 되었으니, 혹 눈이 어두워 성인의 가르침에 죄를 얻을까 두렵구나.

또 다음 날에 황천에 가서 네 얼굴을 알아보지 못할까 두려워서 이런 두려움으로 일이 뜻대로 되지 못하고 보니, 이 더욱 슬프고 가슴 아픈 일이로다. 내 이제 너의 몸가짐과 자태를 볼 수 없게 되었으니 행여 꿈에나 너의 혼이라도 와서 서로 대해보았으면 마음에 위로가 될까 하고 그 정 또한 아릿

하여 끌린다. 그러나 네 능히 자주 꿈에 나타나 조금이라도 이 늙은 어미의 슬프고 원통하여 애달픈 심정을 만분의 일이라도 풀어다오. 슬프고 슬프도 다. 어서 와서 흠향하라.

-《윤지당유고》,《역대여류한시문선》

윤지당의 글은 아들에 대한 절절한 사랑과 만년에 느끼는 절박한 심경을 그대로 표현하고 있다. 얼마나 아들을 그리는 마음이 지극했으면 "사람들은 세월이 약이라 하더라만"이라고까지 하였을까. 그러나 날이 갈수록 그리움은 덜어지는 것이 아니라 태산처럼 쌓여만 가니, 어떤 제문보다 비통한 내용이 그의 글을 읽는 사람으로 하여금 복받쳐 오르는 슬픔을 금할 수 없게 한다.

임윤지당 · 任允摯堂 (1721~1793)

조선 후기 여류 성리학자이자 여류문학사상 가장 뛰어난 산문가로 꼽힌다. 함흥판관 적適의 딸로. 도학자 녹문 임성주任聖周의 여동생이자 운호 정주靖周와 자매로 신광유申光裕의 부인이다. 사후 40여 편의 유고가 수습되었는데 대부분 경전연구와 성리설에 관한 논설 및 선유先儒에 대한 인물 논평이다. 유고는 1796년(정조 20) 동생 정주와 시동생 신광우申光祐에 의해《윤지당유고》 1책으로 편집, 부록과 함께 간행되었다.

어미된 도리를 다하지 못한 것 같아

| 삼의당 김씨 | 큰딸의 갑작스런 죽음에 부쳐 쓴 제문

삼의당 김씨는 열여덟에 동갑내기인 하립과 혼인하였다. 이들 부부는 나이도 같지만, 가문과 글재주가 비슷해 주위에서 천생연분이라고 말할 정도로 금슬이 좋았다. 남편 하립은 삼의당 김씨의 문집에 기록된 것처럼 그녀가 그리고 쓴 그림과 글씨를 자신이 거처하는 집 벽에 가득 붙여 놓고, 뜰에는 꽃을 심고서 이를 '삼의당'이라고 불렀다고 한다. 그녀의 소원은 남편이 과거에 급제하는 것이었다. 그래서 남편에게 독서는 물론 한양에 올라가 학문하기를 적극 권하였다. 그녀의 시 한 편을 보자.

스물일곱의 고운 이 스물일곱의 고운 낭군

몇 해나 긴 이별을 일삼았던가

올 봄에도 장안을 향하여 가니

양 살쩍에 오히려 두 줄기 문물 더하네.

-《삼의당고》

삼의당 김씨는 남편의 여비를 마련하기 위해 머리털을 자르고 비녀를 팔기까지 하면서 15년 동안 과거공부를 뒷바라지했다. 하지만 남편은 끝내 과거에 급제하지 못하였다.

다음 글은 1803년(순조 3) 큰딸이 갑자기 죽자 아픈 가슴을 부여안고 쓴 제문이다.

아아, 슬프다! 세상에 사는 것이 얼마나 되겠는가. 사람이 수백 년 오래 산다고 해도 부족하거늘, 하물며 스물을 채우지 못하고 죽은 사람이야 뭐 말할 것이 있겠는가. 요절한 사람에게 만약 위로 부모도 없고 아래로 형제가 없다 해도 이웃 사람들이 듣고 친척들이 본다면 대단히 슬퍼하며 놀라 슬퍼할 것이다. 그런데 하물며 부모와 함께 살고 형제와 함께 살다가 하루아침에 영영 가버린다면 부모형제의 마음은 어떠하겠는가. 옛날 한창려韓昌黎가 십이랑十二郞에게는 삼촌이며 그는 조카였다. 그런데 창려가 지은 제문을 보면 정이 아주 간절하고 말이 너무 슬프다. 그렇거늘 나는 너에게 어미이고 너는 딸이니 더 말할 것이 있겠느냐.

나는 신유년辛酉年부터 진안鎭安에 살기 시작했는데 그 다음 해인 임술년에 홍역이 대단히 치열해 서울에서부터 호남에 이르기까지 죽은 사람들이 얼마인지 모를 정도였다. 계해년에 비로소 우리 집에도 전염되어 네가 무척 아팠지만 어찌 네가 요절하리라 상상이나 하였겠느냐. 반드시 살아날 것이라 생각하였지. 나를 버리고 가리라 생각이나 했겠느냐.

아아, 슬프다. 18세에 불과한 너는 나이 스물도 못되어 요절하여 성인成人도 되지 못하였구나. 우리 집에는 노복이 없어 밥 짓는 것도 너에게 맡기고, 길쌈하는 일도 너에게 힘입었으니 일이 몹시 힘들었지만 너는 일하는 것을 사양치 않았으며 지극히 어려워도 피하지 않았다. 네가 나에게 진력한 것은 이와 같은데도 내가 너에게 어미의 도리를 다한 것은 만분의 일에도 미치지 못하는구나. 사정이 이에 이르니 더욱 슬프기 그지없다. 게다가 네가 병들어 있을 때 살아나리라고만 여겼지, 죽으리라고는 꿈에도 생각하지 않아 약짓는 일도 힘써하지 않았다. 더구나 네가 죽던 날 세찬 바람과 눈보라가 쓸쓸하기 그지없었고, 살을 에일 듯한 추위가 몰려와 외로운 처소에는 돌보아 줄 사람도 없었다. 그 뿐만이 아니었다. 너의 여동생까지 홍역을 앓고 있었기 때문에 나 또한 어미 된 도리를 다하지 못한 것이 이리도 절절하게 통탄스럽고 후회스럽지만 어디에서 가버린 너를 찾을 수 있겠느냐. 네가 죽은 다음 달에 서울에서 청혼서가 오니 다 읽지도 못한 채 기절하여 땅에 쓰러지고 말았다.

아아, 슬프다! 사람이 일찍 죽는 것을 누군들 원망스럽고 한스럽게 여기지 않을까마는 어찌 너처럼 장성하여 요절함만 같음이 있겠느냐. 사람의 부모라면 누군들 비통하지 않을까마는 어찌 나처럼 후회하면서 슬퍼함과 같겠느냐.

어쩔 수 없구나! 세월은 지나가고 이승과 저승의 길은 다르니. 지난 이삭二朔

윤이월 을유일에 내동산 동산동 동쪽을 향한 동산에 너를 묻었다. 네가 남원 서봉 땅에서 생장하여 진안 마령에서 죽어 흙에 묻힐 줄 내 어찌 알았을까. 아아, 슬프다. 운명이 아닌 것이 없으니, 오직 편안하게 거처하기를….

－《삼의당고》

"살고 죽는 것은 누구나 한 번은 겪는 것이라서 살아서 근심을 끼치는 것은 죽음만 못하고 오래 살아서 불행함은 요절함만 못하다"는 삼의당 김씨의 말이 가끔씩 누군가의 부음을 접할 때마다 떠나지 않는 것은 무슨 까닭인가. 세월이 가면 이 슬픔도 잊혀지고 딸과 어미로 맺은 인연이 저승이 있다면 다시 어떤 인연으로 맺어질지 모른다.

삼의당 김씨·三宜堂 金氏(1769~?)

조선 후기 여류시인. 1769년 전라도 남원에서 출생해 같은 해 같은 날 태어나 같은 마을에 살던 하립과 결혼하였다. 농사를 지으며 어렵게 문자를 배우고 글을 써 260여 수의 시와 수십 편의 산문을 지어 조선 후기 문학사에 큰 업적을 남겼다. 중년에 진안군 마령면 방화리로 이사하여 그곳에서 시문을 쓰면서 일생을 마쳤다. 1823년에 죽은 그녀의 묘는 남편과 함께 쌍봉장으로 모셔져 있고 시문집으로《삼의당고》가 있다. 당호는 삼의당三宜堂, 본관은 김해金海.

간장이 녹는 듯, 창자가 끊기는 듯하여

| 송시열 | 사위 윤박이 죽었다는 소식을 듣고 쓴 제문

조선 후기 노론의 중심인물로 파란만장한 삶을 살았던 우암 송시열. 그는 사위 자상子上 윤박尹博이 죽었다는 소식을 전해듣고 한 편의 슬픈 제문을 지었다.

숭정 을묘년(1795년) 5월 기미 삭에 영해嶺海에 갇혀 있는 사람 송시열이 윤군의 부음을 듣고 곧 바로 비박한 제구를 보내며 슬픔을 머금고 마음속으로 애통히 여기면서 멀리 윤자상의 영좌靈座에 고합니다.

그대의 죽음을 듣고 목이 쉬도록 호곡을 하니 오장이 다 찢어지는 듯하여 비록 옆 사람의 너그러운 비유를 받아도 스스로 조금도 억제할 수가 없으니, 아, 이것은 사위와 장인간의 정 때문인가. 이는 실로 그대의 어짊(仁)에 감복되고 군의 의를 사모하여 믿음이 도탑고 사랑이 깊어서 마음속에 간직하고 잠시도 잊은 날이 없었기 때문이다.

아, 평생에 서로 보던 의가 이와 같이 지극했으니, 오늘의 통곡을 비록 조금 늦추려하나 될 수 있겠는가? 아, 이 몸이 아무 연고가 없다면 비록 늙고 병들었다 하더라도 의당 서둘러 달려가서 관棺을 어루만지며 한 번 통곡해서 지극한 정을 조금이나마 쏟아야 할 터인데, 이같이 외로운 죄수가 되어 천리 밖에서 바라보면서 이 제전의 찬구饌具를 진설하고 곡하며 보내게 되었으니, 아, 자상은 이것을 아는가 모르는가? 간장이 녹는 듯하고 창자가 끊기는 듯한 슬픔에 말이 문장으로 이루어지지 않네. 만약 장사 날을 알려준다면 다시 마땅한 사람을 시켜서라도 이 슬픈 정성을 다하려고 하네. 아, 자상이여! 흠향하시게.

-《송자대전》

당시 유배지에 매인 몸이었던 송시열은 사위가 죽었다는 소식을 듣고도 갈 수 없는 처지였다. 그러니 어쩔 것인가? "자상이여, 자상이여"라고 부르며 통곡할 수밖에.

송시열 · 宋時烈(1607~1689)

조선 후기 노론의 중심인물이자 주자학의 대가로 율곡 이이의 학통을 계승하여 기호학파畿湖學派의 주류를 이루었다. 1674년 예송논쟁 당시 서인들이 패배하자 파직, 삭출되었다. 청주 화양동에서 은거하던 중 1689년(숙종 15) 장희빈의 아들 세자 책봉에 반대하는 상소를 올려 제주도로 유배되었고 국문을 받으러 서울로 올라오는 도중 사사賜死되었다. 저서로《송자대전宋子大全》《우암집尤庵集》등이 있다. 자는 영보英甫, 호는 우암尤庵 · 우재尤齋. 본관은 은진恩津.

바람은 처절하여 슬픈 소리를 돕고

| 고려 고종 | 며느리 경목현비를 위한 애책문

고종은 그의 아들인 원종의 비인 경목현비敬穆賢妃 김씨가 충렬왕을
낳은 뒤 정유년 7월에 병에 걸려 사당리祠堂里의 사제私第에서 죽자 서
울 남쪽의 본가로 옮겨 초빈草殯하였다가 10월초 이레에 가릉嘉陵에 장
사를 지내고 애책문哀册文을 남겼다.

거북점으로 날을 택하니 널을 실은 수레가 길에 오른다. 네 금옥金屋을 버
리고 소나무 있는 언덕으로 가는구나. 예禮를 후비后妃의 의식에 따르니 국도
國道에 빛이 난다. 동궁이 가슴을 치는 것을 생각하니 내 마음의 비통함이 더
해진다. 무엇으로써 은총을 베풀랴. 오직 이 애사哀詞뿐이다.

하늘이 금궤金櫃를 내리니 경사의 근원이 처음으로 열렸다. 바른 혈통이
서로 이었는데, 너는 그 후손이었다. 외가는 어떤 집인가? 대대로 대려帶礪(공

신의 집이 대대로 작록을 누리게 하는 일)를 맹세하였다. 적선이 모인 곳에 유전하는 꽃다움이 침체되지 않았다. 순하고 곱디고운 숙원淑媛은 유순하고 넉넉한 성품이었다. 난초처럼 빼어나고 옥처럼 고왔다. 동궁의 배필이 됨은 빈틈없이 맞는 일이었다. 마땅히 집안을 이어서 능히 영원히 전하리라 생각하였더니, 어찌 그리도 복록이 없어서 홀연히 길이 갔는가? 27세에 빈嬪으로 와서 28세에 가버렸다. 그 사이의 세월이 능히 얼마나 되는가? 한 찰나 사이에 슬픔과 영화가 모두 갖추어졌었다. 또한 이미 나라를 위하여 뒤를 이을 아들을 낳았거니, 누가 떠밀었기에 갑자기 이 지경에 이르렀는가?

슬프다! 어질고 덕 있는 사람을 요구하는 것은 사람과 하늘이 마찬가지인데, 상제의 명이 있어서 갑자기 데려간 것이 아닌가? 아, 슬프도다! 행차를 멈추지 못하여 장지가 점점 더 가까워지는구나. 부르는 만가挽歌 소리 일제히 일어나는데 흔들리는 명정銘旌은 어디를 가리키는가? 바람은 처절하여 슬픈 소리를 돕고, 연기는 참담하여 슬픈 생각을 더하는구나. 슬프다, 어찌 다 말하랴! 이로 좇아 아득하도다. 짐의 애통哀慟이 이와 같으니 원자元子의 마음이야 어떠하랴. 아, 슬프다!

-《동국이상국집》제35권

한 나라의 임금이기 이전에 시아버지의 신분으로 먼저 간 며느리의 상여를 따라 장지로 가며 남긴 애사가 이다지도 가슴을 에이는 까닭은 무엇일까.

고려 고종 · 高宗(1213~1259)

고려 23대 왕(1192~1259). 강종康宗의 맏아들로 1212년 태자에 책봉되었으며 이듬해 강종이 승하하자 최충헌에 의해 22세의 나이로 왕위에 올랐다. 고려 왕 중 가장 오랜 기간인 45년을 왕위에 있었으나 최씨의 독재정치로 인해 실권을 잡지 못했다. 또한 잦은 민란과 즉위 초기인 1216년부터 3년간 계속된 거란의 침입, 뒤이은 몽고의 침입으로 인해 최대의 국난을 겪었다. 몽고와 여러차례 교섭 끝에 1259년 태자 전倎(뒤의 元宗)을 몽고에 보냈고, 몽고병으로 하여금 강화江華 내성과 외성을 헐게 했다. 이는 곧 몽고에 대한 굴복을 뜻하는 것으로, 그 뒤 고려는 몽고의 정치적 간섭을 받게 되었다. 이름은 철皦, 초명은 진瞋·질, 자는 대명大命·천우天祐.

이젠 끝이니 영원한 이별이로구나

| 이규보 | 어린 딸의 죽음 앞에

평생 7~8천 수의 시를 지은 이규보는 그의 시작과정을 다음과 같이 말한 바 있다.

"한 번은 주사포主史浦에 간 일이 있었는데, 밝은 달이 산마루를 나와 모래 강변을 환하게 비추었다. 속이 유달리 시원해져 고삐를 풀고 달리지 않으며, 창해滄海를 바라보며 한참동안 침음하고 있자니 말몰이꾼이 이상히 여긴다. 그러는 사이 시 한 수가 지어졌다. … (중략) … 나는 전혀 시를 지으려고 생각지도 않았는데, 나도 모르는 사이에 갑자기 절로 지어진 것이다."

그는 "시란 자신이 본 것에서 이루어지는 것"이라고 했다. 그러니 한창 재롱을 부릴 네 살짜리 어린 딸아이의 죽음을 두고 쓴 시는 얼마나 절절하고 서럽겠는가. 그의 시 〈도소녀悼少女〉를 보자.

딸아이의 얼굴 눈송이와 같고

총명함도 말할 수 없었네

두 살에 말을 할 줄 알아

앵무새의 혀보다 원활하였고

세 살에 수줍음을 알아

문 밖에 나가서 놀지 않았으며

올해에 막 네 살배기로

여공女工도 제법 배워가더니

어쩌다가 이런 참변을 만났는지

너무도 갑작스러워 꿈만 같구나

마치 새 새끼를 땅에 떨어뜨린 것 같으니

비둘기의 둥우리 옹졸했음을 알겠네

도를 배운 나는 그런대로 참겠지만

아내의 울음이야 언제쯤 그치려나

내 가보니 저 밭에

작물도 막 자랄 때

바람이나 우박이 불시에 덮치면

여지없이 모두 결딴나더군

조물주가 이미 내어놓고

조물주가 다시 빼앗아가니

영과 고가 어찌 그리도 덧없는가?

변과 화가 속임수만 같구나

오고 가는 것 다 허깨비이니

이젠 끝이니 영원한 이별이로구나.

-《동국이상국집》제5권

사람이 나고 죽는 것을 뉘라고 알겠는가마는 '이젠 끝이니 영원한 이별이로구나'라는 말을 듣고 슬퍼하지 않은 사람은 없을 것이다. 더욱이 그 이별의 대상이 해맑은 웃음을 짓는 네 살짜리 어린아이라면 그 슬픔은 배가 될 것이다. 살아서는 다시 볼 수 없다니. 이보다 더 큰 슬픔이 어디있을까.

이규보·李奎報(1168~1241)

고려 말의 문장가. 1189년(명종 19) 사마시에 합격하고, 이듬해 예부시禮部試에서 동진사同進士로 급제했으나 관직에 나가지 못해 빈궁한 생활을 했다. 이때 왕정의 부패와 무능, 관리들의 방탕함과 백성들의 피폐함 등에 자극받아《동명왕편東明王篇》《개원천보영사시開元天寶詠史詩》를 지었다. 경전·사기·선교禪敎·잡설 등 여러 학문을 섭렵하였고, 개성이 강한 시의 경지를 개척하였으며, 말년에는 불교에 귀의하기도 했다. 저서로《동국이상국집東國李相國集》《백운소설》등이 있고, 가전체 작품《국선생전》이 있다. 자는 춘경春卿, 호는 백운거사白雲居士·백운산인白雲山人·지헌止軒. 시·거문고·술을 좋아하여 삼혹호 선생三酷好先生이라고도 불렸다.

월하노인 통해 저승에 하소연해

내세에는 우리 부부 바꾸어 태어나리

나는 죽고 그대만이 천 리 밖에 살아남아

그대에게 이 슬픔을 알게 하리.

– 김정희 · 〈유배지에서 아내의 죽음을 애도하다配所輓妻喪〉

가슴이 무너지고 마음을 걷잡을 수 없으니

아내와 남편을 여읜 슬픔

鼓
盆
之
痛

*고분지통(鼓盆之痛) - '물동이를 두드리며 서러워한다'는 뜻으로, 아내가 죽은 아픔을 말한다. 버치를 두드리는 슬픔이라는 뜻으로 '고분지척(鼓盆之戚)'이라고도 한다. 남편을 잃은 아내의 슬픔은 '붕성지통(崩城之痛)'이라고 한다.

상여소리 한 자락에 구곡간장 미어져

| 권문해 | 아내 현풍 곽씨 영전에 올린 제문

권문해는 스무 살 되던 1553년(명종 8) 스물네 살의 현풍 곽씨郭氏 곽
명郭明의 외동딸을 아내로 맞았다. 그러나 그가 마흔아홉 되던 해 후사
도 없이 아내가 갑자기 죽고 말았다. 이에 그는 30년을 부부로 살며 괴로
움과 즐거움을 함께 나누었던 아내를 잃은 뒤 뼈에 사무치는 제문을 남
겼다.

본디 부부 사이란 하늘이 정하여 마련한 바이며, 오륜의 첫째로서 생민
生民의 비롯한 바요, 만복의 근원이라 하는 바이니 인륜人倫에 가장 소중한
것이외다.

내 나이 스물이요, 그대의 나이 스물네 살 적에 하늘이 우리를 짝지어주셨
으매, 그때가 계축년 2월이었소. 엄전한 모습과 아름다운 덕을 지녀 집안을

화평하게 하고, 부녀의 도리를 다하여, 짜증을 부리거나 시샘하는 것을 우리가 부부로 맺어진 이래 30년 간 나는 한 번도 보고 듣지 못하였소.

오호, 서러워라. 나는 맏아들이요, 그대는 외동딸로 나이 쉰이 다 되어서 귀밑머리가 희어지도록 우리는 유자유녀有子有女 아들딸 두기를 바랐지만 한 아이도 보지 못하였소. 조용히 하늘의 이치를 헤아리니, 나무도 열매가 있고, 풀포기도 씨앗이 있고, 물고기도 새끼를 치며, 메뚜기도 알을 까는데, 어찌하여 하늘은 우리에게 은혜를 베풀지 아니하여 후사를 걱정하게 하시는고. 그대와 마주앉아 허전한 무릎이 텅 비어 외로운 것을 탄식하며 하늘을 원망하기도 했었소.

아아, 그러나 속담에 자식 두지 못한 이는 수壽를 누린다고 하기에 오래도록 해로할 줄로만 믿었더니 어찌하여 조그만 병을 못 이기어 갑자기 세상을 버리셨소? 나이 쉰을 넘었으니 짧았다고는 못 하려니와 여든 노모가 계신데 어찌 미리 떠나는가. 이제 아침저녁 어머님 봉양과 맛있는 음식 받들기를 누가 할 것이며, 어머님이 돌아가신 뒤에는 누가 있어서 어머니의 초종初終을 치를 것인가. 생각이 여기에 미치니 하염없이 눈물이 샘솟는구려.

나무와 돌은 풍우에도 오래 남고, 가죽나무와 상수리나무 또한 예전 그대로 아직 살아 저토록 무성한데 그대는 홀로 어느 곳으로 간단 말인가. 서러운 상복을 입고 그대 영궤를 지키고 서 있으니 둘레가 이다지도 적막하여 마음 둘 곳 바이 없소. 아들이라도 하나 있었더라면 날이 가면서 성장하여 며느리도 보고 손자도 보아 그대 앞에 향화香火 끊이지 않을 것을. 오호, 슬프다.

저 용문산 아버님 산소 곁에 터를 잡아 그대를 장사 지내려 하오. 그곳 골

짜기는 으슥하고 소나무는 청청히 우거져 바람소리 맑으리라. 그대는 본시 꽃
과 새를 좋아했으니 적막산중 무인고처에 홀로 된 진달래가 벗이 되어 드릴
것이요. 거기에서 그대는 시아버님을 모시겠지요. 친정아버님의 무덤이 멀리
상주尙州에 있다고 걱정하지 마시오. 부녀의 삼종지도는 이승과 저승이 달라
져도 마찬가지이며, 상주와 이곳 예천은 혼백이 왕래하기에 그다지 멀지 않으
니, 넋이 서로 만남은 물이 흘러감에 상류와 하류가 서로 이어지는 것과 같을
것이외다. 이제 그대가 저승에서 추울까 봐 어머님께서 손수 수의를 지으셨으
니 이 옷에는 피눈물이 젖어 있어 천추만세千秋萬世를 입어도 해지지 아니하
리라.

오호, 서럽고 슬프다. 사람이 죽고 사는 것은 우주에 밤과 낮이 있음 같고
사물의 시작과 마침이 있음과 다를 바 없는데, 이제 그대는 상여에 실려 저승
으로 떠나니 나는 남아 어찌 살리. 상여소리 한 가락에 구곡간장 미어져서 길
이 슬퍼할 말마저 잊었다오.

-《초간일기》

임을 여읜 슬픔이 어찌 이다지도 깊으랴. 흐르는 물위에 노란 은행잎
이 떨어지고 해 뜨지 않은 아침녘의 초간정은 쓸쓸함으로 가득하다.

초간정은 권문해가 벼슬을 그만두고 낙향하여 금곡천 변에 지은 정
자로, 안타깝게도 그의 아내는 초간정을 지은 그 해에 세상을 떠나고
말았다. 권문해는 강직한 사람이었지만 다정다감한 성품을 지녔었다
고 한다. 그래서 《초간일기》에는 아내의 죽음 이후 한동안 깊은 슬픔

에 빠져 날마다 울며 보내느라 일기를 쓸 겨를이 없었다는 기록이 남아 있다.

권문해·權文海(1534~1591)

조선 중기의 학자로 퇴계退溪 이황李滉의 문하에서 배우고 유성룡柳成龍·김성일金誠一 등과 친교가 있었다. 1560년(명종 15) 별시문과 병과丙科에 급제한 뒤 좌부승지 관찰사를 지내고 1591년에 사간司諫이 되었다. 저서로는 중국 원元나라 음시부陰時夫의 《운부군옥韻府群玉》을 본떠 지은 우리나라 최초의 백과사전인 《대동운부군옥大東韻府群玉》과 1580년~1591년의 11년 동안 당시 사대부들의 일상생활에서 국정에 이르기까지 주변의 일들을 세세히 기록한 《초간일기》(보물 제879호) 등이 있다. 자는 호원灝元, 호는 초간草이며, 본관은 예천醴泉.

서러움에 눈물만 줄줄 흐르누나

| 허 균 | 망처 숙부인 김씨 제문과 행장

허균의 부인 안동 김씨는 1592년 첫아들을 낳은 지 3일만에 세상을 떠나고 말았다. 임진왜란으로 피난을 다니느라 산후조리를 제대로 못해 생을 마감하고 만 것이다. 허균은 평소 아내를 몹시 사랑하였다. 그런 그를 가리켜 그의 형 허봉은 애처가라며 놀리기까지 했다.

내가 다리에 병이 났으므로 처가에 옮겨가서 앓고 있었다. 내가 밖에서 오지 못하는 것을 보고, 작은 형님이 놀리는 시를 지어서 보냈다.

애처가 태왕을 사모하는 그대를
하늘이 불쌍히 여기셔서
두 다리로 하여금

두루 종기가 나게 하였는데

가까운 이웃집도

부끄러워 오히려 멀리하니

하물며 마름 깔린 십 리 물가야

그 얼마나 멀다고 하겠는가?

–《학산초담》

그토록 사랑했던 아내의 죽음에 허균의 마음은 얼마나 아프고 슬펐을까. 그는 제문과 행장을 통해 가슴 깊이 묻어두었던 아내에 대한 사랑과 그리움을 절절한 언어로 토해내고 있다.

망처亡妻제문

오직 부인은 본성이 공경스럽고 정성스러웠고

그 덕은 그윽하고 고요하였네

일찍이 시어머니 섬길 때

시어머니 마음은 몹시도 기뻤다네

죽어서도 시어머니 따라

이 산에 와 묻히는구려

횡뎅그렁한 들판 안개는 퍼졌는데

달빛 쓸쓸하고 서리도 차구려

의지 없는 외로운 혼은 훗날 그림자 얼마나 슬프겠는가?

십팔 년을 지나서

남편 귀히 되어 높은 벼슬에 오르니

은총으로 추봉하라는

조서가 내려졌네

미천할 때 가난을 함께 하면서

나의 벼슬 높기를 빌더니만

벼슬하자 그대는 벌써 죽어 없어졌으니

추봉追封의 은총만 부질없이 내려졌네

어찌하면 영화를 같이 누릴꼬

내 마음 하염없어라

아마도 그대 넋 알음이 있다면 그대 또한 눈물을 줄줄 흘리리

녹으로 내린 술 한 잔 들구려

서러움에 눈물만 줄줄 흐르누나.

-《성서부부고》제15권

망처亡妻 숙부인淑夫人 김씨 행장

부인의 성은 김씨요, 서울의 대성이다. 고려조 정승 방경方慶의 현손인 척약재 구용九容은 고려 말에 이름을 떨쳤고, 벼슬이 삼사三司의 좌사左使에 이르렀다. 그 4대손인 윤종胤宗은 무과에 급제하여 벼슬이 절도사였고, 그 아들 진기震紀가 경자년 사마시에 합격, 별제로 첫 벼슬에 나아갔다. 그리고 그가 휘 대섭大涉을 낳으니 그 또한 계유년 사마시에 합격, 도사로 첫 벼슬에 나아

갔다. 그리고 관찰사 심공沈公 전銓의 딸에게 장가를 드니 부인은 바로 그 둘째딸이다. 융경 신미년(1571년, 선조 4)에 태어나 나이 열다섯에 우리 집에 시집왔다. 성미가 조심스럽고, 성실하고도 소박하여 꾸밈이 없었으며 길쌈하기에 부지런하여 조금도 게으름이 없었고, 말은 입에서 내지 못하는 듯이 하였다. 모부인母夫人을 섬기기를 매우 공손하게 하여, 아침저녁으로 반드시 몸소 문안드리고, 음식을 드릴 때 꼭 맛을 보고 드렸다. 철따라 제철 음식을 푸짐하게 대접했다.

종들을 다루기를 엄격히 했지만 잘못을 용서해주었고 욕지거리로 꾸짖지 않으니 모부인께서 칭찬하시되, "우리 어진 며느리로다"라고 하셨다. 내 한창 젊은 나이에 부인에게 압류押留하기를 좋아하였지만 싫은 기색을 얼굴에 나타낸 적은 거의 없었으며, 어쩌다 내가 조금이라도 방자하게 굴면 문득 말하기를, "군자의 처신은 마땅히 엄중해야지요. 옛사람은 술집, 다방에도 들어가지 않는다던데, 하물며 이보다 더한 짓이겠어요?"라고 하였으므로, 내 그 말을 듣고 마음으로 부끄러워 조금이나마 다잡힘이 있었다. 그리고 항상 내게 부지런히 글공부하기를 권하여, "장부가 세상에 나서 과거하여 높은 벼슬에 올라 어버이를 영화롭게 하고, 제 몸을 이롭게 하는 사람도 많습니다. 당신은 집이 가난하고, 시어머님은 늙어 계시니 재주만 믿고 허송세월하지 마십시오. 세월은 빠르니 뉘우친들 어찌 뒤따를 수 있겠습니까?"라고 하였다.

임진년(1592년, 선조 24) 왜적을 피하던 때는 마침 태중胎中이어서 지친 몸으로 단천端川까지 가서 7월 7일에 아들을 낳았다. 나는 이틀 후 왜적이 갑자기 몰아닥치자 순변사 이영李泳을 대신해 마천령磨天嶺을 지키게 되었다. 그리하여 어머니를 모시고 그대를 이끌고서 밤을 새워 고개를 넘어 임명역에 이르렀는데, 그대는 기운이 지쳐 말도 못하였다. 그때 동성同姓인 허행이 우리를 맞아 해도海島에 피란하였으나 머물 수가 없었다. 억지로 산성원山城院 백성 박논억朴論億의 집에 이르러 10일 저녁 숨을 거두매, 소 팔아 관을 사고, 옷을 찢어 염殮을 하였으나, 오히려 체온이 따뜻하므로 차마 묻지 못하였는데, 갑자기 왜적이 성진창城津倉을 친다는 소문이 들리므로, 도사공都事公이 급히 명하여 뒷산에 임시로 묻으니 그때 나이 스물둘로 같이 살기는 여덟 해였다.

아! 슬프다. 그 아들은 젖이 없어 일찍 죽고, 첫딸은 잘자라서 진사 이사성李士星에게 시집 가 아들 딸 하나씩을 낳았다.

기유년(1609년, 광해 1)에 내가 당상관堂上官으로 승직하여 형조참의로 임명되니 예에 따라 숙부인으로 추봉케 된 것이다. 아! 그대 같은 맑은 덕행으로 중수中壽도 못한데다가, 뒤를 이을 아들도 없으니, 천도天道 또한 믿기 어렵다. 바야흐로 우리 가난할 때, 당신과 마주앉아 짧은 등잔 심지를 돋우며 반짝거리는 불빛에 밤을 지새워 책을 펴놓고 읽다가 조금 싫증을 내면 당신은 반드시 농담하기를, "게으름 부리지 마십시오. 나의 부인첩夫人帖이 늦어집니다"라고 하였는데, 18년 뒤에 다만 한 장의 빈 교지를 궤연(영좌靈座)에 바치게 되고 그 영화를 누릴 이는 나와 귀밑머리 마주 푼 짝이 아닐 줄을 어찌 알았겠는가?

당신이 만약 앎이 있다면 또한 반드시 슬퍼하리라. 아 슬프다. 을미년(1595년, 선조 16) 가을 길주에서 돌아와, 또한 강릉 외사外舍에 묻었다가, 경자년(1600) 3월에 선부인을 따라 원주 서면 노수蘆藪에 영장永葬하니, 그 묘는 선산 왼쪽에 있으며 인좌 신향이다. 삼가 행적을 쓰노라.

-《성서부부고》제15

허 균 · 許 均(1569~1618)

조선 중기의 문신이자 문장가. 우리나라 최초의 한글소설인《홍길동전》의 저자이기도 하다. 누이 허난설헌許蘭雪軒과 함께 형 허봉許篈의 친구였던 이달李達에게 시를 배웠다. 1597년 문과에 급제한 후 여러 벼슬을 거쳐 좌참찬左參贊에 올랐으나 관직생활을 세 번이나 파직 당하는 파란을 겪었다. 1618년(광해군 10) 하인준·김개·김우성 등과 반란을 계획한 것이 탄로나 처형되었다. 당대 제일의 문장가였으며, 시·비평에도 안목이 높아《국조시산國朝詩刪》등의 시선집을 편찬하고, 《성수시화》등의 비평작품을 쓰기도 했다. 작품으로《성소부부고》《교산시화》《학산초록》등이 있다. 자는 단보端甫, 호는 교산·학산鶴山·성소惺所·백월거사白月居士, 본관은 양천陽川.

뜻은 무궁하나 말로는 다하지 못하고

| 송시열 | 아내 이씨의 부음을 전해듣고 쓴 제문

송시열은 《조선왕조실록》에 그 이름만 무려 3천 번 넘게 언급될 만큼 조선 역사에 지대한 영향을 끼친 인물로, 그의 죽음에 얽힌 이야기는 더욱더 비극적이다.

그는 1689년 1월 장희빈이 낳은 아들(후일의 경종)에게 원자 칭호를 부여하는 문제를 둘러싼 기사환국己巳換局의 와중에 세자 책봉을 반대하는 상소를 올렸다가 숙종에 의해 제주도로 유배되었다. 그러다가 그해 6월 국문을 받기 위해 서울로 압송되어 오던 중 사약을 받고 죽고 말았다. 당시 국문을 반대한 남인 민암閔黯은 그 이유를 다음과 같이 숙종에게 고했다.

"송시열의 죄는 이미 드러났으니, 군이 국문을 할 필요가 없습니다. 또 조종조祖宗朝에서 대신을 국문할 일이 없습니다. 송시열의 죄가 극악

해도 대신의 반열에 있었으니, 전하께서 대신들에게 물어서 그냥 처분하는 것이 좋겠습니다."

그의 말은 국문을 하지 말고 올라오는 길에 그를 죽여 버리자는 것이었다. 숙종 역시 남인의 생각과 같았다.

"대신들의 뜻이 이와 같고, 그의 죄악은 국문하지 않아도 이미 드러났으니 도사가 약을 가지고 가다가 그가 나타나면 바로 사사하라."

민암이 다시 "전지는 어떻게 했으면 좋겠습니까?"라고 묻자 숙종은 "전지 속의 국문鞫問이라는 글자를 사사賜死로 고쳐라"라고 했다.

결국 송시열은 전라도 정읍에서 사약을 받았는데, 땅에 거적 한 장만이 깔려 있었다. 제자들이 자리가 누추하니 바꾸는 것이 좋겠다고 권유하자 그는 "우리 선인(아버지)께서는 돌아가실 때 이만한 자리도 깔지 못하셨네"라고 거절한 뒤 사약을 마셨다고 한다. 1689년 6월 8일 아침, 그의 나이 83세였다.

그는 기호학파 사대부로부터 공자나 맹자처럼 송자宋子란 칭호를 받을 만큼 당 시대 최고의 권위를 누렸다. 그러나 그의 생애는 순탄치 않았다. 그것은 그가 살았던 시대가 정치적 격변기로 불확실성의 시대였기 때문이다. 그런 까닭에 그는 아내의 임종은커녕 장례식도 함께 할 수 없었고 사위의 마지막도 볼 수 없었다. 그때마다 유배지에서 고난의 세월을 보내고 있었기 때문이다. 아내 이씨의 부음을 전해들은 그는 슬픈 제문 한 장만을 보낼 수밖에 없었다.

숭정 정사년(1677년, 숙종3) 오월 초나흘 형벌을 기다리는 사람 은진 송시열은 망실 이씨의 영구가 조정의 의논이 급박한 까닭으로 길일吉日을 미처 가리지 못하고 급히 유성儒城의 산기슭에 권조(임시로 관을 가매장 해 안치하는 일)한다는 소식을 듣고 멀리서 제전의 찬구를 보내어 작은 손자 회석晦錫을 시켜 영구 앞에 대신 고하게 하옵니다.

아, 나와 당신이 부부로 맺은 지가 지금 53년이 지났습니다. 그 동안 나의 가난함에 쪼들리어 거친 밥도 항상 넉넉하지 못하여 손발이 다 닳도록 고생하던 그 정상은 이루 다 말할 수 없습니다. 그리고 내가 쌓은 앙화殃禍 때문에 아들 딸이 많이 요절하였으니, 그 슬픔은 살을 도려내듯이 아프고 독하여 사람으로서는 견디어낼 수 없는 일이었습니다. 게다가 근세近世에 이르러서는 내가 화를 입어서 당신과 떨어져 살아온 지가 이제 4년이 되었는데, 때때로 나에게 들려오는 놀랍고 두려운 일들 때문에 마음을 녹이고 창자를 졸이면서 두려움에 애타고 들볶이던 것이 어찌 끝이 있었겠습니까?

끝내 몸이 지쳐 병에 걸려서 이 지경에 이르렀으니, 그 처음과 끝은 따져보면 나로부터 비롯되지 않은 것이 없었습니다. 타고난 운명이 좋지 않아서 이같이 어질지 못한 사람과 짝이 되었으니, 당신이야 나를 원망하지 않는다손 치더라도 내 어찌 부끄러운 마음을 이겨낼 수 있겠습니까?

지난해부터 빨리 가서 만나보고 싶었지만 뭇 의논에 저지되어 문득 다시 머뭇거리면서, 혹 시의時議가 차츰 누그러지고 목숨이 조금 늦추어지면 서로 만나서 편히 지낼 그날이 있을 것 같기에 왕복한 편지의 내용이 모두 이에 대한 일이었는데, 이와 같은 뜻을 마침내 저버렸으니, 더욱 눈을 감기 어려웠을 것입니다. 저번 흉보_{凶報}를 받았을 때 급히 자손들에게 명하여 만의_{萬義}에 장사를 지내서 자부_{子婦}와 서로 의지할 수 있게 하라고 하였더니 갑자기 이처럼 시세가 급박하여 또한 계획대로 되지 않았고 이것 또한 한 가지 불행이라 하지 않을 수가 없습니다.

그러나 시인들의 논죄가 바야흐로 극에 달하였고, 바다의 장기_{瘴氣}가 몸을 매우 괴롭히므로, 이 생명이 끝나는 것도 아침이 아니면 저녁일 것입니다. 나의 자손과 여러 아우들은 마땅히 나의 뼈를 고향 산에 묻어줄 것이고 또한 당신도 마땅히 옮겨서 나와 합장_{合葬}해줄 터이니, 살아서는 떨어져 있었으나 죽어서나마 함께 살 수 있는 때가 바로 그때일 것입니다.

이 밖에 다시 무슨 말을 하겠습니까? 아, 현재 떠도는 소문이 매우 패악_{悖惡}스러우니 당신이 만약 세상에 살아 있더라도 어떻게 이처럼 망극함을 견뎌내겠습니까? 그렇다면 먼저 돌아가서 캄캄하게 아무것도 모르는 것이 도리어 나중에 죽을 사람의 부러움이 될 것입니다. 아, 또한 그렇습니까. 또한 평일에 잘 생각했던 것처럼 지하에서도 가슴을 치며 안절부절 못합니까? 아, 일이 창졸간에 나왔고 떠날 사람의 출발시간이 임박했으므로 뜻은 무궁하나 말은 다하지 못하였습니다. 오직 당신은 어둡지 않을 터이니, 나의 슬픈 정성을 살펴주시오. 아, 애통하고 또 애통합니다.

－《송자대전》제153권

얼마나 답답했을까. 집은 갈 수조차 없는 먼 곳에 있고, 들리는 소문은 흉흉하기 이를 데 없는데, 몸마저 병이 들었으니. 대체 누구를 믿고 누구에게 하소연한단 말인가. 그쯤 되면 그 누구도 믿을 수 없어 그저 침묵할 수밖에 없을 것이다.

유배에서 풀려 돌아간다는 기약은 없는데 그렇게 사랑했던 아내가 죽었다는 소식을 들었으니, 하늘이 무너지고 땅이 무너진 것이 이보다 더하랴. 그도 그럴 것이 하늘을 나는 새도 떨어뜨린다는 권력을 지녔던 송시열이었으니 정적들은 또 얼마나 많았겠는가. 그때마다 그의 아내 는 가슴 졸이며 좌불안석의 삶을 살았으리라.

그런 아내가 죽었음에도 그는 아내의 빈소조차 찾지 못한 채 손자를 보내 제문을 올린다. 얼마나 가슴이 에였을까. 그가 처한 상황이 못 견디 도록 슬프고 덧없었으리라.

정녕 슬픈 날

| 혜경궁 홍씨 | 남편 사도세자가 뒤주에 갇히던 날의 기록

조선 영조 38년(1763년) 윤閏 5월 열사흘, 유난히도 더운 날이었다. 영조는 아들 사도세자에게 다음과 같이 명한다.

"네가 나를 죽이려고 흉계를 꾸몄고 또 저주하였으니, 너는 이제 죽어야 한다. 지금 네가 살고 내가 죽으면 이 나라는 망하고 말 것이니, 나는 나라를 위해서도 죽을 수 없다. 어서 네가 죽어라."

이에 사도세자는 허리띠로 목을 맨 뒤 기절하고 말았다. 춘방 관원들이 세자를 소생시킨 후 세자를 용서해줄 것을 요청했지만 영조의 생각은 단호했다. 그러자 한림翰林 임덕제林德躋는 최후의 수단으로 황급히 내전에 연락하여 당시 열한 살의 왕세손(정조)을 업어오게 하였다. 그리고 세손으로 하여금 할아버지 영조에게 아버지를 용서해달라고 빌게 하였다. 하지만 세손의 눈물에도 영조의 생각은 바뀌지 않았다. 급기야 영조는 어영에 있던 뒤주를 들여오게 하여 풀을 채우게 한 후 세자를 그 속에 잡아넣었다. 그리고 뚜껑을 덮으라고 명했지만 어느 군병도 감히 뚜껑을 덮으려 하지 않았다. 그러자 영조가 친히 내려와 그 뚜껑을 덮은 후 못을 박게 했다. 영의정 신만申晚과 좌의정이자 사도세자의 장인이었던 홍봉한, 그리고 판부사 정휘량이 그 장면을 지켜보았다. 여드레 동안 뒤주 속에 갇혀 있던 사도세자는 결국 그 달 스무하루에 한 많은 생을 마감했다. 그의 나이 28세였다.

사랑을 얻기 위해선 가문을 버려야 하고, 가문의 뜻을 따르자니 사랑이 우는 《로미오와 줄리엣》의 한 구절에나 나옴직한 비극적인 시대를 살다간 사람이 바로 사도세자의 비이자 정조의 어머니인 혜경궁 홍씨일 것이다. 그런 점에서 《한중록》이 자신의 남편과 아들에 대한 사랑이 아닌 집안과 가문을 위해 씌어진 것이라고 보는 시각도 없지 않다.

남편이 뒤주 속에 갇혀서 죽임을 당했는데도 남편보다는 친정 가문과 친정 아버지를 변호하기 위해서 지은 책이라니, 도대체 가문은 무엇이고, 사랑은 또 무엇이란 말인가? 사랑이란 것이 진실로 있기나 한 것일까?

다음 글은 사도세자가 영조의 대처분을 받기 직전 아내 혜경궁 홍씨와 대화를 나눈 내용이다.

휘령전에서 사람이 와 세자를 부르신다 하니, 이상하게도 피하자는 말도, 달아나자는 말도 아니하시고, 좌우를 물리치지도 아니 하시고 조금도 화난 기색 없이 썩 용포를 달라 하여 입으시며 "내가 학질을 앓는다 하려 하니, 세손의 휘항揮項(머리에 쓰는 것으로 일종의 방한구)을 가져오라" 말씀하셨다.

내가 그 휘항은 작으니 당신 휘항을 쓰시라 하고 나인더러 가져오라 하니 뜻밖에 썩 화를 내시며 말씀하시기를, "자네는 아무튼 무섭고 흉한 사람이로세. 자네가 세손 데리고 오래 살려 하여, 내가 오늘 나가 죽겠기로 그걸 꺼리어 세손 것을 못 쓰게 하는가? 그 심술을 알겠네" 하시니, 내 마음은 당신이 그날 그 지경에 이르실 줄 몰랐다. 이 끝이 어찌 될꼬, 사람이 다 죽을 일이오, 우리 모자의 목숨이 어찌 될 것인가. 아무런 정신이 없었다.

천만 의외의 말씀을 하시니, 내 더욱 서러워 세손의 휘항을 가져다 드리며 "그 말씀이 하 마음에 없는 말씀이니 이를 쓰소서"라고 하니, "싫으이. 꺼리는 것을 써서 무엇 할꼬?"라고 하셨다. 이런 말씀이 어찌 병환病患이 깊이 든 사람 같으시며, 또 어이 공손히 나가려 하시던고? 다 하늘이 하시는 일이나 원통하고 원통하도다.

–《한중록》

누가 말했던가? 흥이 다하면 슬픔이 오고(興盡悲來) 쓴 것이 다하면 단 것이 온다(苦盡甘來)고. 하지만 세상은 정답이 없는 것이라서 기쁨이나 서러움도 그때그때 입장에 따라 다르고 원통한 것 역시 상황에 따라 다르다.

자크 살로메는 그의 소설《사랑의 모든 아침》에서 "고통을 사랑하는 것은 가슴을 도려내는 듯하지만 그지없이 풍부하고 즐겁고 세차고 달

콤한 기쁨을 안겨주기에 그것을 금하기란 쉽지 않은 일이다"라고 말했고, 피에르 코르네이유는 "사랑하기 때문에 너를 떠나는 거야. 널 사랑하면서 나는 자유를 잃어버렸거든"이라고 했다. 그렇다면 당시 혜경궁 홍씨의 마음속에 숨겨져 있던 진실은 과연 무엇이었을까.

혜경궁 홍씨 · 惠慶官 洪氏(1735~1815)

사도세자의 비妃로 영의정 홍봉한洪鳳漢의 딸이자 정조의 어머니이다. 1744년(영조 20) 세자빈에 책봉되었고 1762년 남편 사도세자가 뒤주 속에서 비참하게 죽은 뒤 혜빈惠嬪의 호를 받았다. 1776년 아들 정조가 즉위하자 궁호가 혜경惠慶으로 올랐고, 1799년 사도세자가 장조로 추존됨에 따라 경의왕후敬懿王后로 추존되었다. 자신이 몸소 겪었던 사건들을 기록한《한중록閑中錄》은 사도세자가 영조에 의해 뒤주에 갇혀 죽은 참변을 주로 하여, 공적 · 사적 연루와 국가 종사宗社에 관한 당쟁의 복잡 미묘한 문제 등이 실려 있는 것으로 궁중문학의 효시로 평가받고 있다.

간장이 다 녹는 것만 같네

|심노숭|아내 완산 이씨의 영전에 바치는 제문

심노숭은 그의 아내 영전에 아내인 완산 이씨가 삼청동三淸洞 집에서 죽었음을 고하는 것으로 제문을 시작한다. 제문은 아내의 목소리와 얼굴이 점점 멀어지는 것을 슬퍼하고, 꿈속에서도 만나지 못하게 된 것을 사실적으로 토로하고 있다.

사람들은 대개 삶과 죽음에는 다 정해진 운명運命이 있다고 말한다. 하지만 나는 그렇게 생각하지 않는다. 어떤 사람은 느닷없이 죽기도 하지만 여러 가지 어쩔 수 없는 일들이 일어나 죽는 경우도 있기 때문이다.

불교에 원업冤業(과거나 전세에서 뿌린 악의 씨)이란 말이 있다. 말하자면 인과因果라는 말인데, 당신은 낙토樂土로 갔는데, 나는 악도惡途에 떨어진 것이나

다름없네. 당신은 천성이 인자하면서도 다정다감했으니 내가 슬퍼하지 않을
수 있겠는가? 당신이 하늘에서 나를 굽어다보고 있다면 나를 가엾게 여길 것
이네. 그러니 당신이 죽은 몸이라고 해도 나를 생각하기를 끔찍이 할 것이네.
당신의 부모님이 나를 바라보며 슬픔의 눈물을 흘리고 계시기 때문에 내 마
음이 날선 칼 위에 있는 듯하네.

당신의 성품은 참을성이 강했고, 관상은 후덕했으며, 기운 역시 강건하였
네. 그래서 병을 이겨내리라 여겼었는데, 병을 이기지 못하고 그만 떠나고 말
았네. 그것이 다 내 마음이 어질지 못해서 일어난 일 같아서 슬프기만 하네.

당신의 병이 어찌하여 생겼는지 그 원인을 이야기 한다면 당신은 틀림없이
듣기를 싫어할 것이네. 가난 탓에 시래기국조차 배부르게 먹어본 적이 없는
당신에게 인삼이나 복령 같은 약재는 어찌 생각이나 했겠는가. 그 춥고 눈 내
리던 겨울, 밤새 굶주림에 아이는 울어댔지만 나올 것이 없었네. 그 아이를 강
보에 감싸 따뜻하게 해주고서 밝게 웃으며 당신은 말했네.

"나중에 오늘의 이 일이 추억이 되어 웃으며 이야기할 날이 다가올 테지
요."

하지만 전생의 업보가 있어 받아야 할 벌이 끝나지 않아서인지 병이 고질
이 되었네. 당신은 어린 아이를 더 걱정하고서 제수씨에게 잘 보살펴 달라고
부탁했었네. 하지만 아청(아이의 이름)이 당신보다 앞서 저승으로 갔다고 말
하게 될 줄 어찌 알았겠는가! 아이를 고복한 뒤 그날 새벽에 처제가 꿈을 꾸었
다네. 당신은 곱게 단장한 옷을 입은 채 서 있고 아이는 당신 곁에서 놀고 있어
서 그 뒤를 따라 가려고 하자 뒤를 돌아다보며 전송을 하였다 하네.

동기감응이 있을 수도 있는 일이지만 오히려 가슴의 슬픔이 더 해서 간장이 다 녹는 것만 같았네. 아직 어린 송이는 영문을 모르기 때문에 통곡할 줄을 모르네.

-《효전산고》

심노숭은 죽은 아내에게 살아 있는 사람에게 이야기하듯 이런저런 이야기를 늘어놓는다.

아이 넷을 낳아 일찌감치 셋을 잃고 하나만 남았다는 것, 아이가 아내를 빼닮은걸 아내가 기뻐하였다는 사실과 아이가 영특해서 가르쳐주는대로 다 따라 배웠다는 것 등을 말하고 있다. 그리고 아내가 병이 심해진 후로는 멀리 나가지 못하고 곁에서 머뭇거렸다는 이야기를 하면서, 아내가 죽음을 앞두고 한 말을 기억해낸다.

"공연히 지아비 잠깨우지 마세요."

이 얼마나 지극한 지아비에 대한 아내의 사랑인가? 특히 임종하기 전 말하기가 힘에 부치고 혀가 이미 굳어져 갈 때 했다는 말은 그야말로 듣는 이의 가슴을 절절하게 한다.

"가군께 인사를 못드리니 죽어가면서도 더욱 마음이 아픕니다."

"파주坡州에 새 집을 짓고 살고자 했던 오랜 계획을 당신은 아직도 기억하고 있을 것이네. 사묘祠廟를 봉안하고, 어머니를 마저 모셔놓은 뒤, 나는 남이 있다가 결국 관속에 잠든 당신과 더불어 이곳으로 오게 되었네.

당신을 보내고 난 뒤, 새벽에 잠이 깨면 베개에는 온갖 상념들이 줄을 이어 찾아드네. 어디 그 뿐인가. 불도 켜지 않은 가운데 낙숫물 소리만 들려오네.

지나간 시절을 회상하니 문득 한 소식을 한 스님과 같네. 진실로 슬퍼할 만한 것이 죽음이지만 살아있다고 한들 도대체 어떠한 즐거움이 있을 것인가. 한 세상 사는 것이 유장한 세월 속에 한바탕 꿈과 같으니. 당신 먼저 멀고 먼 그곳을 구경하기 바라네.

지난해의 오늘을 회상하니 가슴이 아릿하네. 남산 아래 있던 집에서 쟁반에는 떡이 가득 담기고 마루 위엔 웃음소리가 가득했네. 어린아이는 찹쌀떡을 내어놓고, 당신은 나를 위해 술 한 잔을 따라 주었네. 술에 취한 나는 시를 읊었고, 그러다 보니 밤이 다 지나갔네.

덩그렇게 큰 집에 혼자서 남아 집을 지키고 있는데도 나는 길 가는 나그네 같네. 당신 혼령이 아직 어두워지지 않았다면, 이런 나를 내려다보고 깊이 슬퍼할 것이네. 지금도 피어 있는 꽃들과 집을 둘러싸고 있는 나무 위에선 매미들이 울어대네. 푸른 하늘엔 흰구름이 유유히 흘러가고, 땅에는 저렇듯 푸른 강물이 흐르네. 님이여, 부디 이곳으로 임하게. 상향."

−《효전산고》

세상의 모든 만물도 그렇고 사람 역시 누구나 오면 간다. 숙명처럼 그 정해진 시간 속에서 누군가를 만나고 이별하는 시간이 있다. 그 이별의 순간이 담담한 사람이 있는 반면, 복받쳐 오르는 슬픔에 세상을 다 잃은 것처럼 가슴이 미어질 때가 있다. 심노숭의 제문이 더욱 그렇다.

아내를 잃은 뒤 지은 심노숭의 슬픔어린 글을 읽으면 자크 브렐의 〈떠나지 마오〉가 문득 탄식처럼 떠오른다.

당신의 그림자의 그림자라도 되게 해주오
당신 속의 그림자
당신 개의 그림자라도.

심노숭·沈魯崇(1762~1837)

조선 후기 문인. 1790년 진사가 되었으나 1801년부터 6년간 경상도 기장에 유배되는 등 정치적 격랑 속에 불우한 청년기를 보냈다. 해배된 후 줄곧 벼슬없이 지내다가 50대 중반에야 음직으로 현감, 군수 등을 역임했다. 문집으로《효전산고》가 있으며, 야사집《대동패림大東稗林》을 편찬했다. 자는 태등泰登, 호는 몽산거사·효전孝田, 본관은 청송靑松.

내세에는 우리 부부 바꾸어 태어나리

| 김정희 | 아내 예안 이씨의 죽음을 애도하며

'위리안치'라는 형벌은 죄인이 유배지에서 달아나지 못하도록 가시울타리(탱자나무 가시)를 치고 그 안에 가둔 뒤 보수주인保授主人(죄인을 감호하는 주인)만 드나들 수 있는 가혹한 중형이었다.

'추사체'라고 부르는 독특한 경지의 서체를 만들어낸 추사 김정희 역시 한때 위리안치 형을 받고 제주도에 머문 적이 있다. '날이 차가워진 뒤에야 소나무와 잣나무의 푸르름을 안다'는 〈세한도歲寒圖〉 역시 그 당시 유배지인 제주도에서 그린 것으로 정성을 다해 연경에서 구한 책을 보내준 이상적李尙迪에게 준 것이다.

그 무렵 그가 동생 명희에게 보낸 편지를 보면 당시 그가 처한 상황을 잘 알 수 있다.

가시울타리를 치는 일은 이 가옥 터의 모양에 따라 하였다네. 마당과 뜰 사이에서 또한 걸어 다니고 밥 먹고 할 수 있으니, 거처하는 곳은 내 분수에 지나치다고 하겠네. 주인 또한 매우 순박하고 근신하여 참 좋네. 조금도 괴로워하는 기색이 없는지라 매우 감탄하는 바일세. 그 밖의 잡다한 일이야 설령 불편한 점이 있더라도 어찌 그런 것쯤을 감내할 방도가 없겠는가.

그는 제주도로 유배되어간 지 3년째 되는 1842년 11월 13일 아내인 예안 이씨가 세상을 떠났다는 부음을 받는다. 그때 그의 마음은 과연 어떠했을까. 몸은 비록 떨어져 있지만 자나깨나 남편을 위해 찬물饌物을 보냈던 아내였다. 김정희는 그런 아내에게 다음과 같은 편지를 보내곤 했다.

이번에 보내온 찬물은 숫자대로 받았습니다. 민어는 약간 머리가 상한 곳이 있으나, 못 먹게 되지는 아니하여 병든 입에 조금 개위開胃가 되었고, 어란魚卵도 성하게 와서 쾌히 입맛이 붙으오니 다행입니다. 여기서는 좋은 곳감을 얻기가 쉽지 않을 듯하니 배편에 4, 5접 얻어 보내주십시오.

이렇게 수도 없이 보냈던 편지를 이제 다시는 아내에게 보낼 수 없게 된 것이다. 그는 하늘이 무너지고, 땅이 꺼지는 듯한 절망과 슬픔 속에서 시 〈배소만처상配所輓妻喪〉과 가슴에 사무치는 제문을 지었다.

월하노인 통해 저승에 하소연해

내세에는 우리 부부 바꾸어 태어나리

나는 죽고 그대만이 천 리 밖에 살아남아

그대에게 이 슬픔을 알게 하리.

아내의 부음을 듣고도 마음대로 갈 수 없는 신세였던 추사. 게다가 살면서 아내에게 잘해주지 못한 일들이 자꾸 떠올라 위와 같은 시를 지었다고 한다. 그 내용은 중매의 신인 월하노인에게 하소연해 다시금 죽은 아내와 부부의 연을 맺게 해달라는 것이었다. 그는 이어서 가슴에 사무치는 제문을 지었다.

임인년 11월 13일 부인이 예산의 묘막에서 임종을 보였으나, 다음 달 15일 저녁에야 비로소 부고가 바다 건너로 전해져서, 남편 김정희는 상복을 갖추고 슬피 통곡한다. 살아서 헤어지고, 죽음으로 갈라진 것을 슬퍼하고 영원히 간 길을 좇을 수 없음이 뼈에 사무쳐서 몇 줄 글을 엮어 집으로 보낸다. 글이 도착하는 날 그(상청에 드리는 제사)에 인연해서 영구靈柩 앞에 고할 것이다. 거기에 이르기를 다음과 같이 한다.

아아, 나는 강 앞에 있고 산과 바다가 뒤를 따랐으나 아직 내 마음을 흔들리게 한 적이 없었다. 그런데 한낱 아내의 죽음에 놀라 가슴이 무너지고 마음을 걷잡을 수 없으니, 이 무슨 까닭인가. 아아, 대체로 사람마다 죽음이 있거늘 홀로 부인만 죽음이 없을 수 없으리오. 죽을 수 없는데 죽은 까닭에 죽어서 지극한 슬픔을 품게 되었을 것이고 기막힌 원한을 품게 되었을 것이다. 그래서 장차 뿜어내면 무지개가 되고 맺히면 우박이 되어 족히 공부자孔夫子의 마음이라도 움직일 수 있겠기에 지고 보다도 더 심하고 산과 바다보다 더 심함이 있는가 보다.

아아, 30년 동안 효를 행하고 덕을 쌓아서 친척들이 칭찬하였고 친구와 관계없는 남들에 이르기까지도 감격하여 칭송하지 않는 사람이 없었지만, 사람이 해야 할 떳떳한 일이라 해서 부인은 받기를 즐겨하지 않았다. 그러나 그대로 잊을 수 있겠는가.

내 일찍이 "만약 부인이 죽으려면 나보다 먼저 죽는 것만 못할 것이니 그래야 도리어 더 좋을 것이다"라고 장난삼아 말하면, 부인은 들은 체도 하지 않고 가버렸었다. 하지만 이는 진실로 세속의 부녀자들이 크게 싫어하는 것이나 그 실상은 이런 것이니, 내 말은 끝까지 장난에서 나온 것만은 아니었었다. 그런데 지금 마침내 부인이 먼저 죽고 말았으니, 먼저 죽은 것이 무엇이 시원하겠는가. 내 두 눈으로 홀아비가 되어 홀로 사는 것을 보게 할 뿐이니, 푸른 바다와 넓은 하늘처럼 나의 한스러움만 끝없이 사무치는구나.

－《완당전집》

시인 윤동주는 〈팔복〉이라는 시에서 '슬퍼하는 자는 복이 있나니'를 여덟 번 외친다. 슬퍼하고 또 슬퍼하다 보면 복이 있을 것이니 영원히 슬퍼하겠다는 말이다.

슬퍼하는 자는 복이 있나니

슬퍼하는 자는 복이 있나니

슬퍼하는 자는 복이 있나니

슬퍼하는 자는 복이 있나니

슬퍼하는 자는 복이 있나니

슬퍼하는 자는 복이 있나니

슬퍼하는 자는 복이 있나니

슬퍼하는 자는 복이 있나니

저희가 영원히 슬플 것이요.

자나깨나 남편을 걱정했던 아내가 먼저 가고 없는 세상에 홀로 남은 추사가 느꼈던 심정 역시 이랬으리라.

김정희 · 金正喜(1786~1856)

금석학자이자 실사구시의 학문을 제창한 경학자. 1840년(헌종 6년) 윤상도尹尙度의 옥사에 연루되어 제주도로 유배되어 위리안치되는 형벌을 받았다. 1848년 풀려났지만 3년 뒤인 1851년(철종 2) 헌종의 묘천 문제로 다시 북청으로 귀양갔다가 이듬해 풀려났다. 문집에《완당집阮堂集》, 저서에《금석과안록金石過眼》《완당척독阮堂尺牘》등이 있고, 작품에〈묵죽도〉〈묵란도〉등이 있다. 자는 원춘元春, 호는 완당阮堂 · 추사秋史 · 예당禮堂 · 노과老果, 본관은 경주慶州.

꿈속에서라도 한 번 만났으면

| 이시발 | 측실 이씨 영전에 바치는 제문

조선 중기의 문신 이시발은 1609년(광해 1) 평소 아끼던 측실(첩) 이씨가 죽자 안타까운 심정으로 애달픈 제문을 지었다. 제문에는 이씨에 대한 이시발의 지극한 사랑과 안타까움이 가득 담겨 있어 읽는 이의 가슴을 아련하게 만든다.

만력 37년(1609년, 광해 1년) 7월 13일 영옹潁翁(이시발의 호)은 죽은 측실 이 낭자李娘子의 영혼에 고합니다.

아하, 슬프고 슬프다! 나를 버리고 그대는 어디로 갔는가? 내 그대에게 항상 이르기를 "그대는 나보다 열여섯 살이 적으니 반드시 나보다 뒤에 죽을 것일세"라고 하면, 그대는 꼭 대답하기를 "제가 먼저 죽어야 합니다"라고 하였었지.

그런데 그대는 진실로 나보다 먼저 죽었구려. 죽고 사는 것이나 수명이 길고 짧은 것은 모두 운명에 달렸으니, 인력으로 어쩔 수 없지. 하지만 왜 이리 슬프단 말인가. 목이 막혀 말이 나오지 않네.

오호라! 내가 옛날에 후사를 위하여 측실을 구할 때 그대의 자태에 반하여 거의 반 년 동안을 잊지 못했었네. 그러다가 마침내 그대의 부모로부터 허락을 받고 그대를 데리고 왔었지.

그때 나는 그대의 뜻과 행동 그리고 총명한 재질과 정숙한 바탕을 보며, 평범한 집안의 규수와는 다르다고 생각했었네. 진실로 그대는 시부모에게 공손하고 남편에게 정성을 다하였으며 형제와 우애하니, 이 모두가 타고난 천성이 아닌 것이 없었네.

그 밖에도 그대는 문장이 해박하고 거문고와 바둑도 능하였으며 자수刺繡도 잘하였고 글씨와 그림에도 조예가 깊었으니, 내가 그대를 특히 사랑한 것이 어찌 그대의 외모가 아름답기 때문이겠는가?

아내를 맞자하자마자 이시발은 지방관으로 나가게 되었다. 성주목사와 경주부윤을 거쳐 함경도 감사로 부임했다가 다시 평양감사로 옮겼다. 무려 11년이나 외직으로 돌아다니는 동안에도 그의 아내는 그를 따라 묵묵히 객지로 다니며 괴로움과 즐거움을 함께하였다. 언젠가 그가 아내에게 다음과 같이 말했다.

"당신은 아직 젊고 나는 늙었으니 언제인가는 내가 없는 세상에 오래도록 그대 혼자서 살아야 할 것이네."

그런데 뜻 밖에도 아내가 먼저 타향에서 죽고 말았다. 아내의 소원은 고향에 돌아가 편히 살고 싶어 하던 것이었는데 그 소원을 이루지 못하게 된 것이다.

아내가 아이를 낳던 날 저녁 친정아버지의 부음이 들려왔었다. 그러나 효성이 지극한 아내가 만일 그 소식을 들으면 충격으로 인해 건강을 해칠까 두려워 기운이 회복된 뒤에 알리려고 미루어 왔는데 끝내 아내는 친정아버지의 부음도 모른 채 죽고 말았다.

아내의 병이 위중할 때 이시발은 마침 중국에서 오는 사신을 접대하라는 왕명을 받아 아내 곁을 지키지 못했다. 결국 아내의 병구완을 정성스레 하지 못한 것이 끝내 잊지 못할 한이 되고 만 것이다. 그 날 이시발이 먼 길을 떠나게 되었을 때 아내는 다시 일어나지 못할 줄 알았는지 눈물을 흘리며 그의 손을 잡고 이렇게 호소하였다고 한다.

"이제 다시는 못 뵙겠군요." 이에 이시발은 눈물을 삼키며 아내를 위로하였다고 한다. 그런 절절한 이야기를 풀어놓는 이시발의 제문은 다음으로 이어진다.

아하, 슬프기 그지없네. 오늘의 이 슬픔은 너무 참담할 뿐이네. 내가 그대 곁을 떠난 지 사흘만에 그대는 죽고 말았네. 나는 도중에 그대의 부음을 전해 받았지만 돌아올 수 없었네. 그래서 장례를 치르는 모든 절차가 그대도 알지 못하는 다른 사람에 의해 행해지고 말았네. 어찌 이런 일이 있으리라고 상상이나 했겠나? 생전의 모든 애통함이 이처럼 맺히고 맺혔는데, 언제나 이 슬픈 마음이 풀릴 수 있겠는가? … (중략) … 아아! 이렇게 끝났단 말인가? 그대의 낭랑한 목소리를 다시는 듣지 못하게 되었단 말인가? 아름답던 그대의 얼굴을 이제 다시는 보지 못하게 되었네. 그대의 목소리가 귓가에 들리는 듯 싶고 그대의 얼굴이 눈앞에 어른거려서 애달프기가 한이 없네. 그대의 목소리, 그대의 얼굴을 언제나 잊을 수 있겠는가?

이제는 오직 바라기를 그대를 꿈속에서라도 한 번씩 만났으면 싶네. 하지만 그대가 죽은 뒤 한참이 지났건만 이제까지 한 번도 내 꿈속에 나타나지 않았네. 무정하여서 그런가, 바람처럼 떠도는 영혼이 갈 곳을 몰라서 그런가?

아하! 지난 10년의 사랑이 한 순간인 것 같은데 슬픔은 한평생 동안 남아있을 것 같네. 기뻐하던 시기는 어찌 그리 짧고, 슬퍼해야 할 시간은 왜 이리도 길다는 말인가?

'죽으면 서로 만날 수 있다'는 옛사람의 말이 있네. 그 말이 진정 거짓이 아니고 사실이라면 얼마 지나지 않아 그대를 다시 만날 수 있을지도 모르겠네. 누군가 말했지. '인연이 있으면 새로운 세상에서 다시 맺어질 수 있다'고. 우린 정녕 다시 맺어질 기약이 있을까.

아하, 그런 일은 일어나지 않을 것이네. 다만 큰 소리로 한 번 외치면서, 이 가없는 정을 호소해보네. 슬프고도 애통하네.

–《벽오유고》

누군가의 말처럼 '죽음이란 단지 끝일뿐' 결과는 아니다. 그러나 죽음은 우리가 미처 준비하기도 전에 예고도 없이 찾아온다. 그 죽음을 두고 사르트르는《존재와 무》에서 "움직이도록 만들어진 어떤 것이 이제는 움직이지 않는 상태"라고 하였는데, 그토록 애절하게 사랑했던 한 사람이 싸늘하게 식어 더 이상 그의 존재를, 체온으로도, 말로도, 전해오지 않을 때, 살아 있는 사람이 가버린 사람에 대해 느끼는 감정을 무엇이라고 규정지을 수 있을 것인가.

꿈속에라도 한 번 찾아오기를 간절히 염원하는 산 사람의 기막힌 그리움에 죽은 자는 아무런 신호도 보내오지 않는다. 그래, 기뻐하던 시기는 왜 그리 짧았으며, 슬퍼해야 할 시간은 어찌 그리 길다는 말인가.

이시발·李詩發(1569~1626)

조선 중기의 문신. 임진왜란 발발 후 도체찰사였던 유성룡의 종사관으로 활약하였다. 1594년 명나라 유격장인 진운홍을 따라 일본 군영을 방문, 정탐했으며, 정유재란 당시 명나라 군량미 보급을 맡고 호조참의가 되었다. 1596년에는 이몽학의 난을 토벌하는 데 전공을 세워 장악원정으로 승진하였다. 1602년 경상도 관찰사를 거쳐 1604년 형조참판을 지냈고, 1624년에는 폐모론을 반대했다가 양사의 탄핵을 받아 사직하였다. 인조반정 이후 이괄의 난을 평정하는 데 공을 세우고 삼남도 검찰사가 되어 남한산성의 역사를 감독하다 죽었다. 저서로《주변록》과《벽오유고》가 있다. 자는 양구養久, 호는 벽오·후영어은, 본관은 경주慶州.

4백 년을 두고도 변하지 않는 사랑

| 원이 엄마 | 조선판 〈사랑과 영혼〉 원이 엄마의 편지

과연 사람은 이 세상에 태어나 몇 사람이나 만나고 죽게 되는 것일까? 지구상에 살고 있는 60억 쯤 되는 사람들 중 얼굴을 알고 이름이라도 기억하면서 교류하고 사는 사람은 통계학상 약 4천 명쯤 된다고 한다. 그들 중에는 평생을 같이 하면서 돈독한 우정을 나누거나, 열병과도 같은 지극한 사랑을 나눈 사람도 있지만 이름만 떠올려도 만나기 싫은 사람도 있다. 죽음의 신이 손짓하는 그 순간까지 잊지 못할 사람이 그대에게는 몇 명이나 있는가?

1998년 4월 14일 경북 안동시 정상동 기슭에서 주인이 누구인지 알 수 없는 무덤 한 기를 이장하기 위한 작업이 진행되었다. 봉분을 파자 관이 나왔는데, 시신을 보호하는 외관은 갓 베어 만든 듯 나뭇결이 살아 있어서 묘를 쓴 지 얼마 되지 않은 듯 했다. 그러나 늦은 밤까지 이어진

2장_ 가슴이 무너지고 마음을 걷잡을 수 없으니

유물 수습 과정에서 무덤은 수백 년 전의 것으로 판명되었다. 유물을 절반쯤 수습했을 즈음, 죽은 사람의 가슴에 덮여 있던 한지를 조심스레 벗겼다. 한지에는 한글로 쓴 편지가 한 장 덧붙여 있었다.

그 편지에는 4백 년을 두고도 변하지 않는 애절한 사랑이 절절히 묻어 있었다. 또 편지 외에도 두 편의 시와 열한 통의 편지가 더 들어 있었다.

워니(원이) 아버님께, 아내가

당신 언제나 나에게 둘이 머리 희어지도록 살다가 함께 죽자 하셨지요. 그런데 어찌 나를 두고 먼저 가십니까? 나와 어린아이는 누구 말을 듣고 어떻게 살라고 다 버리고 당신 먼저 가십니까? 당신이 나에게 마음을 어떻게 가져왔고, 또 나는 당신에게 마음을 어떻게 가져왔나요?

함께 누우면 언제나 나는 당신에게 말하곤 했지요. "여보, 다른 사람들도 우리처럼 서로 어여삐 여기고 사랑할까요? 남들도 우리 같을까요? 어찌 그런 일들은 생각하지도 않고 나를 버리고 먼저 가시는가요?

당신을 여의고 나는 아무리 해도 살 수 없어요. 빨리 당신께 가고 싶어요. 어서 나를 데려가 주세요. 당신을 향한 마음을 이승에서는 잊을 수 없고, 서러운 뜻 한이 없습니다. 내 마음 어디에 두고 자식을 데리고 당신을 그리워하며 살 수 있겠습니까. 내 편지 보시고 내 꿈에 와서 자세히 말해주세요. 꿈속에서 당신 말을 자세히 듣고 싶어서 이렇게 써서 넣어드립니다. 자세히 보고 내게 말해주세요.

내 뱃속의 자식 낳으면 뭐라고 말할 게 있다 하신 후 그렇게 가시니 뱃속의 자식 낳으면 누구를 아버지라 하라시는 거지요? 아무리 한들 내 마음같겠습니까? 이런 슬픈 일이 하늘 아래 또 있겠습니까?

그녀는 여기까지 쓴 뒤 종이가 끝부분에 이르자 종이의 여백에 글씨의 방향을 바꾸어 남은 말을 다시 적어 내려갔다.

당신은 한갓 그곳에 가서 계실 뿐이지만 아무리 한들 내 마음같이 서럽겠습니까? 한도 없고 끝도 없어 다 못쓰고 대강만 적습니다. 이 편지 자세히 보시고 내 꿈에 와서 당신 모습 자세히 보여 주시고 또 말해주세요. 나는 꿈에는 당신을 볼 수 있다고 믿고 있습니다. 몰래 와서 보여주세요. 하고 싶은 말이 끝이 없어 이만 적습니다.

남편이 죽은 뒤 장례를 치르기 전까지 짧은 시간에 쓰여진 이 편지의 주인공은 군자감과 참봉參奉을 지낸 이요신李堯臣의 둘째 아들 이응태李應台의 아내였다. 이응태는 안동 무반가문의 아들로 1556년(명종 11) 태어났다. 발굴 결과, 그의 키는 180cm쯤 되었고, 그가 죽은 해는 1586년이었다.

그의 묘에서는 머리카락으로 삼은 미투리가 발견되었는데 그 미투리를 싼 한지에는 "내 머리 버혀… 이 신 신어…"라는 글씨가 남아 있었다. 그 글씨의 내용으로 보아 아내는 병에 걸린 남편이 어서 나아 그 신발을 신기를 염원했던 것으로 보인다. 함께 출토된 부인의 옷으로 추정한 결과 이 편지를 쓴 그의 아내의 키는 160cm쯤 되었다. 특이한 것은 그 편지에는 남편을 일러서 자내(자네)라는 말이 열네 번이나 나온다는 것이다. 이를 통해 보건데, 당시에는 아내와 남편이 똑같이 막역한 친구처럼 '자네'라는 말을 썼음을 알 수 있다.

괴테의 《파우스트》의 한 구절이 구름 피어오르듯 떠오른다.

"슬프게도 그대는 일찍이 세상을 떠나 청춘의 꽃은 저버리고 말았나이다. 나의 사랑은 어디로 갔나요? 누가 내게서 빼앗아 갔나요?"

어리고 철없는 두 딸은 누가 돌보며

| 김종직 | 아내 숙인 조씨 영전에 바치는 제문

김종직은 사림의 조종祖宗으로 문장·사학史學에 두루 능했고, 절의를 중요시하여 도학道學의 정맥을 이어가는 중추적인 역할을 한 인물이다. 그의 도학사상은 제자인 김굉필金宏弼과 정여창鄭汝昌, 유호인兪好仁 등에게 이어졌는데, 그 중 김굉필은 조광조趙光祖를 배출시켜 학통을 그대로 계승시켰다. 그의 도학사상이 이어질 수 있었던 것은 그가 추구했던 학문이 화려한 시문, 즉 부·송 등의 문장보다는 궁극적으로 정의를 숭상하고, 시비를 분명히 밝히려는 의리적 성격을 지니고 있었기 때문이다.

그는 정의와 의리를 숭상하고 실천하였고, 그와 같은 정신은 제자들에게 그대로 이어졌다. 그런 까닭에 자연히 사림학자들로부터 존경을 받았고 그들의 정신적인 영수가 되었다. 하지만 그 역시 한 여자의 연약한 지아비로서 아내가 죽자 슬픔과 그리움을 가득 담은 제문을 남겼다.

모월 모일에 부夫 김종직은 삼가 술과 제물을 갖추어 감히 망실 조씨 숙인의 영에 고하나이다. 아, 숙인이여! 어찌 이다지도 빨리 나를 버리는가. 백 년을 기약했더니 겨우 삼분의 일이로세. 30년 동안 부부생활이 하루아침 영결이란 말인가.

지난 일을 곰곰이 생각하면 어찌 차마 말로 다하리오. 아, 슬프다.

그대는 명문에서 태어나서 나 같은 선비의 짝이 되었네. 유순하고 어질고 너그럽고 인자하며, 마음속에는 척도가 있었네. 선비(김종직의 아버지 김숙자)를 공경히 받들며 늙게는 더욱 화락하니, 선비께서는 항상 말씀하시기를 "우리 며느리는 추상할만 하다"고 하셨네. 나의 자매들도 의가 좋아 서로 화합하여 올케와 시누이 사이가 한 번도 거슬림이 없었네. 고향이나 친척들에게도 편벽되게 누구를 좋아하고, 누구를 싫어하지 않았으니, 덕은 어찌 이처럼 오롯한데 수명은 어찌 이처럼 갖추지 못했는가. 아, 슬프다.

내 천성이 구졸鳩拙(힘들고 어려워도 편안히 거한다는 뜻)하여 양식이 항상 떨어졌는데, 그대 역시 가난을 잘 견디고 이익에 뜻을 두지 아니하며, 허름한 음식과 궂은 옷으로 시종이나 다름없었네. 제사나 손님 접대에는 의물儀物을 반드시 갖추고, 시고 짠 것을 좋아하여 콩잎국도 맛있게 만들었네. 그대는 맹광孟光(남편을 직극히 섬겨 밥상을 눈썹 높이까지 올려 바쳤다)과 시상柴桑(도연명이 살았다는 산)의 적씨翟氏(도연명의 뜻을 받아들여 숨어 사는 가난한 생활을 편안히 여겠다)를 닮았으니 나는 깊이 의지했었네. 벼슬을 그만두고 산에서 나무하고, 물에 가서 고기 낚아, 늘그막에 서로 의지하여 여생을 보전하려 했더니, 이게 웬일인가. 아, 슬프다.

그대는 세상에 와서 한 번도 좋은 시절을 보지 못하고 고생만 하다 갔네. 한 돌이 채 못되어 어머니가 돌아가시자, 외종조 내외분이 어린 당신을 길렀네. 출가하기 전에 여러 차례 의지를 잃고 외조모를 따라 여자가 지켜야할 도리를 배웠네. 외조모 돌아가신 뒤 그 침통함을 어이 견뎠나.

내 집에 들어와서도 좋은 일, 궂은 일이 겹쳐서 일어났지만, 즐거운 일 눈가에 차지 않고 화를 입은 것은 유난히 컸네. 두 번 삼년상을 지내는 동안 정성을 다해 제사를 받들었네. 도를 듣지 못한 나를 만나 온갖 귀신이 장난을 하여 2녀 5남을 연거푸 여의니, 그대는 오장이 찢어져서 본병이 다시 발작했네. 아, 슬프다.

그대의 병은 산후에 생긴 것으로 풍사風邪와 혈독血毒이 가슴속에 뭉쳐 다니다가 10년 동안 약으로 다스려 적취된 것은 녹아났네. 간혹 다시 발작했지만 그 증세는 대단하지 않았고, 오래되면 의당 없어지고 거의 회복되었기에, 드디어 그대로 두고 치료에 힘쓰지 않았더니, 끝내 그 병으로 세상을 마쳐 나로 하여금 부끄럽게 하였네. 아, 슬프다.

그대 부친 강건하여 당상堂上에 계시는데 좋은 때 아름다운 날에 누가 술을 마련하며, 아무것도 모른 채 방에서 놀고 있는 어리고 철없는 두 딸은 누가 돌보며, 시집갈 때 누가 그 짐을 꾸려주리오. 그대의 동생들은 모두 저렇듯 건강한데 오직 당신만이 없으니 수염을 그슬려가며 끓인 죽을 누굴 위해 맛보

리. 정제庭除에 가득 찬 노비가 그늘 잃어 의지 없으며, 좌우 사환들은 누가 주장하며, 집을 새로 지어 못도 있고 정원도 있는데, 그대는 머물러주지 아니하니, 누구와 더불어 주선하리요. 아, 슬프다.

적막한 서쪽 창은 그대가 살던 데라 이부자리와 세수 기구를 평시같이 벌여놓고, 음식을 대접하는 것도 역시 편의를 따랐네. 그러나 그대는 옛날에 아이를 많이 낳았어도 하나도 제대로 기르지 못했으니, 집상執喪할 자식 그 누구이랴. 다 그만이다. 나는 병을 칭탁하여 사직하고 일 년 복을 입으려 했는데, 그릇되게 임금의 은혜를 입어 약을 내려 치료하게 하시니, 은명恩命을 저버릴 수 없어 장차 서울로 가게 되었네. 그대의 장사葬事에는 내가 장차 돌아오리라. 유명幽明이 간격이 없으니 응당 내 서러움을 알걸세. 아, 슬픈 일이다.

미곡米谷의 벌에 송추松楸가 울창한데 옥과玉果의 양룡兩龍이 있어 그 가운데 그대를 안장했네. 그대의 모친과 아들은 양룡 동쪽에 있네. 그대의 유택은 섣달에 경영키로 했으니, 구천九泉에서나마 가족들이 모이게 되면 그 즐김이 무럭무럭하리라. 아, 죽은 자는 그렇거니와 산 사람은 누구를 따른단 말인가? 술을 부어 고하노니 슬픈 마음 다함이 없네. 아 슬프기 그지없다.

－《속동문선》제19권 제문

죽는다는 것은 동시에 산다는 것이고 그래서 한 죽음은 또 다른 삶의 시작일 수도 있다. 그러나 죽음은 설명할 수 없는 한 상징일지도 모른다.

"가고 없는 그대여, 이후로 좋은 때나 슬플 때나 누가 술과 안주를 마련해주며, 두 딸의 혼사는 누가 준비해주랴."

　이런저런 생각으로 마음은 정처가 없고, 창밖에는 슬픔처럼 달 그림자가 드리운다. 문득 그대인가 싶어 눈여겨 바라보면 그림자는 보이지 않고 스치고 지나가는 바람소리만 내 가슴을 두드리네.

　생육신 중 한 사람인 남효온의 문집《추강냉화秋江冷話》를 보면 "점필재佔畢齋(김종직의 호) 선생이 상주 노릇을 하는 3년 동안, 조석朝夕 상식上食에 곡을 할 때면 지나가는 사람이 듣고 눈물을 흘리지 않는 사람이 없었다"는 구절이 있다. 그만큼 그는 아내를 사랑하고 사랑했던 것이리라.

김종직·金宗直(1431~1492)

조선 전기의 문신으로 고려 말 정몽주·길재의 학풍을 이은 아버지 김숙자金叔滋에게 배웠다. 1453년 식년문과에 정과로 급제하여 사가독서賜暇讀書하고, 1462년 승문원 박사로 예문관 봉교를 겸했다. 1476년 선산부사를 역임했고 1483년 우부승지에 올랐으며, 홍문관 제학, 공조 참판 등을 지냈다. 절의를 중요시하여 도학道學의 정맥을 이어가는 데 중추적 역할을 했지만, 무오사화(1449년, 연산군 4) 때 부관참시를 당해야 했다. 자는 계온 ·효관, 호는 점필재, 본관은 선산善山.

그대 목소리 아직 들려오는 것 같고

| 안정복 | 아내 숙인 성씨 영전에 바치는 제문

조선 후기의 실학자 안정복은 사랑하는 아내 숙인 창녕 성씨의 죽음
을 당해 서럽고도 슬픈 제문을 남겼다.

을미년(1775년, 영조 51) 3월 1일 무신에 정복이 삼가 숙인 창녕 성씨의 영
전에 고하고 곡합니다.

숙인이 죽은 지 벌써 석 달이 되었구려. 이미 석 달이나 되었는데도 정말 죽
었다는 생각이 들지 않아 밖에서 돌아오면 목소리가 들려오는 것 같고, 배가
고프면 밥을 달라고 하려 하고, 병이 들면 간호해주기를 바라는 생각이 들고,
집안에 헤아려서 결정할 일이 있으면 상의하려는 생각이 들어, 이러한 마음
이 문득 일어났다가 그치곤 한다오. 47년간 즐거움과 괴로움을 함께 하고 슬
픔과 기쁨도 함께 하여 금슬琴瑟을 타는 것과 같이 지냈는데, 이제는 그만이

구려.

　아, 애통합니다. 이제 숙인이 정말 죽었구려. 숙인이 나와 함께 우리 부모를 섬길 때 항상 맛있는 음식이 충분하지 못한 것을 근심하다가 갑자기 부모를 잃는 고통을 당하는 바람에 잘 봉양하고자 하는 소원을 이루지 못하였는데, 이제 돌아갔으니 지하에서 친정부모와 시부모들이 상종하여 친정부모에게는 저녁인사를 드리고 시부모에게는 아침 문안을 드리며 평일과 같이 기쁘게 받들면서 인간세상과 다름없이 단란한 즐거움을 누리고 있는지요? 만약 그렇다면 숙인의 죽음은 불행이라 할 수가 없고, 이렇듯이 지지리도 죽지 않고 있어서 숙인과 더불어 즐거움을 함께 하지 못하는 자가 외려 슬픈 것이오.

　아, 애통합니다. 애도의 마음을 가지고 지난날을 생각하건대, 효성스럽고 조심스러운 숙인의 행실은 천성에서부터 비롯된 것으로 우리 집안에 들어온 이후로 한 번도 어긋난 적이 없었기에 시부모가 사랑하고 집안사람들이 좋게 생각하였소, 공경으로 뜻을 받들기를 잠시도 게을리 하지 않았고 뜻을 거역하는 표정과 주제 넘는 일을 일찍이 시부모 앞에서 한 번도 하지 않았소. 이 것은 젊어서부터 늙을 때까지 하루와 같이 행하였던 일이었고, 병이 들었을 때는 음식을 마련하는 일 외에도 약 달이는 등의 일까지 몸소 하고 남에게 맡기지 아니하였소. 우리 집이 매우 가난한데다 식구가 많고 제사도 많으며 손님도 많아 해마다 들어오는 수입으로는 그 절반도 충당할 수가 없었는데, 숙인은 마음과 힘을 다하여 좌우로 어려운 살림을 꾸려나가 나의 성의를 극진히 하고야 말았소. 병들어 위태로운 때도 제사드릴 때가 되면 비록 몸소 제기祭器를 잡지는 못더라도 한밤중까지 잠자리에 들지 않고 물품을 살폈으니,

선조에게로 향한 정성이 남보다 뛰어나지 않았다면 어찌 능히 이와 같이 할 수 있었겠소.

숙인은 성품이 유순하고 검소하여 오직 음식을 만드는 일만을 스스로 맡았으니《시경詩經》에 이른바, "잘못한 것도 없고 잘할 것도 없이 오직 술과 음식만 이에 의논한다"는 것은 숙인을 두고 한 말일 것이오. 내 성격은 강하고 급하여 부모님 앞에 있을 때라도 더러 온화한 안색이 부족하였는데, 그러면 숙인이 반드시 경계하여 말하기를, "저는 옛날의 효자는 안색을 부드럽게 하고 모습을 유순하게 한다고 들었지 굳세고 꼿꼿한 기색으로 부모를 섬긴다는 말은 듣지 못하였습니다. 실로 이렇게 하지 않는다면 어찌 학문을 귀하게 여기겠습니까"라고 하였소. 내 비록 선천적인 병통을 과감하게 고치지는 못했으나 그 말에 마음속 깊이 감복하곤 했었다오. 다만 내가 소활하고 자상함이 부족하여 일찍이 숙인에게 한 마디도 이런 말을 하지 않았기 때문에 숙인이 늘 자기를 알아주지 않는다고 하였으나 내가 어찌 숙인을 알지 못했을 것이며 숙인이 몰라준다고 탓을 한 것 또한 어찌 또한 참말이었겠소.

아, 내가 몸이 약하여 젊어서부터 병치레를 잘하다가 만년에 기이한 병에 걸렸는데, 증세가 나타날 때는 짧은 순간도 목숨을 보장하기가 어려웠소. 그럴 때면 숙인이 근심 걱정으로 애태워 밥도 먹지 않고 잠도 자지 않았으며 옷벗을 겨를도 신발을 신을 벗을 겨를도 없었는데, 이렇게 하기를 늙도록 조금도 게을리 하지 않았소. 그러니 내가 지금까지 목숨을 부지하고 있는 것은 숙인의 힘이 아니고 뭐겠소. 이것이 비록 아내 된 사람이 보통 하는 일이기는 하지만 숙인이 정성을 다하고 뜻을 다한 것은 남들이 미칠 바가 아니었소.

이제 나만 홀로 살아남고 숙인은 돌아가 버렸으니 이 은혜를 어찌 잊을 수 있겠소. 한스러운 것은 우리 집이 가난하여 숙인으로 하여금 하루도 그 몸을 편히 두지 못하게 한 것이오. 지게미와 겨도 배불리 먹지 못하였고 겨울에는 솜옷이 없고, 여름에는 갈포葛布가 없었으며 풀을 포개어 자리를 깔고 치마를 잘라 이불로 삼았으니, 이것은 사람들이 견디지 못하는 바였소. 그런데도 내가 혹 위안이라도 하면 숙인은 "남들보다 살림을 못해서 그런 것입니다"라고 대답했었소. 숙인은 검소한 자세를 조금도 누그러뜨리지 않아 죽는 날에 이르러서도 오히려 정성스럽기만 했는데 어찌 살림하는 것이 남들보다 못하였다고 하겠소. 겸손하게 자신을 낮추는 숙인의 덕을 여기에서 더욱 볼 수가 있는 것이오.

사실 6, 7년 전부터 숙인의 병이 징후가 있었는데, 설사와 체기는 늙은이들에게 으레 있는 병이 아니니, 병든 원인을 따져보면 실로 궁하게 살아 굶주리고 지쳐서 그런 것이었소. 그런데도 끝내 좋은 약을 써서 그 원기를 보충해주지 못한 채 그럭저럭 세월만 보내다가 지난해에 이르러 병세가 더욱 악화되어 이렇게 되고 말았으니, 어찌 세상이 끝나도록 잊혀지겠소. 아마 죽을 때까지 깊은 한이 될 것이오. 지난 겨울 이후로 병세가 더 이상 어찌할 수 없다는 것을 알고 장례 준비를 하고자 하였는데, 숙인이 손수 짠 명주가 있다는 말을 듣고 그것을 쓰려고 하였으나 숙인이 강력히 말렸으니, 대개 그 뜻이 훗날 나를 위해서 쓰게 하려는 것이었소. 비록 병중에 있었으나 나를 향하는 뜻은 이와 같이 지극하였던 것이오. 비록 작은 일이지만 나도 모르게 가슴이 아파온다오.

임진년(1772년, 영조 48) 이후 내가 두 번 소명을 받아 나아가게 되었는데, 숙인이 경계하기를, "세상길이 험난하여 곧은 도리가 용납되기 어렵습니다. 다만 생각하건대 당신은 천성이 소활陳闊하여 남을 지나치게 믿으니 말세에 처신하는 도리가 아닌 듯합니다. 우리 집안은 본래 선비의 집안으로서 높은 벼슬이 귀한 줄을 모르니 농사일에 힘써서 아침저녁 끼니나 이어가면 이것으로 그만입니다. 이제는 봉양할 부모님도 안 계시는데 벼슬하여 무엇하겠습니까"라고 하였소. 이것이 어찌 세속의 용렬한 아낙네가 말할 수 있는 것이겠소.

　아, 애통합니다. 순박하고 근면한 기질과 단아하고 깨끗한 지조, 자신을 낮추는 덕을 이제는 다시 볼 수가 없구려. 내 평생에 가볍게 남을 허여하지 아니했는데 어찌 숙인에 대해서만 지나치게 칭찬하는 말을 하겠소.

　아, 애통합니다. 숙인이 이제 혈육血肉과 육체로부터 벗어나 태허太虛의 두 기운 사이에서 호탕하게 노닐고 있을 것인데, 나의 이 말을 듣고서 나를 불쌍하고 가련하게 여길 것인지 아니면 천명天命을 알지 못한다고 웃을 것인지 모르겠구려. 한 아들은 의지할 데 없이 외롭게 있고 한 딸은 아직 시집가지 못했기에 내 마음이 아픈데, 숙인도 어쩌면 마음이 아플 것이오.

　이제 초하루 전奠 드릴 때를 당하여 불러주어 쓰게 하여 고하노니, 신령이 만약 안다면 이렇게 간절하고 애틋한 마음을 살피소서. 아, 애통합니다. 삼가 흠향하소서.

　　　　　　　　　　　　　　　　　　　　　　　-《순암집》제20권 제문

　흑인들은 장례식을 '회향回鄕'이라고 한다고 한다. 즉, 왔던 곳으로 되돌아간다는 뜻이다. 그러나 그렇게 위안하려 해도 사랑하던 사람이 죽어서 돌아감은 이렇듯 아픔과 슬픔을 준다. 숙인이 떠난 지 석 달이 되었는데도 믿기지 않아서 집으로 돌아오면서 목소리라도 들릴세라 귀 기울이고, 또 기울이는 마음이여! 사랑이 깊으면 서러움도 그만큼 깊은 것일까.

안정복 · 安鼎福(1712~1791)

조선 후기 실학자. 그의 집안은 전통적인 남인 가문으로 그 아버지가 당쟁에 희생되어 벼슬길이 끊긴 불우한 집안이었다. 폭넓은 분야를 공부하여 높은 경지에 도달했으며, 1746년 이익의 문하에 들어가면서 학문의 목표를 경세치용에 두고 이를 위해 전력을 기울였다. 1749년(영조 25) 만령전참봉萬寧殿參奉에 부임한 것을 시작으로 내직으로는 감찰 · 익위사익찬翊衛司翊贊을 역임하였고, 외직으로는 65세에 목천현감을 지냈다. 저서에 《동사강목東史綱目》《하학지남下學指南》《열조통기列朝通紀》등이 있다. 자는 백순白順, 호는 순암順菴 · 한산병은漢山病隱, 본관은 광주廣州.

어린 아들의 통곡소리 차마 들을 수 없고

| 이건방 | 아내의 소상에 지은 제문

《연려실기술》을 지은 이긍익李肯翊은 원교 이광사李匡師의 아들이다.
그 맥을 이은 사람이 이건창李建昌이며, 그의 당질堂姪(사촌 형제의 아들로,
오촌이 되는 관계)이 난곡蘭谷 이건방李建芳이었다. 이건방은 위당 정인보
의 스승이기도 했으며, 양명학을 계승한 강화학파의 계승자였다.

다음 글은 이건방이 부부로 산지 서른여덟해가 된 아내의 소상小祥
에 지은 제문祭文이다.

"그대가 모른다고 하는 것이 아니며, 그대가 안다고 하는 말도 아니오. 그렇
기 하지만 그대가 모른다고 치면 나는 차마 못 견딜 바가 있고, 그대가 안다고
치더라도 내가 밝힐 방법은 없으니 앎과 모름의 사이에서 나는 장차 그대를
어떻게 대해야 할 것인가? 그러나 인정상 차마 견딜 수 없음은 성인이 허락하

신 바라. 나는 우선 그대가 안다고 치고 같이 이야기하면 어떻겠소.

그대는 본래 맑고 여위고 병치레를 잘 하는데다가 하루도 쉴 수가 없었소, 몸소 절구질하고 밥을 짓느라 살림살이의 수고로움에서 벗어나질 못했소. 밤에는 헌옷을 깁느라고 왕왕이 새벽까지 잠을 못 이루었소. 날씨가 춥고 물이 얼어 열 손가락이 얼어 찢어져 피가 나오면, 나는 그것을 보고 놀라 속으로는 어쩌자고 남을 이토록 고생을 시키는가 생각하였지만, 얼마 안 있어 무슨 일이 생기면 여전히 꾸짖기만 했소. 나는 이제 뉘우치고 잊을 수가 없소. 그대는 아는가, 모르는가?

어느 해인가 흉년이 들었을 때 송기를 섞어 죽을 끓였는데 집안 식구는 모두 다 얻어먹었으나 그대만은 굶주림을 견디며 태연스러워 남들에게 눈치채게 하지를 않았었소. 여러 달이 지나자 얼굴에 부황이 들었건만 나는 그것도 깨닫지 못하고 병 때문에 그러려니 여겼단 말이오. 나는 이제껏 슬퍼서 차마 그 일을 잊지 못하오. 그대는 아는가, 모르는가?

계절은 엇바뀌어 또 새해가 가는데, 그대 효심이 정성껏 술이고 수정과를 깨끗이 담가 조상께 제사지내고 싶지는 않소? 계동桂洞에 문안드리러 달려가고 싶지는 않소? 어린 아들과 며느리들이 통곡하고 가슴치며 슬퍼하고 원통해하는 모습을 차마 들을 수 없고, 게다가 막내는 나이 아직 어리니 거듭 못잊히지 않는다는 말이오? 어린 손자들이 한 살씩 더 먹고 꼬까옷 입고 다투어 와서 세배하는데, 어찌해서 혼자만 어루만져주고 기뻐할 줄 모른단 말이오.

－《난곡존고》

우리는 매일 매 순간 이별하고 다시 만나며 매일 죽고 다시 태어난다. 또한 "슬퍼하기 위해 나는 태어났다"는 어느 시인의 말처럼 우리들은 매일 슬프고 매일 외롭다.

슬퍼서 기쁘고 기뻐서 외로운 우리들의 생을 누가 있어 1+1=2라거나 2-2=0이라고 딱 부러지게 정의할 수 있을 것인가?

이건방 · 李建芳(1861~1939)

조선 말기의 학자. 정명도程明道와 왕양명王陽明의 책을 독신하였다. 문장으로 이름을 날리던 종형 건창建昌이 함께 활동할 것을 권하였으나, 늙은 어머니를 모셔야 한다는 이유로 사양하였다. 1894년 이후에는 가족을 이끌고 서울에 돌아와 〈원사〉를 지어 산림에 남아 있는 선비를 기롱하고, 학문을 새롭게 하고자 다짐하였다. 문장에 능하였으며, 저서로 《난곡존고》 13권이 있다. 자는 춘세春世, 호는 난곡蘭谷, 본관은 전주全州.

눈을 감아도 잠은 오지 않고

| 강희맹 | 아내 순흥 안씨의 죽음을 애도하며

1482년 임인년 겨울, 강희맹은 사랑하던 부인 순흥 안씨가 죽자 애도
의 마음으로 다음 글을 지어 규방閨房의 벽에 붙여놓고 보았다고 한다.

초경 인정人定 쇠에 주위가 조용한데
눈을 감아도 잠이 없어 오래도록 멀뚱거리네
앉았다 누웠다 신음하며 여윈 몸 일으키니
어떻게 이 춥고 기나긴 밤을 보내리.

이경에 자려 해도 잠은 오지 않아
잠을 청하려고 억지로 두 세 잔을 마시네
만 가지 생각이 번거롭게 일어나 더욱 어지러우니

상반되는 일이 마음에 걸려 견디기가 어렵네.
삼경에 잠 못 들어 턱을 괴고 앉았는데
등불 그림자는 경고更鼓 소리 드무네
구부정하게 기댄 채로 한밤을 지내며
창을 밀치고 옮겨가는 은하수를 자주 보네.

사경에도 오히려 침상에 무릎 붙이지 못하는데
깊은 아픔은 끝없이 내 창자를 짓누르네
천지가 다함이 있어도 시름은 다하지 않으니
진실로 병이 아님을 아는 것이 또한 깊은 병이네.

오경의 닭 울음소리에 종소리도 따라 우는데
일어나 이불 안고 앉아서 날을 새우네
아침이 온다고 해서 시름이 사라지는 것 아니니
시름은 밤의 어두움으로 인해 더욱더 깊어지네.

−《사숙재집》권1〈오경가오수〉

초경에서 오경까지 마음이 변하는 것을 풍경화처럼 드러낸 이 글은 남편이 아내에게 만이 아니라 한 사람이 다른 한 사람에게 보내는 지극한 믿음이자 사랑의 표현이라고 할 수 있다.

슬픔도 없이, 기쁨도 없이 그저 아무렇지도 않게 흘러가는 하루하루를 살아본 적이 있는가? 나의 물음, 나의 슬픔, 나의 회한은 이렇게 끝이 없다.

"잊어버릴 줄 모르는 이 마음이 진정 슬픔이요"라는 말이 새삼 떠오른다.

임종도 보지 못하고

│변계량│아내 오씨를 위해 지은 제문

다음은 조선 초기 청백리 중 한 사람이었던 변계량이 그의 아내 오씨를 위해 지은 제문이다.

아, 해로의 기약이 미처 두 해도 되지 않아 이 지경에 이르렀단 말이오. 생각컨대, 지난날 친정에 돌아갈 때 용구龍駒(조선시대 경기도의 현 이름. 용구현과 치인현이 합쳐져 용인현이 됨)의 동쪽에서 아들을 낳아 종통을 잇겠다고 하더니. 어찌 갑자기 이 지경에 이를 줄 생각이나 하였겠소. 아, 이를 어쩐단 말이오, 어쩐단 말이오.

병들었을 때는 약을 쓰지 못했고 죽을 무렵에는 임종도 보지 못하여 한갓 시신만을 어루만지는 나의 마음이 무너지는 듯하다오. 질병이 있을 때는 보통 사람도 조심하는 법인데, 하물며 아이를 가져서 치료에 힘을 다해야 하는 처지이겠소. 처음에 몸이 아플 때 어찌 일찍이 도모하지 않아서 운명하는 지경에 이르러 나를 이렇게 만든단 말이오. 처음 부고를 받고는 꿈인지 생시인지 분간하지 못했다오. 가슴 아프게 옛날을 생각하니 애타는 슬픔으로 마치 정신이 나간 듯하다오. 친정에 가지 않았더라면 혹시 이 재앙을 면했을는지, 천지가 장구하지만 나의 한스러움이 다함이 있을는지.

사람이 죽고 살며 장수하고 요절하는 것은 하늘에서 부여받아 절로 정해진 수數 있는 것으로 만고를 통해 모두 그러했던 것이니, 어찌 약물로 구제할 수 있는 것이며, 어찌 거처 때문에 그러하겠소. 내가 일찍이 글을 읽어 이러한 이치를 밝게 보았으나, 오히려 지금까지 슬퍼서 스스로 위안을 얻지 못한다오.

내가 병이 많은 점을 염려하여 두루 보살펴준 공이 매우 컸는데 이제 누가 주관하고 누가 보살펴서 나를 건강하게 해주겠소. 더구나 백발의 양친께서 생존해 계시는데 갑자기 떠나서 다시 돌아오지 못하게 되었으니, 황천에서 유한遺恨이 있으리라 생각되오.

아, 명인지라 또한 어찌할 수 없으니, 오직 마땅히(원문 빠짐) 차와 떡을 갖추어 올리고 이 제문으로 흠향하길 권하노니, 가슴을 어루만지며 한 번 통곡함에 눈물이 줄줄 흐를 뿐이라오. 아, 영령은 아시오, 모르시오.

-《춘정집》

가버린 사람을 어찌 탓하랴. 어찌 눈길을 돌린다고 지난날들이 그렇게 쉽사리 잊혀질 수 있으랴. 아, 고개를 흔들면 흔들수록 눈길을 돌리

면 돌릴수록 되살아나는 그대여.

변계량 · 卞季良(1369~1430)

고려 말·조선 초기의 문신. 이색과 권근의 문인. 조선 건국 후 수문전제학·좌부빈객·예조판서 등을 지냈다. 1420년(세종 2) 집현전이 설치된 뒤 20년간 대제학을 맡아 외교문서를 작성하였고, 과거의 시관으로 관리를 뽑는 일에 공정을 기하여 고려 말의 폐단을 개혁하였다. 대제학으로서 귀신과 부처를 섬겨 하늘에 제사를 지냈다 하여 "살기를 탐내고, 죽기를 두려워한 사람"이라는 평가를 받기도 했다. 정도전·권근으로 이어지는 관인문학가의 대표적 인물로 조선 왕조의 건국을 찬양하는《화산별곡華山別曲》《태행태상왕시책문太行太上王諡冊文》을 지었다. 문집에《춘정집》등이 있다. 자는 거경巨卿, 호는 춘정春亭, 본관은 밀양密陽.

우리 형님 얼굴은 누굴 닮았는가?

아버지 생각날 때면 형님을 보았네

이제 형님이 생각나면 누구를 보나?

시냇물에 내 얼굴을 비추어 보네.

　　　－박지원·〈돌아가신 형님을 생각하며燕巖憶先兄〉

검푸른 먼 산은 누님의 쪽진 머리 같고

형제자매를 잃은 슬픔

割
半
之
痛

*할반지통(割半之痛) – '몸의 절반을 베어내는 아픔'이란 뜻으로, 형제자매가 죽은 슬픔을 이르는 말.
임금이나 아버지를 여읜 슬픔은 '천붕지통(天崩之痛)'이라고 한다.

검푸른 먼 산은 누님의 쪽진 머리 같고

|박지원| 큰누이 증贈 정부인 박씨 묘지명

연암 박지원의 맏누이인 정부인貞夫人 박씨는 연암에게 있어 어머니와도 같은 존재였다. 그런데 어느 날 그 누이가 갑자기 죽고 만다. 연암은 하늘이 무너지는 듯한 슬픔을 느끼며 누이의 묘지명을 썼다.

유인儒人의 휘諱는 아무이요, 반남 박씨이다. 그 동생 지원趾源, 중미仲美가 다음과 같이 묘지명을 쓴다. 유인은 열여섯에 덕수德水 이택모李宅模 백규伯揆에게 시집을 가서 딸 하나 아들 둘이 있었다. 신묘년(영조 47) 9월 초하루에 세상을 떠나니 나이 마흔셋이었다. 지아비의 선산이 아곡鵶谷(지금의 경기도 양평)인지라 장차 서향의 언덕에 장사를 지내고자 한다.

박지원은 담담하게 누이의 가족관계 그리고 고인의 나이와 장사를 어디에서 지낼 것인지를 쓴 다음 상여가 떠나면서 가난한 매형 이백규가 가족들을 데리고 배를 타고 가는 풍경, 누님과 함께 했던 어린 시절의 추억을 수채화처럼 펼쳐놓는다.

백규가 그 어진 아내를 잃고 난 뒤 가난하여 살 방도가 없어지자, 어린 것들과 계집종 하나, 크고 작은 솥과 그릇, 옷상자와 짐이든 궤짝을 가지고 배를 타고 산골로 가기위해 상여와 함께 출발하였다. 나는 두포斗浦의 뱃전에서 그를 전송한 뒤 통곡하며 돌아왔다.

아아! 슬프다. 누님이 시집가던 날 새벽에 화장하던 모습이 마치 어제 일만 같구나. 내 나이 그 때 여덟 살이었다. 내가 장난을 치느라 누워서 발을 동동 구르며 새 신랑의 말투를 흉내내느라 말을 더듬거리며 점잔을 빼자, 누님은 수줍어서 빗을 떨어뜨려 내 이마에 맞추었다. 나는 그만 성이 나 울면서 먹물을 분가루에 뒤섞고, 침으로 거울을 더럽혔다. 그러자 누님은 옥압玉鴨과 금봉金蜂 따위의 패물을 꺼내주면서 울음을 그치도록 달랬었다. 그때로부터 벌써 스물여덟 해가 지났구나.

강가에 말을 세우고 강 위를 바라다보니, 상여의 명정은 바람에 휘날리고, 뱃전의 돛 그림자가 물 위에 꿈틀거렸다. 그러나 기슭을 돌자 나무에 가려 다시는 볼 수 없이 사라지고 말았다. 강가의 먼 산들이 검푸른 것이 마치 누님의 쪽진 머리 같았고, 강물 빛은 누님의 화장 거울과 같았으며, 서쪽으로 지는 새벽달은 누님의 고운 눈썹 같았다. 이에 누님의 빗을 떨어뜨렸던 일이 떠올라 나도 모르게 눈물을 흘렸다. 유독 어렸을 적 일만 역력하게 떠올랐다.

생각해보면 즐거웠던 기억은 많았는데, 세월은 덧없이 길고 그 사이에는 대부분 이별의 근심을 괴로워하고, 가난을 걱정하고, 괴로워하면서 보냈으니, 인생이 덧없는 것이 마치 꿈결과도 같구나. 남매로 지낸 날들이 어찌 그리도 빨리 지나갔더란 말인가.

> 떠나는 사람 정녕코 다시 온다 약속을 남기고 가지만
> 보내는 사람 눈물로 여전히 옷깃을 적시게 하네
> 조각배 이제 떠나가면 어느 때 돌아올까
> 보내는 사람만 헛되이 강가에서 외롭게 돌아가네.

-《연암집》

죽은 부인의 상여를 따라가는 남편과 어린 자식들. 또 그걸 바라보는 동생이 느끼는 슬픔은 그 어떤 것과도 비교할 수 없을 것이다.

'누님의 상여를 따라가는 매형의 어깨는 축 늘어지고, 붉은 명정은 바람에 펄럭이는데.' 이 글만으로도 충분히 그 슬픔이 느껴진다. 그러나 더 큰 슬픔은 그 뒤에 오는 구절이다. '검푸른 산은 누님의 쪽진 머리 같고, 강물 빛은 누님의 화장한 얼굴 같아' 자신도 모르게 그만 눈물을 흘렸다는 것이다. 두 번 다시는 볼 수 없는 그리움이 바로 그런 것일까.

위 글을 두고 연암의 처남이자 오랜 지기였던 지계공 이재성은 다음과 같이 평했다.

"인정人情을 따르는 것이 지극한 예가 되었고, 의경을 묘사함이 참문장

이 된다. 글에 어찌 정해진 격식이 있으랴. 이 글을 옛사람의 문장을 기준으로 읽으면 당연히 다른 말이 없을 것이지만, 지금 사람의 문장으로 기준을 삼아 읽는다면 의아해하지 없을 수 없으리라. 원컨대 상자 속에 넣어서 간직했으면 한다."

한편 연암은 형과 형수가 죽자 두 사람을 합장한 후 연암골로 들어가 살면서 〈연암골에서, 돌아가신 형님을 생각하며〉라는 시 한 편을 쓴다. 이 시 역시 읽는 사람의 마음을 연신 흔들어놓는다.

우리 형님 얼굴은 누굴 닮았는가?
아버지 생각날 때면 형님을 보았네
이제 형님이 생각나면 누구를 보나?
시냇물에 내 얼굴을 비추어보네.

–《연암집》

이덕무는 이 시를 읽고 눈물을 흘리며 다음과 같이 말했다고 한다.

"정이 지극한 말이 사람으로 하여금 하염없이 눈물을 흘리게 하니 정말 진실되고 절절하기가 이루 말 할 수 없다. 선생의 시를 읽으며 눈물을 흘린 것이 이번까지 두 번째인데, 처음은 선생께서 그 누님의 상여를 실은 배를 떠나보내며 읊은 시였다."

박지원 · 朴趾源(1737~1805)

할아버지는 지돈녕부사 필균弼均이며, 아버지는 사유師愈이다. 그의 가문은 노론의 명문세신名
門世臣이었지만, 그가 자랄 때는 재산이 변변치 못해 100냥도 안 되는 밭과 서울의 30냥짜리 집
한 채가 있었을 뿐이었다. 그는 영조로부터 두터운 신임을 받으면서도 척신戚臣의 혐의를 피하고
자 애썼으며, 청렴했던 조부의 강한 영향을 받으며 성장했다. 1752년 이보천李輔天의 딸과 결혼
했다. 그의 처삼촌이며 이익李瀷의 사상적 영향을 받았던 홍문관교리 이양천李亮天에게서 글을
배우기 시작했다. 3년 동안 문을 걸어 잠그고 공부에 전념, 경학·병학·농학 등 모든 경세실용의
학문을 연구했다. 특히 문재文才를 타고나《허생전許生傳》《양반전》《민옹전閔翁傳》《호질虎叱》
등 많은 작품을 남겼다. 자는 중미仲美, 호는 연암燕巖, 본관은 반남潘南.

너는 이제 영원히 잠들었으니

| 이덕무 | 손아래 누이 서처의 죽음에 부쳐

이덕무는 경사經史에서 기문이서奇文異書에 이르기까지 통달하여 박학 다재하고 문장이 뛰어났지만 서자라는 이유로 높은 관직에 오르지 못하였다. 그는 6세에 이미 문리文理를 터득하였고, 일찍이 유득공·박제가·이서구와 함께 사가시집四家詩集《건연집》을 펴내 문명을 떨치기도 했다.

이에 연암 박지원은 "이덕무의 시야말로 우리나라의 풍토와 생활에 밀착되어 있으며 우리나라 남녀의 마음씨를 볼 수 있게 하니 '조선의 풍요風謠'"라고 칭송할 만큼 그의 재주를 아꼈다. 박지원의 아들 박종채가 지은《과정록過庭錄》에 의하면 박지원이 안의현감으로 있을 때 이덕무의 죽음을 전해 듣고 "애석하도다! 인재가 한 사람 사라졌구나. 나라에서 무관懋官(이덕무의 자)에게 글짓고 저술하는 일을 맡겼더라면 필시 한 자리를 차지해 크게 볼 만한 것을 내놓았을 텐데"라며 한탄했다고 한다. 또 처남 이재성에게 보낸 편지에 "무관이 죽다니! 꼭 나를 잃은 것 같아"라고 쓰기도 했다.

박지원은 그 뒤 이덕무의 〈행장〉을 지었는데 여기에는 그의 성품이 잘 드러나 있다.

"여러 사람들이 같이 있을 때도 장중하되 잘난 체하지 않았으며, 화평하게 즐기되 친압親押(흉허물 없이 너무 지나치게 친한 것)하지 아니하므로 사람들 역시 감히 분수없는 말을 걸어오지 못하였다."

다음 글은 이덕무가 그의 손아래 누이 서처徐妻의 죽음에 부쳐 지은 제문이다.

우리 형제 4남매에 내가 너보다 6년이 위이니 나는 신유년(1471년, 영조 1)에 태어나고, 너와 너의 동생은 정묘년(1747년)과 무진년(1748년)에 태어났다. 정무는 정축생으로 가장 늦게 태어나 어렸을 때 너의 태도를 볼 수 없었지만, 수더분한 태도로 놀던 그때 일이 눈에 삼삼하다. 업을 때에는 반드시 두 어깨에 메고 이끌 때는 반드시 두 손으로 잡아주었다. 한 개의 떡이라도 절반으로 나누었고, 한 알의 과일도 똑같이 갈랐다. 단연丹鉛과 분목도 좌우로 나누어 두었으며, 꽃다운 화분도 골고루 나누어 분배하였다. 내가 경사經史를 읽을 때는 옆에 앉아 따라 읽으며 재잘거렸고, 삼강오륜을 같이 앉아 해설하며 담론하였다.

흉년들어 먹을 것이 없는데다 어머니는 병까지 많으셨고, 강가에 유리할 적에는 을병년乙丙年이라, 쑥으로 빚은 보리떡과 나물죽이 입과 목구멍을 찔렀다. 콩나물을 지진 막장에 등불은 죽에 얼비치고, 비린내 나는 초라한 반찬은 하인이 배에서 주워온 물고기라, 모여 앉아 자주 그것을 먹으면서 어머니를 위로하였다. 아버지께서 멀리 계시다가 오랜만에 돌아오시곤 하면, 갑자기 언짢아하실까 염려되어 전에 굶주리던 일을 말하지 않고, 한없이 기뻐하며 다시 떠나실까 두려워 옷깃을 잡고 주위를 맴돌았다. 네 나이 18세에 서자徐子에게 시집을 갔는데, 서자는 훌륭한 인격에 풍채도 준수하였다. 딸이 영리하고 사위가 아름다워 부모님은 몹시 기뻐하였는데 이듬해 여름 어머니께서 결국 세상을 떠나셨다. 형과 아우가 슬프게 울부짖어 그 애통함을 심폐心肺에 새기며 평소에 비해 더욱 서로 친절히 도왔다.

너의 동생은 상을 마치고 원씨元氏의 아내가 되었는데, 각각 아들 하나씩을 낳아 안고 옛날을 생각하며 슬퍼하였다. 그리우면 때를 어기지 않고 가서 보았는데, 가엾게도 요즈음 네가 굶주리고 헐벗어 화로에는 불을 피우나 소반에는 밥그릇이 오르지 못하였다. 너는 비록 태연한 듯하였으나 얼굴에는 부황이 떠올랐다. 기침소리는 폐후肺喉에 요란하였고, 담은 견여肩輿에 집중되었다. 지난 여름에 너를 데려와 약을 먹이다가, 너의 시아버지가 돌아가시므로 네가 곡하며 돌아갔다.

겨울에 또 병세가 급하여 내가 가서 약을 달여주었으며 집으로 데려왔는데, 자리에 누워 연신 피를 토하고 쿨럭거렸다. 겨울이 지나고 봄이 되도록 병은 차도가 없었다. 할 수 없이 시집으로 돌아갔는데, 살은 빠지고 뼈만 앙상하게 남아 약으로도 부지하기 어려웠다. 그러므로 늦봄에 다시 돌아왔으나 회복을 기대하기 어려웠다. 늙으신 아버지가 힘을 다해 간호하여 부엌살림은 군색했지만 어육魚肉을 반드시 갖추었고, 그 어육을 먹이고자 늘 곁에서 보살폈다. 유인孺人은 죽을 쑤고 서모는 머리를 짚어주고 등을 긁어주며, 몸종이 말동무를 해주어도 손을 저으며 귀찮아했다.

네 동생이 와 마지막 이별을 하며 너의 얼굴에 눈물을 떨어뜨리니, 너는 말없이 눈물만 자주 글썽거렸다. 내 어찌 차마 이를 볼 수 있었으랴. 하늘도 너를 위해 침침하게 흐렸었다. 서군이 와서 무슨 할 말이 있느냐고 물으니, 할 말이 없다고 대답하기에, 서군에게 저녁밥만 권하였다.

6월 초사흘, 갑자기 폭우가 쏟아지며 캄캄해졌다. 집안 식구들이 어제 저녁부터 오늘 아침까지 밥을 굶은 사실을 안 너는 얼굴을 찡그리더니 이후부터 병이 더욱 깊어져 결국 숨을 거두고 말았다. 늙은 아버지께서 흐느껴 운 뒤 아버지와 우리 형제들 세 번 곡하였으니, 천하에 지극한 슬픈 울음이었다. 너는 이제 영원히 잠들었으니, 내 말을 듣는가, 듣지 못하는가?

아버지께서 예문禮文을 상고하고, 유모가 목욕시키고 수의를 입히며, 나와 서군은 슬픔에 겨워 염습을 하느라 손이 벌벌 떨리며 이마에 땀이 줄줄 흘렀다. 그 후 너의 시댁과 우리 집안의 어진 사람들이 부의賻儀를 보내어 장례를 치렀는데, 급히 9일장으로 하여 너의 선영으로 돌아갔다.

너의 집에 가면 늘 네가 반가이 맞으면서, 바느질 품 팔아 모아 두었던 돈으로 종을 시켜 술을 사다가 웃으면서 내 앞에 놓았다. 내가 그 술을 다른 그릇에 조금 따라 너에게 권하면, 너는 그 술을 받곤 하였다. 안주는 조금씩 나누어 조카 아중에게 먹였다. 이제는 백 번을 가더라도 눈에 보이는 것이 슬픔을 더하는 것뿐이리라.

내 동생이 된 지 28년인데, 언제 하루라도 정의를 잃은 적이 있는가? 서군도 내게 하는 말이 "나의 아내가 된 지 11년인데, 말이 적고 천성이 온자하며, 번거롭지 않고 단아하므로 편협함 마음과 조급한 행동을 참고 진정할 수 있으며, 동서끼리 서로 화목하여 틈이 없었다"고 하였다. 이와 같은 여자의 품행이라 응당 그 후손이 잘 되어야 하지만, 다섯 살 된 아증이 너와 같이 아파서 누렇게 파리하며 기침을 하는 것이 마치 너의 얼굴을 보는 것 같다. 그러나 잘 보살펴 길러서 너의 아픔을 위로하려 한다.

평시에는 남들에게 말할 적에 형제가 몇이냐고 물으면, 모모某某 넷이 동기라고 하였는데, 이제부터는 남들이 물으면 넷이라고 할 수가 없구나. 네 몸이 마비되니 육골肉骨을 긁어내는 듯 아파 형은 아우의 죽음을 애처롭게 여기고, 아우는 형의 죽음을 슬퍼하는 것이 이치에 당연하여 그 자연스런 순서를 어길 수 없구나. 너의 생사를 겪으니 나는 원통할 뿐이다. 아, 내가 죽으면 누가 울어주랴? 저 컴컴한 흙구덩이에 차마 옥같은 너를 어떻게 묻겠는가? 아! 슬프고 서럽다.

－《청장관전서》4권, 간본《아정유고》제5권

어쩔 것인가. 생生과 사死는 이미 저만큼 멀어지고, 그곳에 간들 누이의 모습은 보이지 않고, 눈에 보이는 것은 온통 슬픔뿐인 것을. 따스하게 맞아 주던 누이의 미소도, 바느질 품을 팔아 모은 돈을 아끼지 않고 사주던 그윽한 술맛도 이제는 맛볼 수가 없다. 이덕무는 가슴을 치며 통곡한다.

"바람은 왜 저리도 무심하게 불며, 꽃은 또 왜 그렇게 쉽게 저버린단 말이냐? 차마 묻을 수 없는 너를, 너에 대한 그리움을 어찌한단 말이냐."

우리가 삶을 사랑하는 것은 사는 일에 익숙해졌기 때문이 아니라 사랑하는 일에 익숙해졌기 때문이다. 그런데 그렇게 사랑했던 누이가 봄 눈 녹듯 가버렸으니….

이덕무·李德懋(1741~1793)

조선 후기 실학자. 1779년 박제가·유득공·서이수와 함께 초대 규장각 외각검서관이 되어《국조보감國朝寶鑑》《대전통편大典通編》《송사전宋史筌》등 여러 서적의 편찬, 교감에 참여하여 정조로부터 신임을 받았다. 그 후 박지원·박제가 등과 함께 비속한 청나라의 문체를 썼다는 문체반정文體反正에 걸려 자송문自訟文을 지어 바치기도 하였다. 저서로는《아정유고》등의 문집과 함께 아들 광규光葵에 의해 정리된《청장관전서靑莊館全書》71권 33책이 있다. 자는 무관懋官, 호는 형암炯庵·아정雅亭·청장관靑莊館 등, 본관은 전주全州.

영원한 이별노래가 된 '율정별'

┃정약용┃둘째 형 약전을 회상하며

1801년 다산茶山 정약용과 그의 형 손암巽菴 정약전은 유배를 떠난다. 정약용은 강진으로, 정약전은 흑산도로. 두 사람은 나주 율정점에서 마지막 이별을 하게 되었는데, 이 때 정약용이 쓴 〈율정별栗亭別〉이란 시가 있다.

> 띠로 이은 가게 집 새벽 등잔불이 푸르스름 꺼지려 해
> 잠자리에서 일어나 샛별 바라보니 이별할 일 참담하기만 해라
> 그리운 정 가슴에 품은 채 묵묵히 두 사람 말을 잃어
> 억지로 말을 꺼내니 목이 메어 오열이 터지네.
>
> ─《여유당전서》

지금이야 편지를 보내면 아무리 오지라도 사나흘 정도면 받아볼 수 있

지만 그 시절에는 인편을 통해 받을 수밖에 없었기 때문에 오랜 시간을 기다려야 했다. 그러니 강진에 있던 다산은 1807년에야 형 약전이 보낸 편지 한 통을 받을 수 있었다.

살아서는 증오한 율정점이여!
문 앞에는 갈림길이 놓여 있었네
본래가 한 뿌리에서 태어났지만
흩날려 떨어져간 꽃잎 같다오
한 형제로 태어났지만
가는 길은 떨어진 꽃잎처럼
따로따로 흩어져간다는 말이
그 얼마나 서럽고 슬픈 말인가?

-《여유당전서》

이 얼마나 서럽고 슬픈 편지인가. 사실 흑산도로 유배를 간 정약전은 식량조차 받을 수 없는 어려운 처지에 처해 있었다. 그러나 그는 고통에 얽매이지 않았다. 다산에게 보낸 그의 또 다른 편지를 보자.

대개 이 계획은 이별의 괴로움에서 나왔네. 그러나 일이 이미 이에 이르렀으니 어찌할 수 없네. 우리 나이가 이미 오십이네. 남은 날을 손꼽아 헤아려 봐도 많아야 20년, 적게는 10년이나 6, 7년뿐일 걸세. 지난 세월을 돌이켜보면 10년도 잠깐이지만 얼마나 되어야 이별의 괴로움을 잊겠는가? 우리는 그만이거니와 어찌 차마 아무 죄없는 자손들에게까지 각처를 떠돌며 이사하게 해서, 살아서는 나그네의 슬픔과 죽어서는 타향의 넋이 되게 할 것인가? 자네가 결심을 바꾸지 않는다면 나의 처자도 당연히 함께 와서 내가 죽기 전에 바다를 건너 서로 바라볼 수 있을 것이네. 그러나 토지와 집을 모두 팔아도 노자를 충당할 수 없고, 어리고 병든 고아孤兒들의 진퇴를 주선할 수 없을 것이니, 오직 마땅히 옛집에 엎드려 기면서 죽을 날을 기다리는 것이 차라리 나을 것이네.

–《여유당전서》

정약전은 "얼마나 오랜 세월이 지나야 이별의 괴로움을 잊을 수 있겠는가?"라며 다산에게 묻고 있다. 읽는 이의 폐부를 콕콕 찌르는 말이 아닐 수 없다. 형의 편지를 받은 다산은 결국 가족들을 강진으로 이사시키겠다는 계획을 포기해야 했다. 그 후 정약전은 1816년 6월 6일 병이 들어 그만 죽고 말았다. 율정점에서의 가슴 아픈 이별과 동생에 대한 그리움을 담은 편지도 이젠 보낼 수 없게 된 것이다.

정약전은 다산에게 있어 형 이상이었다. 형제간의 우애가 남달랐던 다산은 형 정약전의 부음 소식을 들은 뒤 병자년(1816년) 6월 17일 두 아들에게 다음과 같은 편지를 보냈다.

6월 초엿새는 바로 어지신 둘째 형님께서 세상을 떠나신 날이다. 슬프도다! 어지신 이께서 이처럼 세상을 궁색하게 떠나시다니. 원통한 그 분의 죽음 앞에 목석도 눈물을 흘릴 텐데, 더 말하여 무엇하랴! 외롭기 짝이 없는 이 세상에서 다만 손암 선생만이 나를 이해해주고 지기가 되어주셨는데, 이제는 그 분마저 가시고 말았구나. 이제 학문을 연구해서 얻은 것이 있다더라도 누구에게 상의하겠느냐. 사람은 자기를 알아주는 지기가 없다면 이미 죽은 목숨이나 마찬가지이다. 네 어미가 나를 제대로 알아주랴. 너희들이 이 아비를 제대로 알아주랴. 알아주는 사람 하나 없이 죽어갈 것을 생각하니 슬퍼진다. 경서에 관한 240권의 내 저서를 새로 장정하여 서가 위에 보관해놓았는데 이젠 불사르지 않을 수 없겠구나.

율정에서 헤어진 것이 이렇게 영원한 이별이 되고 말았구나. 더욱 슬픈 일은 그 같은 큰 그릇, 큰 덕망, 훌륭한 학식과 정밀한 지식을 두루 갖춘 어른을 너희들이 알아 모시지 않았고, 너무 이상만 높은 분, 낡은 사상가로만 여겨 한오라기 흠모의 뜻조차 보이지 않은 것이다. 아들이나 조카들이 이 모양인데 남이야 말해 무엇하랴. 이것이 가장 가슴에이는 일이다.

요즈음 세상에 그 고을 사또가 서울로 영전했다가 고을에 올 때는 그 고을 백성들이 길을 막으며 거절한다는 소리는 들었어도 귀양살이하는 사람이 한 섬에서 다른 섬으로 옮겨 갈 때 본래 있던 곳의 섬 사람들이 길을 막으며 더 있어달라고 했다는 말은 우리 형님 말고는 들은 적이 없다. 집안에 형님 같은 큰 덕망가가 계셨으나 자식이나 조카들이 알아주지 않았으니 참으로 원망스러운 일이다. 돌아가신 선왕(정조)께서도 신하들의 인품을 일일이 파악하시고 우리 형제가 함께 벼슬하고 있을 때 말씀하시길 "아무래도 형이 동

생보다 훌륭하다"라고 하셨다. 슬프도다. 우리 임금님만은 형님의 능력을 알
아주셨거늘.

-《여유당전서》

어버이 사모하는 정이 더욱 간절하여

| 정조 | 아버지 사도세자에 대한 그리움

정조는 아버지 사도세자에 대한 사랑이 지극해 노량진에 설치된 배다리를 건너 사도세자의 능이 있는 화성을 자주 찾았다. 아버지 능을 참배하고 돌아가는 길에 그가 쓴 글은 읽는 사람의 가슴을 뭉클하게 한다.

23일이 어느 날이던고. 이곳에 와서 초상을 참배하고, 젖은 이슬을 밟아보니 어버이 사모하는 정이 더욱 간절하였다. 화성에 돌아와서는 비 때문에 어가를 멈춘 후 가지 못하고 날이 밝기를 기다렸다가 새벽이 되어서야 다시 길을 떠나 지지대에서 머물렀다. 구불구불 길을 가는 도중에 어버이 생각이 계속 마음에 맺혀 오랫동안 그곳을 바라보면서 한 편의 시로 그 느낌을 기록하였다.

혼정신성의 사모함 다하지 못하여
이 날에 또 화성을 찾아와보니
침원엔 가랑비 부슬부슬 내리고
재전에서 방황하는 마음이어라
사흘밤을 견디기도 어려운데
그래도 초상 한 폭을 이루었다오
지지대 길에서 머리 들고 바라보니
바람 속에 오운이 일어나누나.

-《홍재전서》제19권

수원을 지나 의왕으로 넘어가는 지지대 고개에서 차마 떨어지지 않는 발길을 옮기는 정조의 모습이 눈에 선하다.

전하는 얘기에 의하면, 사도세자의 능에는 들국화가 피는데 다른 지역보다 더 늦게 졌다고 한다. 또 사도세자의 묘역에는 다른 지역의 산에는 없는 쪽새라는 산새가 있는데, 그 새는 밤에만 울고 그 울음소리가 마치 사람이 우는 것 같다고 했다.

사흘 와 계시다가 말없이 돌아가시는
아버님 모시 두루마기 빛바랜 흰 자락이
웬일로 제 가슴 속에 눈물로만 스밉니까?

- 정완영 〈부자상〉

살아있는 아버지도 이러한 슬픔을 자아내게 하거늘 하물며 오매불망 그리워도 가까이 갈 수도, 만날 수도 없는 아버지는 어떠랴. 그리워하고 애통해할 뿐이다. 다시는 돌아갈 수조차 없다.

"결코 아무것도, 사랑받는 고통조차도 사랑하는 고통을 대신하지 못할 것이다"라는 누군가의 말이 가슴 시리게 다가온다.

정조 · 正祖(1752~1800)

조선 제22대 왕(1777~1800). 장헌세자莊獻世子莊祖(사도세자)와 혜경궁 홍씨의 아들이며, 비妃는 청원부원군 김시묵金時默의 딸로 효의왕후孝懿王后 김씨다. 1759년(영조 35) 세손에 책봉되었으며, 1762년 아버지가 비극적인 죽음을 당한 뒤 효장세자孝章世子(진종)의 후사가 되었다. 즉위 후 홍국영洪國榮을 중용하여, 자신의 아버지를 죽이게 하고 자신의 즉위를 끈질기게 방해했던 노론 벽파 일당을 축출하고, 임금의 총애를 믿고 세도정치를 자행하던 홍국영마저 축출함으로써 비로소 친정체제를 구축하였다. 영조의 기본정책인 탕평책蕩平策을 계승, 정약용 · 이가환 · 박제가 등 실학파와 북학파 등의 장점을 수용하고 학풍을 특색 있게 장려하여 문운文運을 진작하였으며, 서얼庶孼을 등용하고 위항문학委巷文學을 적극 지원하기도 하였다. 또 규장각奎章閣을 설치, 문형文衡의 상징적 존재로 삼고 본격적인 문화정치를 추진하여 문화의 황금기를 이루었다. 저서에는 《홍재전서》가 있다. 능은 수원 화산花山의 건릉健陵. 자는 형운亨運, 호는 홍재弘齋. 이름은 산祘.

심간心肝이 찢어질 것 같아

|정조| 할아버지 영조의 죽음을 슬퍼하며 지은 제문

다음 글은 정조가 할아버지 영조의 죽음을 슬퍼하며 지은 제문으로 평소 자신을 끔찍하게 아꼈던 영조에 대한 정을 새록새록 느끼게 한다.

빈전殯殿 **고유문**告由文

　오호라, 소자가 상중에 있어서 복을 입은 채 죄수를 심문함은 우리 선왕의 뜻을 밝히고 의를 드러냄으로써 선왕의 혼령을 위로하려는 까닭입니다. 이에 여러 적의 죄를 바로잡자니, 이덕사와 박상로는 대역부도의 죄인이므로 처벌하고, 이범제와 이동양은 모두 실정을 알았던 이유로 혹 법의 처벌을 내리고 혹 매를 쳐서 죽였나이다. 그 나머지 연좌된 사람은 차례로 혐의를 조사하여 밝혔나이다.

　오호라, 선왕의 유의를 받들고 선왕의 죄인을 토벌하였으니, 지금 이후로는 소자가 선왕의 뜻과 일을 저버리지 않을 수 있겠나이다. 이에 상전常奠으로 인하여 고하는 의식을 펴나이다.

빈전에 친히 향香을 올리는 제문

　오호라, 해가 저문 길 가운데 어린아이가 어미를 잃었기에 방황하며 울부짖으니 천지가 망망하나이다. 예로부터 산 사람의 슬픔이 이보다 더 절박한 것은 없으니, 소자가 갑자기 이러한 지경에 당할 것을 누가 헤아렸겠습니까?

　할아버지와 손자의 관계가 누구인들 없겠습니까만 할아버지로서 아버지의 자애를 겸하고, 아버지로서 어머니의 사랑을 겸한 이로 예로부터 지금까지 어찌 소자에게 있어서의 대행大行과 같은 분이 있겠습니까. 앉으심에 부축하라고 명하고, 움직임에 지팡이와 신을 받들라고 명하셨습니다. 소자가 세상에 태어난 지 25년동안 대개 하루도 그렇지 않은 적이 없었고, 금년 이래로 또 한시도 그렇지 않은 적이 없었으니, 비유하자면 일기一氣에 내쉬는 숨과 들여 마시는 숨이 있고 일신一身에 그림자와 형체가 있는 것과 같았나이다. 그러나 이보다 더욱 큰 것이 있었으니 고하자면 다음과 같나이다.

　소자는 성풍이 노둔하고 재능이 낮아서 항상 능히 감당하지 못할 것을 두려워하였으나, 우리 대행께서는 소자의 불초함을 알지 못하고 종사를 잇기를 기탁하여 정일精一의 전수로서 가르치고 효제孝悌의 실상으로 유시하고 인의도덕仁義道德의 방향으로 인도하시니, 성심聖心에 잊지 못하신 것은 오직 소자의 일신 외에 다시금 다른 것은 없었습니다. 자애로 감싸는 것과 인애로 보살피는 은혜가 이와 같이 깊고 절실했으나 소자는 당시에 다만 감열感悅의 지극함만 알아서 무궁한 즐거움이 만년토록 길이 가리라고 여겼을 뿐이었습니다. 오호라, 대행께서는 어찌 차마 이 은혜와 사랑을 끊어버린 채 갑자기 저 승에서 놀기를 재촉하여 소자로 하여금 중도에 어미를 잃은 어린아이가 되 게 하시나이까?

대행의 상고를 당한 지 어느덧 이미 석 달이 되었습니다. 용루龍樓의 새벽 에는 장차 밤사이의 안부를 살필 것 같이 하고, 여각餘閣의 상전에는 장차 음 식을 드릴 것처럼 하고, 지척의 취장에서는 용광龍光을 뵙고 옥음玉音을 들 을 듯이 하였으나 필경 희미하고 어두워서 다시 보지 못하고 다시 듣지 못하 였습니다. 인리人理의 애통함이 이러한 지경에 이르렀는데도 굶주리면 먹고 목마르면 마셔서 봄과 여름이 이미 바뀌었건만 보고 들으며 숨 쉬는 것이 여 전하니, 참으로 소자의 완악함이 여기에 이를 줄은 생각지도 못했습니다.

오호라, 대행께서 소자를 보호하심이 마치 품안의 어린아이처럼 하시어 한 마디의 말, 한 기거起居의 사이에 성려聖慮를 누차 부지런히 하여 질병이 있 을까 두려워하셨습니다. 그런데 지금은 소자가 황황遑遑(허둥거리고) 휼휼恤恤 (근심)하여 돌아갈 곳이 없는 듯한데, 하늘을 향하여 불러도 알지 못하고 땅 을 향하여 불러도 응함이 없습니다. 오호라, 대행의 하늘처럼 높고 땅처럼 두 터운 은혜로써 어찌 돌보아 살펴서 가련히 여기시지 않나이까?

기억하건대, 지난 을유년(1765년, 영조 41) 겨울에 소자가 수십 일 동안 병 을 앓았는데 우리 대행께서 우려하시느라 애를 태워 침식을 잊으신 채 전무 殿廡의 사이에서 서성이고 성월星月 아래서 기도하여 다만 소자가 있음만 알 고 성궁聖躬이 있음을 알지 못하였습니다. 이때는 보령이 이미 칠순을 넘기셨 는데 융성한 은혜에 젖어 소자는 다행히 병상에서 일어났으나 성궁은 이미 고달픔을 보셨습니다. 과연 병술년(1766, 영조 42) 봄에 옥후玉候가 편치 못하시더니 이로부터 지금까지 줄곧 조섭하게 되었습니다.

오호라, 대행의 바탕은 천지와 같이 유구하고 체도는 일월과 같이 선명하여 천만 년을 지나도 다함이 없기에 이룰 수 있었더니 불행히 지난 병술년의 환후가 실로 오늘 화의 근거가 되었는데 지난 날 소자의 병이 혹 병술년의 빌미가 되지나 않았는지요?

오호라, 대행의 지극한 자인慈仁은 소자를 빈사의 위기에서 일어나게 하셨으나, 소자는 능히 정성을 쌓고 대신 앓기를 원하여 대행의 병을 위태함에서 회복하게 할 수 없었습니다. 생각이 이에 미치니 심간心肝이 찢어질 것 같습니다.

오호라, 임금의 자리가 매우 어렵고 하늘의 명을 믿기 어렵거늘 대행께서 사랑하고 돌아보아 기탁한 것이 여기에 있고 소자가 힘써 가슴에 새겨 두려워하는 것이 여기에 있나이다. 세도가 혼탁하여 어지러움을 어떻게 진정시킬 것이며, 인심이 천 가지 백 가지인 것을 어떻게 통일시킬 것이며, 백성이 구덩이에 빠진 것을 어떻게 건지겠습니까? 엎드려 바라옵건대, 대행께서는 어두운 가운데에서 지도하시어 실추함이 없게 하소서.

오호라, 지극한 슬픔에는 수식이 없고 지극한 정에는 말이 없어 다만 하늘에 사무치는 통곡과 땅에 사무치는 눈물이 있을 따름입니다. 오호라, 애통하도다.

-《홍재전서》제19권

아버지 사도세자가 뒤주 속에서 비통하게 죽임을 당할 당시 정조의 나이는 겨우 열한 살에 불과했다. 때문에 당시의 슬프고 애통한 마음을 표현할 길도, 남길 방법도 없었을 것이다. 이에 즉위 후 가장 먼저 한 일은 "나는 장헌세자의 아들이다"라며, 자신이 사도세자의 아들임을 조정 대신들에게 확인시키는 것이었다. 그만큼 그의 머릿속에는 어린 시절의 아픈 기억이 아로새겨져 있었던 것이다.

또한 세손 시절을 회고하며 "옷을 벗지도 못한 채 잠자리에 들었던 것이 몇 달이나 되었는지 알 수 없으며, 그 고독하고 불안했던 날을 이루 다 말할 수 없다"고 했다. 그럼에도 불구하고, 정조는 아버지를 죽음에 이르게 했던 할아버지 영조가 세상을 뜨자 애절한 마음을 담아 제문을 바쳤다. 이 얼마나 슬프고도 아름다운 일인가.

효명전孝明殿 **탄신일에 별다례**別茶禮**를 올리는 제문**

오호라, 오늘 소자는 완악하고 모질어 죽지 못하여 선어仙馭를 다시 붙잡지 못하고 욕의縟儀를 다시 받들지 못한 채 숙연肅然히 용성이 들리는 듯하고 애연히 갱장羹牆에 보이는 듯하여 황황망망하게 장차 대행에게 따라 미칠 것 같습니다. 전우殿宇는 처량하고 물색物色은 변천하니 탄신의 기쁨을 꾸미는 잔치를 어디에 청할 것이며 장수를 빌어 올리는 잔을 어디에 드릴 것입니까? 경사가 변하여 슬픔이 되고 기쁨이 변하여 비탄이 되니, 비록 소자가 우러러 섬기는 정성을 다시 펴고자 하나 할 수 없습니다. 천지가 망망하니 이 회포 어찌 다함이 있겠나이까?

오호라, 따르고자 하나 미치지 못하는 애통함이 때와 더불어 깊어지고 멀어짊을 추모하는 정성이 일에 따라서 간절하니, 비록 절삭이 돌아오고 세서가 옮겨졌어도 오히려 슬프게 사모하는 심정을 금할 수 없나이다. 하물며 이 날을 만나 옛적의 일을 어루만져 생각함에 마치 어제 일과 같은데 홀로 정성을 다하고 예를 극진히 할 곳을 잃었음에랴 대행의 기쁨 가득한 미소와 흐뭇해하시던 마음이 이제 없어지고 말았기에, 이생에서는 다시 볼 수 없으니 소자의 오늘 마음이 마땅히 어떠하겠습니까?

−《홍재전서》제19권

기쁜 일이 변하여 슬픔이 되고, 슬픔이 변하여 비탄이 된다.

슬픔은 가슴속에서 사라지지 않으니, "지식의 발달은 슬픔과 함께 기쁨도 증가시키고, 지식이 발달한 영혼에게는 강렬한 고통과 함께 가장 미묘한 기쁨도 예약되어 있다"는 말이 생각난다.

떠도는 인생은 한정이 있으나 회포는 끝이 없어

│김일손│ 둘째형 기손의 죽음에 부친 제문

김일손은 문장이 뛰어났다. 하지만 형들을 사랑하는 마음이 너무 극진한 나머지 두 형 김준손金駿孫과 김기손金驥孫이 급제한 뒤에야 과거에 참가했다. 그만큼 그의 사무치는 형제애와 문장은 글을 읽는 사람의 가슴을 엔다. 다음 글은 그가 둘째 형 김기손의 죽음에 부쳐 지은 제문이다.

아, 형님이여, 형님은 지금 나를 버리고 아주 돌아가시렵니까? 나는 아직도 돌아가셨다고 믿어지지 않으니, 아마 슬픔이 과해 미친 것이 아니겠습니까? 어머니는 당상에 계시고, 누님은 모두 편히 있으며, 형님은 국사에 분망하고, 아우는 곁에 있는데, 영靈만은 홀로 여기를 버리고 어디로 돌아가시는 겁니까? 장차 이곳을 버리고 저승으로 가시면 소친所親이 여기보다 더하단 말입니까? 어찌 골육의 사랑을 헌신짝 같이 버리신단 말입니까? 애첩愛妾이 슬퍼서 울고, 종들이 떼지어 울부짖으며, 여러 조카들이 피눈물을 흘리고, 친한 친구가 와서 곡을 하는데, 형님은 홀로 듣지 못하고 한 번 눕고 일어나지 아니하니, 어찌 번거롭고 시끄러운 이 세상을 슬퍼하심이 이처럼 극단에 이르렀나이까?

아, 꿈이란 말입니까? 어제는 재미있게 노시더니 하루 사이에 말씀도 못하시고, 웃지도 못하시고, 쓰러져 누운 채 아무 감각이 없어 말도 그 뜻을 통할 수 없고, 병도 그 증세를 설명하지 못하며, 약을 써도 그 맛을 모르고, 침을 놓아도 통증을 알지 못하여 나로 하여금 한없는 슬픔을 알게 하니. 하느님이여, 하느님이여, 이 원망이 장차 무너지려 하민下民이 퍽이나 많은데, 형님에게 무슨 미움이 있으랴. 안회顏回가 수명이 짧은데다 원사原思가 항상 가난하였고, 강시姜詩가 아내를 쫓은 데다 맹동야孟東野가 아들이 없었으니, 인생의 궁독窮獨이 이보다 더한 것이 어디 있겠습니까?

아, 형님이여, 나의 애통을 알고 계십니까, 모르고 계십니까? 나는 형님의 죽음을 알지만, 형님은 나의 삶을 알지 못하는 것이 아닙니까? 아, 슬픕니다. 죽어서 정령이 없으면 그만이겠지만, 형님 같은 정령은 반드시 스스로 나의 정곡情曲을 아실 것이며, 이미 아실 것이라 한다면 어찌 여기서 나의 정곡을 털어서 정녕 말하지 못하오리까. … (중략)…

-《속동문선》제19권

김일손은 이어서 그와 형의 나이가 아홉 살이 차이가 난다는 것과 효도와 우애가 남달랐던 형에 대한 얘기를 하며 명절이 돌아오면 말술을 준비해 가까운 이웃들과 즐거운 노래를 불렀던 것을 회고한다.

"평시에도 자기 자신의 득得이나 실失보다 세상의 돌아감에 더욱 마음을 썼던 형이 어느 곳에 가서 자욱한 먼지 속에서 헤매는 비부鄙夫들을 굽어보고 있느냐?"고 묻는 글에는 형에 대한 간절한 애정이 듬뿍 담겨 있다.

내가 처음 아내를 맞이하니 형님은 충청도에서 와서 내가 집을 갖게 된 것을 누구보다도 더 기뻐하였습니다. 겸하여 이별의 정을 안고 다리를 맞대고 밤새도록 이야기를 나누다 보니 오경伍更의 닭이 울었지요. 또 어머니에게 청하여 좋은 전답과 얌전한 종은 내게 주게 하시고, 형님은 묵정밭과 어리석은 종을 차지해 떠났습니다. 그러나 지금은 사체四體가 이미 관 속에 들어서 내가 외쳐도 형님이 듣지 못하고, 형님이 외쳐도 내가 듣지 못하게 되었으니, 이 승에서는 길이 형님과 더불어 막혔고, 저승에 가서도 만난다는 것이 기필하기 어려운 일이라, 천지가 무궁하고 우주가 공활空豁할 따름입니다.

나는 이 수 일 동안 마치 미친 사람처럼, 백치처럼 인간 만사를 모두 분간하지 못하게 되었으니, 형의 유골을 받들고 돌아가 선영에 장사를 지낸 후 다시는 벼슬을 구하지 아니하고 여생을 마칠까 합니다.

－《속동문선》제19권

형의 죽음에 얼마나 상처가 깊었으면 '며칠 동안 미친 사람이 된 듯도 하고 백치가 된 듯도 하다'고 했을까. 그러면서도 그는 어머니의 슬퍼함을 염려한 나머지 형의 영혼이 그의 꿈에만 들어오고 행여 어머니의 꿈에 들어

가서 어머니의 잠 못 이루는 증세를 더하게는 하지 마시라고 부탁한다. 또한 형이 술을 좋아하여 방종하는 것을 어머니가 실망하셨고, 술이 결국 형의 수명을 단축시켰음을 회고하며 한 잔 술을 권하고 싶어도 권할 수 없음을 슬퍼하고 있다.

얼마 후 그는 형의 소상에 즈음하여 슬프고도 애절한 제문을 지었다.

아, 해는 돌고 돌아 다함이 없는데, 인생은 한 번 가면 돌아올 줄 모르니, 길이 우주를 한탄할 뿐, 다시 어디에 미치오리까. 늙으신 어머니께서 멀리 제물을 장만하여 형의 제사에 쓰게 하였는데, 형은 그 사실을 아십니까? 조趙씨에게 출가한 누이가 서울에서 제물을 준비하여 그 아들 여우如愚로 하여금 술을 올려 슬픔을 고하니 형은 흠향하소서.

형이 떠나신 후부터 혼백이 꿈에 서로 접촉되어 한 달을 사이에 두고, 혹은 열흘을 사이에 두고, 혹은 하루를 사이에 두고, 혹은 밤마다 기뻐하는 것도 같고, 성낸 것도 같으며, 답답한 것도 같고, 수심에 잠긴 것도 같으며, 활발한 것은 지난날의 평상시와 같고, 가물가물 한 것은 대점大漸(병이 위독함)의 때와 같으므로 놀래서 깨닫고 스스로 한탄하며 눈물이 뺨에 젖습니다. 혹시나 형이 이즈음에 편안하지 못한 일이 있으십니까? 까마귀는 덕에 울고, 묵은 풀은 우거졌는데, 바람에 임하여 한 번 통곡하니 초목도 함께 슬퍼합니다.

거년去年(지난 해) 봄에 칙명勅命을 받들고 영남에 가게 되었습니다. 그때를 틈타 늙으신 어머니를 뵙게 되니 창안백발蒼顏白髮이 몹시도 안타깝게 보였습니다. 어머니께서 말씀하시기를 "둘째가 뜻밖에 멀리 가버렸으니 실로 나를 버린 것이다"라고 하셨습니다. 그러나 어찌 그 말이 본 마음이겠습니까? 어머니는 근년 들어 질병이 몸에서 떠나 체력이 조금도 쇠하지 아니하였고, 백씨伯氏(맏형)가 일찍이 천령天嶺의 원이 되어 봉양을 궐闕한 이 없으니, 형이 만약에 이를 아신다면 응당 스스로 위안이 되실 것입니다. 나 또한 여러 해를 두고 벼슬살이를 했으니, 종당 서울에 오래 있을 것 같진 않습니다.

죽어서 만나는 일이 있다면 선인의 지팡이와 신발은 형이 반드시 받들고 뒤를 따를 것이며, 나와 백씨는 아직도 인간세계에 있으니, 늙으신 어머니의 봉양도 역시 지공하지 못한 것은 없습니다. 죽은 사람 산 사람이 서로 의지하매 오직 축사가 있을 뿐이나 유명幽明이 길이 다르니 어느 누구와 사연을 붙인단 말입니까? 비갈碑碣은 이미 준비되었으나, 시기가 아직 좋지 못하다 하여 세우지 못하고 있으니, 머지않아 세우되 상기喪期를 벗어나지 않을 것이며, 유복자 여식은 장차 돌이 가까우므로 기어서 무릎에 오르며, 와기瓦器를 희롱하고 밥을 찾는데, 어미를 부를 줄만 알고 아비 이름은 부를 줄을 모릅니다.

나는 가족들과 더불어 슬퍼하고 기뻐하며, 밤낮으로 성정해서 시집 잘 가기를 바라고 있으니, 영靈이 와 주시겠습니까? 아이는 능히 궤연을 지키고 무덤을 모실만하니 영은 아울러 짐작하소서. 아, 부생浮生은 한정이 있으나 회포는 끝이 없으며, 수명은 길고 짧은 것이 이미 정해져 있으니, 선현 역시 죽어서 필경에는 함께 가는데, 나는 또 무엇을 슬퍼하오리까.

－《속동문선》제19권

"떠도는 생은 한정이 있고, 회포는 끝이 없다." 그 말은 진실이다. 가버린 사람을 그리워한들, 그 사람을 못 견디도록 사랑한들, 그것이 영원할 수 없기 때문이다.

모든 것은 지나간다. 그 길목에서 애써 손을 흔들어 봐야 아무 소용없다. 알고 보면 그의 이름을 부르는 것도 잠시이고, 고운 얼굴과 맑은 목소리를 기억해낼 시간도 찰나에 불과하다.

산 사람은 말한다. "죽은 사람과 산 사람이 의지한다"고. 그래서 "내가 이토록 그리워하는데 어찌 아무런 대답이 없느냐"고. 생과 사가 가까운 데 있어서 만날 수 있는 것이라면, 그리하여 영혼이 있는 것이라면, 누군가가 간절히 부르면 휘이휘이 찾아올 수도 있으련만.

김일손 · 金馹孫(1464~1498)

조선 초기의 문신. 당시 문장가 중 최고봉으로 알려져 있다. 김종직金宗直의 제자 중 가장 강경했으며 김굉필 · 정여창 등과 사귀었다. 성종 때 춘추관의 사관으로서 전라도 관찰사 이극돈李克墩의 비행을 직필하여 원한을 샀다. 그 후 1498년(연산군 4) 《세종실록》을 편찬할 때, 스승 김종직이 쓴 《조의제문弔義帝文》을 사초史草에 실은 것이 이극돈을 통해 알려져 훈구파가 일으킨 무오사화 때 죽임을 당하였으며, 이로 인해 많은 사류士類가 화를 입었다. 저서에 《탁영집濯纓集》이 있으며, 〈회로당기〉 등 26편이 《속동문선》에 전한다. 자는 계운季雲, 호는 탁영濯纓, 본관은 김해金海.

천 리 먼 곳에서 부여잡고 통곡하니

| 이이 | 맏형 선과 형수 곽씨를 위한 제문

사람에 대한 애정이 남달리 깊었던 율곡 이이는 서른세 살 되던 해 벼슬을 그만두고 강릉으로 외할머니를 뵈러갔다. 임금의 허락도 없이 마음대로 공무의 자리를 떠났다고 하여 조정 내에선 의견이 분분했지만 선조는 외할머니에 대한 이이의 갸륵한 인정을 높이 산 나머지 그 과실을 묻지 않았다. 다음 글은 1570년 율곡이 그의 백씨(맏형)인 이선李璿의 죽음을 애도하며 쓴 글이다.

아, 슬픕니다. 형님께서 이제 저를 버리고 어디로 가시옵니까? 친애하실 분이 여기 계시지 않고 저 어둡고 아득한 세상에 계시옵니까? 아버님께서도 어머님께서도 모두 인간 세상에 계시지 않으니, 형님께서 지하로 돌아가 모시고자 하시는 것입니까? 아니면 형님께서 세상을 싫어하는 것이 아닌데, 수명의 장단長短에 정해진 수한數限이 있어 하늘이 조금도 연기해주시지 않았기 때문입니까? 그렇지 않으면 어찌 그다지도 우애의 정이 지극히 천박하여 가볍게 내팽개칠 수가 있습니까?

아, 슬픕니다. 우리 형님의 타고나신 기질은 온화하고 유순한 것을 바탕으로 삼아 행동할 적에는 외물外物과 거스름이 없으셨고, 조용히 계실 적에는 침잠沈潛하여 자신을 간직하셨습니다. 일찍이 문예를 익혀 벼슬을 하고자 하였으나 애석하게도 약간의 뜻을 이루었을 뿐 크게는 뜻대로 되지 않고 만년에야 낮은 벼슬에 오를 수 있었으나 영예榮譽와 명리 때문에 그릇된 일을 하지는 않으셨습니다.

아, 슬픕니다. 제가 세상에 흉악한 액운을 타고 나서 일찍이 어버이를 여의는 아픔을 겪었습니다. 다행히 형화荊花는 별 탈이 없었기에 새로 집을 짓고 모여 살기를 기약했는데, 안타깝게도 가진 것이 없어 지금껏 뜻은 지니고 있으나 성취하지 못했습니다. 그런데 갑자기 형님께서 병환이 생겨 날로 신음하며 몸이 쇠약해지고 야위어갔습니다. 이수가 마침 그러는 것이려니 생각했었는데, 끝내는 쇠진衰盡하여 구제할 수 없게 되었습니다. 이에 하늘에 매인 부귀를 잃으셨거니와 또한 중수中壽(중간 정도의 수)도 누리지 못하셨습니다.

아, 슬픕니다. 저 창천蒼天이여, 어찌하여 우리 집에 화를 가혹하게 내리셨습니까? 불쌍한 과처寡妻(망인의 아내)는 어린아이를 안고 천 리 먼 곳에서 부여잡고 통곡합니다. 넋은 선영先塋에 의지하여 계신데, 혼은 남쪽을 지향하여 근심하고 있습니다. 어찌 서울에서 신神을 편히 모시어 궤연에 궤전几奠(제사에서 사용되는 음식을 비롯한 제수)을 받들고 싶지 않겠습니까마는, 저는 거처가 아직 안정되지 않았고, 또한 형수씨가 하늘에 부르짖어 슬퍼하심을 차마 볼 수가 없습니다. 이에 잔을 올려 작별을 고하니 정신이 황홀하여 분비分飛합니다.

집지을 장소가 정해지는대로 형님의 가족을 이끌고 석담石潭(황해도 해주)으로 돌아가겠습니다. 조카들을 가르쳐 성취시켜 맹세코 집안의 명성을 떨어뜨리지 않도록 하겠습니다. 형님이시여, 눈을 편안히 감으시고 외로운 처자 걱정일랑 조금이나마 놓으소서. 형님께서 말씀하셔도 알아듣지 못할 것이고, 아우가 말씀드린들 형님이 어찌 알아듣겠습니까? 아, 인생이란 것이 백 년도 되지 않을 것인 즉, 영원히 슬퍼하지는 않을 것이지만, 아! 슬프기 한이 없습니다.

－《율곡전서》제문

이선은 자가 백헌伯獻으로, 본래 서울에서 태어났지만 처가가 있던 회덕에 살았다. 그러나 과업을 위해 서울에 올라와 있던 중 47세의 나이로 죽고 말았다. 당시 그의 벼슬은 참봉에 이르렀고, 회덕에는 그의 부인과 어린 2남 2녀가 있었다. 이에 율곡은 제문을 통해 형의 유족을 보호할 것을 맹세하며 형이 지하에서 편안하게 잠들 것을 기원하고 있다. 율곡은 형수 곽씨가 죽은 후 제사에 올리는 글을 쓰기도 했다.

영靈께서는 젊어서 남편을 잃고 고아를 어루만져 기르셨습니다. 의리가 정보다 중하기에 유아幼兒를 이끌고 북쪽으로 옮기셨습니다. 제사를 협조하여 받드시고 함께 생활을 하시었습니다. 황량한 해주 산골에서 가시밭 길이 처음으로 시작되었습니다. 도시락 밥과 무명옷으로 한평생 보내기를 달

가워하셨습니다.

아, 슬픕니다. 우리 형제가 일찍이 민흉愍凶을 당하여 어버이를 여의는 아픔을 당하였고, 형제도 한 분 잃었습니다. 그래서 형수를 받들어 남은 생을 마치려고 하였습니다. 그런데 함께 모시고 살아온 지 얼마 안 되어 어찌된 영문으로 악질惡疾을 앓게 되었습니다. 약물로는 효험이 없어 병석에서 뒤척대며 신음하셨습니다. 마침내 구제할 수 없는데 이르렀으니 하늘은 왜 이다지도 참혹하십니까? 자녀들이 부르짖어 우는 소리 귀로는 차마 들을 수 없습니다. 황凰이 봉鳳을 따라 가시어 영영 어지러운 세상을 하직하시니 영구를 어루만져 애통하니 만사를 어찌 드리오리까? 생각이 존몰存沒에 미치니 가슴이 에는 듯합니다. 이에 성의를 초라한 제물을 드리오니, 밝으신 영령靈이 어둡지 않으시거든 이 한 잔의 술을 흠향하소서.

-《율곡전서》제문

이 이 · 李珥(1536~1584)

조선 중기의 학자이자 정치가. 어려서부터 어머니 사임당師堂 신씨申氏로부터 학문을 배웠다. 13살에 진사시에 합격하는 등 아홉 번의 과거에서 모두 장원을 차지해 구도장원공九度壯元公이라 일컬어졌다. 퇴계 이황과 더불어 조선 유학의 쌍벽을 이루는 대학자로 기호학파의 연원을 열었으며, 불교와 노장철학을 비롯한 제자백가의 학설과 양명학 등에 대한 이해도 깊었다. 저서로 《동호문답》《만언봉사》《성학집요》등이 있다. 자는 숙헌叔獻, 호는 율곡栗谷 · 석담石潭, 본관은 덕수德水.

보이는 곳마다 슬픔을 자아내니

|이이|장인 노경린의 죽음에 부친 제문

율곡 이이의 장인은 숙천부사肅川府使를 지낸 노경린盧慶麟으로, 이이는 스물둘에 그의 딸과 혼인하였다. 그러나 1568년(선조 1) 4월 장인 노경린이 갑작스레 세상을 떠나고 만다. 다음 달 5월 추천사秋千使 서장관書狀官으로 중국에 가야 했던 율곡에게는 청청벽력과도 같은 일이었다. 이에 율곡은 장인의 장례를 치르지 못하고 떠나게 됨을 매우 가슴 아파하며 슬프기 그지없는 제문을 짓는다.

마침 나라의 일을 당하여 만 리 길에 이르게 되었습니다. 묘소에도 가보지 못하여 슬픔이 갑절이나 사무칩니다. 삶과 죽음의 길이 달라져 영영 의표儀表와 멀어지게 되오니, 창자는 끊어지려 하고, 눈물은 한없이 쏟아집니다. 영구를 어루만지며 크게 통곡함에 백일白日의 빛이 없습니다. 공손히 변변찮은 제수를 올리니, 좋은 제물을 마련하지 못해서 부끄럽습니다. 공께서는 오시어서 이 우울한 심정을 위로하여 주소서. 아! 슬픕니다.

-《율곡전서》제문

그로부터 3년 후 율곡은 장인의 기일에 다시 제문을 지었다.

바람, 서리, 비, 이슬이 내리고 적시었습니다. 묵은 풀 위에는 구름이 연하였고, 커다란 나무들은 길을 끼고 늘어섰습니다. 3년 만에 한 번 돌아오니, 보이는 곳마다 슬픔을 자아내게 합니다. 어찌해서 제가 말씀드려도 대답하시지 않고, 제가 절을 하여도 붙들어 잡지 않으십니까? 명명하신 영은 매우 밝으시니 유택幽宅에 강림하지 않으시겠습니까? 저의 조그만 정성을 보살피시어 한 잔의 술이나마 흠향하옵소서.

-《율곡전서》제문

'말을 하여도 대답하지 않는다.'

단 한마디 말이라도 들었으면 좋으련만 한 번 간 님은 아무 말이 없다. 살아서는 결코 만날 수 없는 답답함과 그리움을 이보다 더 절절한 말로 표현할 순 없으리라.

눈물이 마르지 않네

| 기대승 | 동생의 죽음을 기리는 만장

　고봉高峯 기대승은 강직과 청빈으로 일관된 삶을 살았던 유학자이다. 그는 당시 정권을 잡기 위해 혈안이 되어 있던 권간權奸들에게 환멸을 느낀 나머지 출세하는 것을 포기한 채 학문 연구에만 몰두했는데, 스승이자 대선배이기도 한 퇴계 이황과 8년에 걸쳐 '사단칠정론四端七情論' 논쟁을 벌이기도 했을 만큼 학식이 높았다.

　다음 글은 그가 병이 들어 고향 나주로 돌아가는 길에 지은 것이다.

　명이 길고 짧은 것, 죽고 사는 것은 하늘의 뜻이다. 어려서부터 문한文翰에 힘썼고, 마침내는 성현의 학문에 뜻을 두었다. 중년 이래로 비록 얻은 바는 있으나 공부가 독실하지 못하여 항상 평소 마음먹은 바에 부응하지 못할까 날마다 두려움 속에서 살았다. 만일 몇 해만 더 임하林下에 지내면서 학자들과

함께 학문을 연구하는 것으로 지새웠더라면 이것 또한 한 가지 다행이었을
터인데, 병이 들었으니 어찌할까?

-《고봉집》연보

평생을 학자로 살고자 했던 그의 바람이 고스란히 묻어 있는 글이라고
할 수 있다. 그는 죽은 동생을 위해 애절한 만장挽章을 남기기도 했다.

가문의 재화가 어찌 그리 잦은가
해마다 눈물 마르지 않네
기둥이 부러지니 사람은 절망하고
난초가 시드니 해는 장차 추워지리
옛집에 슬픈 바람이 일고
거치른 산에는 묵은 풀이 쇠잔하도다
아득하다 상여끈 잡던 곳에
지난 일이 다시 간장을 무너뜨리네.

네가 죽었는데 나는 밖에 있으니
너의 장례에도 돌아가기 어렵네
형제간 서로 떨어지기도 괴로운 것인데
그 정리는 지금 생과 사로 멀어졌네
압천에는 가을 낙엽이 어지럽고

진수에는 저문 구름이 얼고 있네

멀리 너를 묻을 곳을 생각하니

아득히 바라보며 눈물이 마르지 않네.

너는 어찌 때 아니게 태어났는가

석 달 만에 자친을 여의었네

얻혀 길러져 어렵게 성립되니 은혜 보답 효성 지극했도다.

애훼가 너무 깊어 본성을 잃었었고

슬픔이 격동하여 정신을 잃을 뻔했네

통곡해 마지않은 영원의 생각

이승 저승들이 다 할 말이 없네.

나는 돌보아주지 못해 늘 부끄러운데

너는 언제나 은정에 전일했네

서로 헤어진 것은 하찮은 벼슬 때문이라

갑자기 죽음은 천리를 져버렸네

꿈만 같은 정은 다하기 어렵고

천치 마냥 눈물이 저절로 흐르네

집 아이가 장례를 돌봐 치렀는데

나와 너 사이에는 황천이 가로막아 있네.

−《고봉집》속집 제1권

동생이 죽었다는데 돌아갈 수도 없고, 동생을 돌보아준 기억도 별로 없으니, 휘몰아오는 슬픔에 천치마냥 눈물만 줄줄 흘렸으리라.

기대승 · 奇大升(1527~1572)

조선 중기의 성리학자.《주자대전朱子大全》을 발췌하여《주자문록朱子文錄》(3권)을 편찬하는 등 주자학에 정진하였다. 32세에 이황李滉의 제자가 되었으며, 이황과 12년 동안 서한을 주고받으면서 8년 동안 사단칠정四端七情을 주제로 논란을 편 편지로 유명하다. 저서로《고봉집》《주자문록》《논사록》등이 있다. 자는 명언明彦, 호는 고봉高峰 · 존재存齋, 시호는 문헌文憲, 본관은 행주幸州.

가슴 찢어지는 아픔을 다 적을 수 없으니

| 이순신 | 어머니 초계 변씨의 상을 당해 쓴 일기

임진왜란 당시 이순신은 임금의 명을 어기고 출전하지 않았다는 죄목을 받고 고문을 받다가 우의정 정탁의 변호로 간신히 목숨을 건졌다. 그 후 권율權慄의 막하에 들어가 백의종군을 하던 중 어머니의 부고를 받았다. 이에 이순신은 "세상천지에 나 같은 일을 겪을 수도 있을까? 일찍 죽는 것만 같지 못하다"며 한탄하고 애통해하며 성복成服을 마쳤다. 그때의 애통한 심정을 《난중일기》에 다음과 같이 썼다.

13일(계유) _ 맑았다. 일찍 아침을 먹고 어머님을 마중하려고 바닷가로 가는 길에, 홍찰방 집에 잠깐 들러 이야기를 나눴다. 그 사이에 우리 종 애수愛壽를 보냈더니, 잠시 후 돌아와 "아직 배가 왔다는 소식이 없다"며, "황천상이 홍백의 집에 왔다"고 했다. 그래서 홍찰방과 작별하고 홍백의 집에 갔더니, 얼마

후종 순화順花가 배에서 나와 어머님의 부고를 전했다. 뛰쳐나가며 발을 구르니 하늘의 해마저 캄캄했다. 곧 해암蟹巖으로 달려갔더니 배가 벌써 와 있었다. 가슴이 찢어지는 아픔을 다 적을 수가 없다.

16일(병자) _ 궂은비가 내렸다. 배를 끌어다 중방포에 옮겨대고, 영구를 상여에 싣고 집으로 돌아왔다. 마을을 바라보며 찢어지는 아픔을 어찌 다 말하랴. 집에 이르러 빈소를 차렸다. 비는 크게 쏟아지는데다 남으로 가는 길마저 또한 급박해서 부르짖으며 울었다. 빨리 죽기만을 기다릴 뿐이다. 천안군수가 돌아갔다.

19일(기묘) _ 맑았다. 일찍 길을 떠나며, 어머님 영 앞에 곡하고 하직했다. 어머님의 장례도 치르지 못하고 백의종군 길을 떠나야 하니 천지간에 어찌 나 같은 일이 있으랴. 빨리 죽는 것보다 못하다.

21일(신사) _ 맑았다. 저녁에 여산礪山 관노의 집에서 잤다. 한밤중에 앉았노라니 슬프고 아픈 마음을 금할 수가 없다.

－《난중일기》선조 30년(1597년 4월)

'빨리 죽기만을 기다린다.' 이 얼마나 비장한 말인가. 아마 "죽음이 육신을 해방시켜줄 때까지는 그 아픈 마음을 잊을 수가 없다"는 말일 것이다. 이순신의 절절한 음성이 세월 저편에서 들려오는 듯하다.

이 아픔 언제 다하리

| 신흠 | 큰누이 임씨 부인을 위한 제문

　자기의 허물만 보고 남의 허물은 보지 않는 이는 군자이고, 남의 허물만 보고 자기의 허물은 보지 않는 이는 소인이다. 몸을 참으로 성실하게 살핀다면 자기의 허물이 날마다 앞에 나타날 것인데 어느 겨를에 남의 허물을 살피겠는가? 남의 허물을 살피는 사람은 자기 몸을 성실하게 살피지 않는다. 그러나 자기 허물은 용서하고, 남의 허물만 알며, 자기 허물을 묵과하고, 남의 허물만 들추어내면 이야말로 큰 허물이 아닐 수 없다. 이 허물을 고칠 수 있는 자야말로 바야흐로 허물이 없는 사람이라고 할 것이다.

　조선 중기 4대 문장가 중 한 사람인 상촌象村 신흠申欽이 쓴 〈검신편檢身篇〉이라는 글이다. 그는 큰누이 임씨 부인이 죽자 가슴 아픈 제문을 쓰기도 했다.

만력 48년 경신 2월 모일에 아우 흠은 삼가 맑은 술과 여러 제물을 갖추어 아들 익성을 보내 신씨의 영전에 제사드립니다.

슬픕니다. 양주의 한 떼기 땅에 거년에 딸을 묻고 지금은 누이를 묻습니다. 눈물과 곡성은 저승에 사무쳐라, 이 몸 죽어 서로 의지 못한 게 한스럽소. 20년 동안 동거하고 30년 동안 지켜본 의리 있건마는(신흠의 나이가 50세라는 말), 운명대로 널을 붙들고 호곡號哭하지 못했고, 장사 때는 광 곁에 가서 통곡도 못했습니다. 아, 하늘이여, 무슨 죄로 나를 외롭게 만드시는지요? 아, 하늘이여, 이 아픔 언제나 다 하리오. 흠향하소서.

20년 동안 같이 살다가 30여 년을 멀리서나마 의지하고 살았던 누님이 죽었다는 소식을 접하고도, 널을 붙들고 통곡 한 번 하지 못한 채 멀리서 지켜보는 마음이 너무도 애잫다.

신 흠 · 申 欽 (1566~1628)

조선 중기의 문신. 뛰어난 문장력으로 대명 외교문서의 제작, 시문의 정리, 각종 의례문서 제작에 참여하였다. 이정구, 장유, 이식과 함께 한문학의 태두로 일컬어진다. 1651년에 인조 묘정에 배향되었다. 저서로 《상촌집》 《야언》 등이 있다. 자는 경숙敬叔, 호는 현헌玄軒 · 상촌象村 · 현옹玄翁 · 방옹放翁, 시호는 문정文貞, 본관은 평산平山.

덧없는 인생이 꿈같기도 하여

|허목|종형 허후를 위해 지은 제문

　　허목이 살았던 시대는 치열한 당쟁으로 인해 하루도 잠잠한 날이 없었다. 서인의 중심에 송시열이 있었다면 남인의 중심에는 허목이 있었다. 그러던 중 1660년 뜻하지 않은 효종의 죽음을 시작으로 20여 년에 걸쳐 서인과 남인은 논쟁을 벌였다. 이른바 예송논쟁이 바로 그것이다.

　　논쟁은 송시열과 허목이 죽은 뒤에도 계속 되었다. 후에 영조와 정조가 탕평책으로 화해를 시도했지만 반목은 쉽게 가라앉지 않았다. 이는 허목과 송시열 두 사람의 성격이 너무 강했고 견해 차 또한 너무 컸던 탓이다.

　　다음 글은 허목이 종형宗兄 여회汝晦 허후許厚를 위해 지은 제문이다.

　　아, 우리 형의 깨끗한 행실과 우뚝한 지조는 완부頑夫(미련하고 재물을 탐내는 사람)가 청렴해지고 풍속이 격려되게 함이 있어, 말과 행동에 환하게 나타난 것을 사람들이 다 보고서 사모하니, 본디 사리에 밝은 사람이 아니더라도 알 것입니다. 그런데 비루한 내가 우리 형을 따라다닌 뒤부터 보고 느끼어 덕을 본 것을 또 어찌 다 말하겠습니까? 그럴 즈음에 난리가 해를 넘어 영해嶺海의 천 리 머나먼 객지에서 엎어지고 자빠지며 갖은 고난을 겪으면서도 하루도 떨어져 있은 적이 없었으며, 거기서 우리 형의 마음 지킴의 엄함과 실지 품행의 방정方正함에 분명히 법이 있음을 더욱 알게 되어서, 따라가고자 하였으나 그렇게 할 수 없었습니다. 그 후 오래지 않아 갑자기 형의 부음을 듣게 되었습니다. 아, 인정은 장차 죽게 될 때의 글자마다 영결永訣하는 말이 되는 것입니다. 하늘 끝 멀리서 연련하던 생각이 마침내 사별死別이 되고 마니 더욱 슬픈 일입니다.

아, 예로부터 어진 사람은 항상 불우하고 혹 장수를 하지 못합니다. 그리고 악한 일을 한 사람은 복을 받고 행실을 닦은 사람은 매몰되니, 하늘의 도道가 마침내 어떠한지 모르겠습니다. 어린 아이의 부탁과 양육은 외롭고도 고달파서 의지할 데가 없으며, 만사가 영락零落(조용히 떨어지는 것)하게 성장하기에 이르렀으니, 이 역시 하늘의 운명입니다. 난리 속에서 서로 의지하던 친척 몇 집이 지금 10년 사이에 거의 다 잃어버려서 조문弔問하는 이외에 서로 환난을 이야기하는 사람도 얼마 없습니다. 덧없는 인생이 꿈같기도 하고, 허깨비 같기도 하여 내 마음이 더욱 망연하여 슬프기만 합니다. 아, 슬프고 슬픕니다.

－《미수기언》별집 13권

허목은 등암수藤庵叟 배상룡裵尙龍을 위한 애사도 쓴 적이 있다. 다음은 그중 일부이다.

확고하고도 화和하여, 잘 지키면서 바꾸지 않으셨도다. 그 행실을 보매 닮지도 않았으며, 검게 물들지도 않으셨고, 온 세상이 혼탁하여 매몰된 것이 하늘의 뜻이라면, 내가 이 분을 위해 울지 않고 누구를 위해 울겠는가?

−《미수기언》별집 13권

얼마나 믿음과 사랑이 깊으면 "내가 이분을 위해 울지 않고 누구를 위해 울겠는가?"라고 말할 수 있을까. 사랑도 믿음도 절실하지 않으면 아무것도 아니다.

허 목·許 穆(1595~1682)

조선 중기의 문신. 그림과 글씨, 문장에 능해 '학學·문文·서書의 3고'로 불렸다. 특히 전서篆書는 동방 제1인자라는 찬사를 받았다. 1660년 효종 사후 서인 송시열과 예송논쟁禮訟論爭을 벌여 반목이 시작된 후 2차 논쟁에서 이겨 이조참판·우의정에 올랐다. 그러나 거듭된 당파싸움의 와중에 1680년 삭탈관직 당하고 고향에 은거하다 세상을 떠났다. 저서로 《동사》《미수기언》, 글씨로 삼척의 〈척주동해비〉, 그림으로 〈묵죽도〉 등이 있다. 자는 문보文甫·화보和甫, 호는 미수眉叟·대령노인臺嶺老人, 시호는 문정文正, 본관은 양천陽川.

눈물이 앞을 가려 글씨를 쓸 수 없고

| 김수항 | 막내 누이동생 숙인 김씨의 의 죽음을 애도하며

다음 글은 김수항이 막내 누이동생의 죽음을 애도하며 지은 글이다.

을묘년(1675년, 숙종 1) 11월 막내 오빠 수항은 멀리서 조촐한 안주와 술을
장만하여 가지고 내 아들 창협昌協을 시켜 누이인 숙인淑人 김씨金氏의 영정
에 바치는 바일세.

아, 우리 어머님께서는 무려 여덟 자녀를 나으셨는데, 아들이 셋이고, 딸이
다섯, 그 중에 누이가 막내였지. 누이를 낳으실 때 어머님께서는 어려움을 당
하시어 아침에 누이를 낳으시고 저녁 때 돌아가시었지. 당시 큰 누님은 결혼
을 하셨지만 둘째, 셋째 누님은 아직 결혼 전이었고, 또 두 형님은 이제 막 이
를 가는 어린 나이였으며, 나와 네째 누이동생은 더욱 어려 아직 기저귀 신세
를 못 면한 터였네. 그리하여 나는 지금도 돌아가신 어머님의 모습을 어렴풋

이라도 그럴 수가 없다네.

애달픈 마음 어이 하리. 사람이 이 세상에 태어나서 어머님 말고 누구를 믿고 살겠는가마는, 우리 형제는 어려서 어머님을 여의고 참으로 불행하게도 자랐지. 더구나 누이는 세상에 나오자마자 어머님을 잃었으니 그 기구한 운명이 이보다 더 중한 경우가 어디 있겠는가. 할아버지(김상헌)께서 의지할 데 없는 누이를 더욱 애달퍼 생각하시어 애지중지 돌보아 길러주시었네. 게다가 누이는 어릴 때부터 얼굴이 예쁘고 마음이 고와서 만년의 할아버지께서는 마치 손바닥 안의 보물처럼 더더욱 아끼고 사랑하였지.

그런 연유로 할아버지께서 청나라에 가시어 포로의 몸이 되어 있는 중에도 누이를 생각하시며 읊은 시구詩句들이 지금도 많이 남아 있지. 그뿐 아니라 우리 형제에게 편지를 보내실 때는 빠뜨리지 않고 누이의 안부를 물으셨네. 그러다가 풀려나시어 고국으로 돌아오시자 몸소 신랑감을 골라 누이를 결혼시키고는 몹시도 기뻐하시던 모습을 지금도 잊을 수가 없네. 그 뒤 할아버지께서는 저 세상을 돌아가실 때도 특히 누이에 대한 부탁의 말씀을 많이 하셨지.

오호라! 누이도 하늘같은 할아버지의 큰 은혜를 갚지 못하였고, 할아버지께서도 오래오래 사시지 못하였음은 우리가 똑같이 슬퍼할 만한 일이 아니겠는가? 할아버지의 지극한 사랑과 보살핌을 받고 자랐음에도 불구하고, 누이는 어찌 그리 운명이 기박하단 말인가? 그나마 다행스러운 것은 매제가 벼슬길에 올라서 승진의 기회가 활짝 열려 있었고, 또 내외 간에 금슬이 좋아서 집안이 자못 번성해 가는 것이었네. 그리하여 나는, 하늘이 앞서 누이의 운명을 기박하게 만든 것은, 앞으로 누이에게 더 많은 복을 주고 오래오래 살도록 하기 위한 시련이라고 생각하였었네. 그런데 이게 웬일인가? 한창 장년의 나이인 남편을 그만 여의고 말았으니. 이처럼 기구한 운명 속에서도 실낱같은 희망은 오직 자식들뿐이어서, 슬하에 세 딸이 이미 다 자라 사위도 보았고, 양자로 들인 아들도 성취成娶하여 며느리도 두고 손자도 보았으니, 만년에는 자손을 양육하는 즐거움이나 누릴 줄 알았는데, 누이마저 늙지도 않은 나이에 그리 빨리 갈 줄 누가 알았단 말인가? 어찌 하늘은 누이에게만 이렇게 가혹한 운명을 내리신단 말인가?

누이는 본래부터 몸이 쇠약하여서 병을 잘 앓았었네. 몹쓸 병이 들어 꼬챙이처럼 여위어 갔지만 그렇게 빨리 떠날 줄이야 누가 알았겠는가? 사은사의 사명을 띠고 중국에 갔다가 돌아오는 수개월 동안 누이의 병이 완쾌되기를 빌고 또 빌었었는데, 그곳에서 해가 바뀌고 압록강까지 와서야 누이의 부음 소식을 들었네. 나는 그 때 임금께서 내리신 사명도 아직 보고 드리지 못한 상태였는데, 누이는 멀리 떠나고 말았으니, 장례에도 참석하지 못한 이 맺힌 한을 어떻게 풀어야 한단 말인가?

풀잎에 맺힌 이슬같이 외롭고 가련한 내 인생에 오로지 동기(형제)들만을 의지하며 살았었는데 둘째, 셋째 누님도 이미 돌아가셨고. 누이는 이렇게 떠난데다가 넷째 누이동생은 지금 병석에 누워 오늘 내일하며 죽기만을 기다리는 형편이라네. 백씨伯氏(맏형 김수증)께서는 서쪽의 지방관에서 돌아오시자 곧 가족을 이끌고 시골로 돌아가셨고, 중시仲氏(중형 김수흥)께서는 벼슬에서 쫓겨나 귀양생활을 한 끝에 서울 밖으로 물러가 계신다네. 큰 누님만이 지금 서울에 살고 계시지만 나이 칠십을 바라보는 지경이어서 몸이 쇠약할대로 쇠약해 있다네. 나 또한 나라로부터 버림을 받아 지금 이 뜨거운 남쪽 지방에서 유배생활을 하는 중일세. 이러하니 죽은 사람이야 어쩔 수 없지만 산 사람끼리도 다시 만날 기약 없이 이렇게 떨어져서 산다네. 정情을 가진 사람으로서 이 또한 견디기 어려운 일일세.

그러나 부모가 모두 살아 계시고 형제가 모두 아무 탈 없이 사는 사람이 이 세상에 몇이나 되겠는가? 애달프고 애달프네. 내가 북경에서 돌아온 뒤 술 한 잔이라도 들고 가서 누이 영전에 올린 뒤에 이 슬픈 마음을 하소연하려고 벼르고 별렀지마는 거듭 나라의 우환(자의대비의 사망)을 당하여 한 해 내내 바쁘게 쫓아다녔네. 곧 이어 임금으로부터 준엄한 꾸중을 입어 저 강가에 나가 명령을 기다리다가 남쪽으로 귀양을 오게 되었네.

슬픔과 한탄이 마음속에 쌓였으나 그것을 하소연하지 못한 채 세월만 보내다가 어느덧 누이의 대상大祥을 당하였네. 이 먼 지방에 떨어져 있어서 누이의 혼령 앞에 나아가 곡哭 한 번 하지 못하고, 구운 닭 한 마리, 술 한 잔 올리지 못하니 더더욱 한스럽고 슬프기 그지없네. 끊어지는 듯한 창자를 움켜잡고 북쪽 하늘을 바라보며 이 애끓는 마음을 글로 적어 보지만 눈물이 앞을 가려 글씨를 쓸 수 없네. 누이의 혼령이 있다면 이 오빠의 마음 알아줄 것일세. 부디부디 이 정성 흠향하게나.

－《문곡집》

어미의 얼굴도 모른 채 자란 누이가 갑작스레 죽었다. 시집을 가 '어머니'

라고 부르는 자식들을 낳고 보니 얼굴 모르는 어미 생각이 더 간절했을 누이. 혹 아팠을 때 어미를 그리워한 것은 아닐까. 이런 생각을 하니 오라비의 마음은 찢어질 듯 아팠을 것이다. 갈 수도 없는 먼 곳에서 김수항이 막내 누이에게 보내는 간절한 제문은 그래서 더욱더 심금을 울린다.

유몽인의 《어우야담》에 다음과 같은 글이 실려 있다.

"무릇 사람의 언어는 모두 성정性情으로 말미암는다. 예로부터 몸이 아프거나 괴롭고 슬프면 반드시 부모를 부르는 것은 천성天性에서 나온 것이다."

그런데 그 그리움으로 부르는 어머니의 얼굴조차 기억할 수 없다니. 이 아픔을 어떻게 할 것인가.

김수항·金壽恒(1629~1689)

조선 후기의 문신. 병자호란 당시 주화론을 배척하고 끝까지 주전론을 폈던 김상헌의 손자이며, 김창협, 김창집의 아버지이다. 1674년 효종비의 죽음에서 대공설을 주장하였다가 남인의 기년설에 눌려 사임하였고, 1680년(숙종 6년) 경신대축척(경신환국)으로 서인이 득세하자 영의정에 기용되었다. 1689년(숙종 15년) 기사환국으로 남인이 재집권하자 진도에 유배되어 위리안치 되었다가 사사(賜死)되었다. 저서에 《문곡집》이 있다. 자는 구지久之, 호는 문곡文谷, 본관은 안동安東.

한 번 가서는 어찌 돌아올 줄 모르는가

| 김창협 | 동생 탁이의 재기일에 지은 묘지명

다음 글은 김창협이 동생 탁이卓而(김창립의 자字)가 죽은 다음 해 재기일에 지은 묘지명이다. 그는 여기서 '바빠서 죽은 아우를 생각할 수 없었다'는 말로 미안함을 대신하며, 마치 산사람에게 이야기하듯 잔잔하게 혹은 격렬하게 슬픈 마음을 풀어놓고 있다.

육제묘지명六弟墓誌銘

　유세차 을축년(1685년, 숙종 11) 12월 정해삭丁亥朔 스무엿새 임자. 이 날은 죽은 나의 동생 탁이(영의정을 지낸 김수항의 6남)의 재기일再期日이다. 그 하루 전 신해일에 중형仲兄 창협昌協은 술과 안주를 간략하게 갖추고 곡한 후 강신 술을 부으며 말하노라.

　아, 25개월이 지났으니, 고인이 극사隙駟(사마가 달려 틈새를 지나치듯 세월이 빠르다는 뜻)라 이르지 아니하였던가? 그대가 떠나고 어느새 재기일이 되었도다. 궤연几筵(제기의 일종)의 설치와 곡읍哭泣의 절차는 사람들이 빙자하여 의지하는 것인데, 이제 이것을 철거해야 하고, 억지抑止해야 하니, 선왕이 제정한 예인지라 어찌할 수 없는 일이다. 그런데 생각해보니, 내 홀연 오랫동안 그대를 잊고 지냈구나. 안으로 밤낮없이 바쁘고, 밖으로는 원습原隰에 달리게 되어 나라 일에 바빠 사사로운 일은 돌볼 겨를이 없었다. 아침상식이나 삭망의 차례에는 빠지는 것이 십중팔구였다. 살아 있을 때는 돌보고 죽으면 저버리게 된다는 것이 진정 옳은 말이었던가. 날이 멀어지면 날로 잊어버린다는 말이 이것을 두고 한 말인가? 내 진실로 그대를 저버렸구나. 그대 진정 나를 원망하였겠지. 오호라 이것이 어찌된 일인가.

무릇 죽은 이를 보내는 절차에도 많은 변화가 있기 마련이다. 염을 해서 관을 넣으면 그 형체가 숨겨지고, 장사하여 봉분을 만들면 그 널이 숨겨지며, 1년이 되어 소상이 되면 복제가 고쳐진다. 그 절차가 매번 변함에 따라 애통한 마음도 매양 새로워지는 것이다. 그러나 궤연이 아직 있고 곡읍이라도 할 곳이 있으니 그래도 유명幽明(그윽하고도 밝은)간에 그리 멀지가 않고 혼기魂氣의 소통이 그리 소원한 것이 아니었으나, 이제 장차 모든 것이 비게 되고 끊어져서 죽은 사람은 온전한 귀신이 되고 산 사람은 아무것도 빙자하는 것이 없게 될 것이니, 죽은 사람을 보내는 절차는 여기에서 끝이 나게 도는 것이다. 아! 나와 그대가 오늘로써 영결하게 되는구나! 이것이 어찌 슬프지 않겠으며 슬픔이 어찌 더 심하지 않겠는가?

오오, 탁이여! 그 또한 끝이로다. 정영精英한 기氣와 소랑昭朗한 질質이 거두어 돌아갈 곳이 있는가? 응결되어 태어난 물체가 있는가? 물거품이 바다에 녹아도 없어지지 않는 것과 같은 것인가? 아니면 구름이 하늘가에 흩어졌다가 끝내 없어지게 되는 것인가? 사방상하 그 어디로 갔는지 알 길이 없구나. 한 번 가더니 삼 년이 되도록 어찌 지금껏 돌아올 줄을 모르는가?

오호, 탁이여! 굴신屈伸·왕래往來·합산合算·소식消息은 다 정해진 수數가 있는 것이니, 하늘이 하는 일을 내가 어찌 하겠는가? 아, 풍아風雅를 깊이깊이 생각했으나 세상에 드문 소리를 떨치지 못하였고, 고금에 높은 뜻을 품었으나 원대한 일을 완성하지 못하고서, 오직 남은 원고에 그 향기를 기탁하였고 비석에 그 이름을 표시하였을 뿐이니, 하늘에 닿는 애통함과 땅에 사무치는 원한이 오직 이에 그칠 따름이다. 오호 탁이여! 그런가 안 그런가? 슬프고 서럽다. 술이나 마시게.

-《여한십가문초》제11권

김창협은 "살아 있을 때는 돌보고 죽으면 저버리게 된다"는 옛말과 함께 "날이 멀어지면 날로 잊어버린다"고 한탄하며 동생에 대해 그가 무심했음을 뼈아프게 자책하고 있다. 하지만 그것이 어찌 그뿐이겠는가. 살아 있을 때 가깝게 지냈던 사람도 그 사람이 죽게 되면 날이 갈수록 잊고 마는 것이 세상사이다. 그리고 마침내는 그런 사람이 있었다는 사실조차 망각하고 만다.

하늘이여, 어찌 이리도 제게 가혹하십니까

│임윤지당│ 오라버니 임성주의 죽음에 올린 제문

임윤지당은 아들 신재준이 죽은 다음 해 둘째 오빠 임성주任聖周의 부음을 전해듣는다. 여덟 살의 어린 나이에 아버지를 여읜 그녀에게 오빠 임성주는 아버지나 다름없었다. 임성주는 뛰어난 성리학자로 어린 여동생에게 학문의 길을 열어주었을 뿐만 아니라 '윤지당'이라는 호까지 직접 지어줬을만큼 여동생을 아꼈다. 이에 윤지당은 가슴이 무너지는 슬픔을 참으며 다음의 제문을 지었다.

작은 누이 신씨댁은 멀리 원주에서 부음을 듣고, 목 놓아 통곡하며 비통한 심정을 대략 서술하여 상주인 조카가 있는 곳으로 보내고, 이 달 초하루 임술일에 간략한 제물을 갖추어 영결을 고합니다.

아, 애통합니다. 오라버니, 어찌 저를 버리고 먼저 가십니까? 오라버니는 저

보다 10년 연상입니다. 누이는 허약하고 기운이 쇠락하여 하직할 날이 며칠 남지 않았습니다. 그러나 오라버니께서는 천품이 탁월하시고, 정기는 맑고 심원하시며, 그 바탕은 순수하고 중후하셨습니다. 누이는 마음속으로 '나의 죽음은 반드시 오라버니보다 먼저 올 것이니, 내가 죽은 후에 만약 오라버니의 글 몇 줄을 얻어 묘소에 표시해두면 저승에 가서도 광채가 날 것이다'라고 생각했습니다. 그런데 어찌 사람의 일이 뒤바뀌어 이런 지경에 이를 줄 알았겠습니까?

아, 누이는 전생에 지은 죄가 많아 작년에 아들을 잃었고, 이제 또 오라버니를 잃게 되었습니다. 하늘이여, 귀신이여! 어찌 제게 이렇게 가혹하십니까?

아, 누이는 모진 목숨을 아직도 지탱하고 있으나 친정과 시댁의 부모가 모두 돌아가시고, 일곱 형제자매 중 오직 남은 사람은 오라버니와 막내 그리고 저뿐이었습니다. 아, 저는 다 죽어가는 칠순의 나이에 눈이 멀 것 같은 자식의 죽음을 겪고, 간담肝膽이 모두 타서 재가 되어 남은 날이 머지않았습니다. 이제 오라버니의 뒤를 따라갈 시각이 아침저녁 나절에 당도하니, 이것으로나마 위안을 삼을까 합니다.

아, 푸른 하늘이여! 어찌 이리도 저에게 가혹하십니까? 애통하고 절통합니다. 이 누이는 살아서 다시 오라버니를 뵙지 못하고, 돌아가신 후에는 달려가 빈소에 곡조차 하지 못했습니다. 이제 또 오라버니의 유체를 지하로 영결하게 되었습니다. 상을 당한 여독으로 정신이 소모되어 비통한 심정을 만에 하나도 기억하지 못하겠습니다. 붓을 들어도 가슴이 막혀 무슨 말을 올려야 할지 모르겠습니다. 아, 애통합니다. 이것이 어찌 사람의 일이겠습니까? 오셔서 흠향하소서.

-《윤지당유고》

누구나 저마다의 특별한 아름다움이 있듯 특별한 슬픔 역시 간직하고 있다. 세상에 어떤 슬픔이 자식을 먼저 보낸 부모의 마음과도 같으랴. 자식은 죽어 가슴에 묻혔고, 그나마 믿었던 오라버니마저 먼저 보내는 심정을 누가 알 것인가.

오라버니 임성주를 떠나보낸 5년 후 윤지당 역시 하늘로 돌아갔다. 1793년(정조 17) 음력 5월 열나흘이었다. 그의 시동생 신광우는 그녀의 임종 때의 모습을《언행록》에 다음과 같이 기록했다.

병세가 위독해지자 윤지당은 "내가 평생 시를 지어본 적이 없는데, 지금 정신이 혼란하면서 갑자기 시 세 구절이 떠오르는구나"라고 말했다. 그러자 주위에서 임종을 지키고 있던 사람들이 그 시 구절이 무엇이냐고 물었다. 그러자 윤지당은 "오직 슬픔만 더할 뿐이다. 너희들이 들어서 무슨 이득이 있겠느냐?"라며 더 이상 말하지 않았다. 그리고 잠시 후 며느리(죽은 양자 신재준의 부인)에게 "집안을 잘 단속하고, 남녀의 출입을 엄하게 삼가도록 해라"라고 말한 뒤 태연히 숨을 거두었다. 그녀의 나이 일흔셋이었다.

-《언행록》

윤지당은 죽기 전까지 집안에 남겨질 부녀자들의 행실을 걱정했다. 그의 시댁은 유난히 청상과부들이 많았던 탓이다. 윤지당의 양시어머니였던 문화 유씨는 22세에 과부가 되었고, 친시어머니인 풍산 홍씨는 37세에 과부가 되었다. 윤지당 본인 역시 27세에 과부가 되었으며, 며느리 역시 30세에 과부가 되었다. 이에 집안의 부녀자들에게 정절을 지키고 행실을 바르게 하는 일이 반드시 요구되었던 것이다.

'태어남이 있으면 죽음이 있는 것'은 만고의 진리다. 그러나 괴테는 다음과 같이 절규한다.

"사람이 죽음에 다다라 저 자신이 아니고서는, 이 세상에 아무도 못할 일이 남아 있노라고 확신하고 있다면, 그때 죽음을 보고서 물러가라고 하라. 그러면 죽음도 물러가리라."

가을에 만나자고 기약했는데

가을이 되기 전에

갑자기 부음을 받았네

처음엔 놀라고 의심을 하면서

눈물이 앞서고 말문이 막혔네.

— 허균·〈제한석봉문祭韓石峯文〉 중에서

글자마다 눈물방울, 그대 와서 보는가

벗과 스승을 잃은 슬픔

伯
牙
絶
絃

*백아절현(伯牙絶絃) - '백아가 거문고 줄을 끊어버렸다'는 뜻으로, 자기를 알아주는 절친한 벗, 즉 지기지우의 죽음을 슬퍼하는 말.

마음을 함께 한 벗을 잃은 슬픔

|박지원|벗을 그리워하며 쓴 편지

누군가를 위해 하염없이 울어본 적이 있는가?

연암 박지원의 글을 읽을 때면 까닭없이 눈물이 흐를 때가 있다. 다음 글은 박지원이 안의현감으로 있을 때 함께 어울렸던 벗들을 생각하며 쓴 것으로 벗들을 향한 그리움이 가득 담겨 있다.

심한 더위 중에 두루 편안하게 지내시는가? 성흠聖欽(이희명李喜明)은 근래 어떻게 생활하며 지내고 있는지 항상 마음에 걸려 잊혀지지가 않네. 중존仲存 (이재성)과는 가끔 서로 만나 술잔을 기울이는지, 백선伯善은 총교靑橋(청파교)를 이미 떠나고, 성위聖緯(이희명의 형 이희경李喜經)도 이동泥洞(지금의 운니동雲泥洞)에 없다고 하니, 긴긴 여름날 무엇을 하며 소일하고 지내는지 모르겠네. 듣자하니 재선在先(박제가)은 이미 벼슬을 그만두었다는데, 집에 돌아온 뒤로 몇 번이나 서로 만나보았는가? 재선이 조강지처를 잃고, 무관懋官(이덕무) 같은 훌륭한 벗을 잃었으니, 이 세상을 떠돌아다니면서 외롭고 쓸쓸한 외톨이로 지내고 있으리란 것은 그의 얼굴을 보지 않고도 상상할 수가 있네. 그것 또한 하늘과 땅 사이에 의지가 없는 사람이라고 말할 수 있을 것 같네.

-《연암집》

그는 이어서 조강지처를 잃은 초정 박제가를 위로하기 위해 다음과 같은 글을 썼다.

"아아! 슬프다. 나는 일찍이 지기知己(마음을 함께 한 벗)를 잃은 슬픔이 아내 잃은 슬픔보다 더하다고 논한 적이 있었네. 아내를 잃은 사람은 그래도 두 번 세 번 장가라도 들 수 있고 서너 차례 첩을 얻어도 안 될 것이 없네. 이것은 마치 의복이 터지고 찢어지면 꿰매고 기우는 것과 같고, 그릇과 세간이 깨지고 이지러지면 새것으로 다시 바꾸는 것과도 같네. 때에 따라서는 후처後妻가 전처前妻보다 나은 경우도 있고, 때에 따라서는 나는 비록 늙었지만 아내는 새파랗게 어려 신혼의 즐거움이 초혼과 재혼 간에 차이가 별로 없을 수도 있네.

그러나 마음을 함께 한 벗을 잃은 깊은 슬픔에 이르러서는 그렇지가 않네. 내가 다행히 눈이 있다고 할지라도 누구와 더불어 보는 것을 함께 하며, 내가 다행히 귀가 있다 고해도 누구와 더불어 듣는 것을 함께 하며, 내가 다행히 입이 있다고 해도 누구와 함께 맛을 볼 것이며, 내가 다행히 코가 있다고 해도 누구와 함께 냄새를 맡을 것이며, 내가 다행히 마음을 지녔다고 해도 장차 누구와 더불어 나의 지혜와 깨달음을 함께 나눌 수 있단 말인가?

종자기鍾子期(춘추전국시대에 음악에 정통했던 사람)가 세상을 뜨자, 백아伯牙(춘추시대의 사람으로 거문고의 명인)가 석자의 오동나무 고목(거문고)을 안고서 "장차 누구를 향해 거문고를 타며, 장차 누구더러 듣게 한단 말인가?"라며 울부짖었다. 그 형세를 말하자면 부득불 차고 있던 칼을 뽑아들고 단번에 다섯 줄을 끊어버려 그 소리가 쟁그르르 하고 났을 걸세. 그렇게 하여 줄을 자르고 끊고 집어던지고 부수고 깨뜨리고 짓밟아서 모조리 아궁이에 밀어놓고 단번에 그것을 불태워 버린 후에야 겨우 마음이 후련했을 것이네.

그리고 자기 자신과 이렇게 묻고 답했을 것이네.

"네 속이 시원하냐?"

"암, 시원하고말고."

"울고 싶지?"

"그래, 울고 싶다."

그러자 울음소리가 천지에 가득하여 마치 종鍾이나 경쇠에서 울려나오는 듯하고, 눈물이 솟아나 옷깃 앞섶에 마치 화제火齊(구슬 같은 보석의 일종)나 슬슬瑟瑟처럼 뚝뚝 떨어졌을 것이네. 눈물을 드리운 채 눈을 들어 바라보노라면 텅 빈 산에 사람 하나 없는데, 물은 절로 흐르고 꽃은 저절로 피어 있네. 누군가가 물었을 것이네.

"네가 백아를 보았느냐고?"

"암, 보았고말고."

−《연암집》

《열자列子》〈탕문湯問〉 편에 '백아절현伯牙絶絃'이란 얘기가 있다. 거문고의 명인 백아가 거문고를 탈 때면 종자기라는 친구가 그 소리를 듣길 좋아했다. 이에 백아가 거문고를 탈 때 높은 산을 오르는 생각을 하면 종자기는 "훌륭해! 마치 높은 산을 오르는 것 같아"라고 했고, 흐르는 강물을 생각하며 거문고를 타면 "훌륭해! 넘실거리는 것이 강물과 같아"라고 했다. 그런데 종자기가 어느 날 갑자기 세상을 떠나고 말았다. 그러자 백아는 절망한 나머지 더 이상 자신의 거문고 소리를 들을만한 사람이 없다며 거문고 줄을 끊어버린 후 다시는 거문고를 타지 않았다. 이는 그의 음악을 유일하게 이해해주었던 친구를 다시는 얻을 수 없음을 슬퍼한 까닭이었다. 이처럼 백아절현이란 말은 백아와 종자기처럼 마음 깊은 곳까지 서로를 이해할 수 있는 완벽한 우정을 비유할 때 사용된다.

위 글은 박지원이 박제가의 조강지처 덕수 이씨가 죽은 것을 애도하는 한편 사랑하는 벗 이덕무가 죽었다는 소식을 듣고 쓴 글이다.

외롭고 쓸쓸해서 목 놓아 울고 싶을 때, 사방을 둘러보아도 어디 마음 놓고 털어놓을 수 있는 친구마저 없을 때, 혼자서 실어증을 염려하는 사람처럼 "나 지금 울고 싶다. 그것도 목 놓아 통곡하고 싶다"는 심정이 되는 것은 누구나 마찬가지일 것이다.

가버린 벗들과 나누는 술 한 잔

|박지원| 아들 박종채가 전하는 일화 한 토막

박지원이 안의현감으로 있을 때의 일이다. 그가 하루는 낮잠을 자고 일어나더니 슬픈 표정을 지으며 아랫사람들을 향해 다음과 같이 명했다.

"대나무 숲속 그윽하고 고요한 곳을 깨끗이 쓸어 자리를 마련하고 술 한 동이와 고기, 생선, 과일, 포를 갖추어 성대한 술자리를 차리도록 하라."

잠시 후 깨끗한 평복 차림으로 그곳으로 간 그는 술잔을 가득 따라 올린후 한참을 앉아 있다가 서글픈 표정으로 일어났다. 그리고 상 위에 차렸던음식을 거두어 아전과 하인들에게 나누어주었다. 이상하게 여긴 아들 박종채가 그 연유를 묻자 연암은 다음과 같이 대답했다.

"지난번에 꿈을 꾸었는데 한양 서쪽에 사는 친구 몇이 나를 찾아와 말하기를 "자네 산수 좋은 고을의 원이 되었는데, 왜 술자리를 벌여 우리를 대접하지 않는 것인가?"라고 하였다. 꿈에서 깨어 가만히 생각해보니 모두 죽은 사람들이었다. 그래서 마음이 서글퍼 상을 차려 술을 한 잔 올린 것이다. 그러나 이것은 예법에 없는 일이고, 다만 내가 그러고 싶어서 그랬을 뿐이니 어디다 할 말은 아니다."

위 이야기는 연암의 아들이자 훗날 개화기의 사상사에 많은 영향을 끼친 박규수朴珪壽의 아버지 혜전惠田 박종채朴宗采가 지은 《과정록過庭錄》에 실린 것이다. 가슴이 훈훈해지는 한편으로 쓸쓸함이 물밀 듯 밀려오는 이야기가 아닐 수 없다.

요즘 말로 죽은 사람과 산 사람 사이에 '텔레파시'가 통했던 것일까? 또 그것을 순응하듯 받아들이며 가버린 이들에게 술 한 잔 올리며 서글퍼하는 연암의 마음이 더 슬퍼보이는 건 왜일까?

다음 글은 박지원이 그의 제자였던 이몽직李夢直이 남산에서 활쏘기 연습을 하다가 잘못 날아온 화살에 맞아 죽자 그를 위해 지은 애사의 일부분이다.

대체로 사람이 살아간다는 것은 가위 요행이라고 할 수 있는데, 죽는 것이 공교롭지 않은 것은 무엇 때문인가? 하루 중에도 위태로움에 부딪치고 환난을 범하게 되는 경우가 몇 번이나 되는지 알 수 없다. 단지 깜빡하는 사이에 스쳐가고 잠깐 사이에 지나쳐가는데다 마침 귀와 눈의 민첩함과 손과 발의 막아줌이 있기 때문에 그렇게 되었던 까닭을 스스로 깨닫지 못하게 된다. 따라서 사람들도 마음에 거리낌 없이 마음대로 나다니고, 당장 저녁에라도 무슨 일이 일어나지 않을까 하는 따위의 근심이 없게 된 것이다. 만일 진실로 사람마다 항상 뜻밖에 무슨 변을 당하지나 않을까 하고 근심을 품기 시작한다면 무참할 지경으로 두려움에 싸여 비록 종일 문을 걸어 닫고 눈을 감고 들어앉아 있더라도 그 걱정을 감당해내지 못할 것이다. … (중략) … 무릇 사람의 생각이란 모두 망상이요, 인연이란 모두 악연이다. 생각하면 인연이 생기고, 인연이 생기면 곧 원통한 업보가 되는 것이다. … (중략) … 내가 조용히 거처하며 태연하게 앉았거나 혹 쓸쓸히 달밤을 거닐 때면 몽직이 이미 와 있었고, 눈 내리는 것을 보면 문득 몽직이 생각나고, 문 두드리는 소리가 나면 어김없이 몽직이었다. 하지만 이제는 모두 끝났구나. 내가 이미 그 아내에게 통곡과 조상조차 할 수 없었으니, 한유韓愈가 지은 〈구양생애사〉를 본 떠 여기 애사를 짓고, 한 편을 베껴서 초정에게 보낸다.

－《여한십가문초》제7권

연암에 따르면, 이몽직은 충무공 이순신의 후손으로 어려서는 곱상했고 장성해서는 명랑했다고 한다. 그런데 젊은 날 자식도 없이 혼자 먼저 가버리고 만 것이다. 그는 무장武將 집안에서 태어나 무업武業에 종사했지만 문사文士를 항상 가까이 해, 항상 초정(박제가)를 따라 연암의 집에 오면 셋이 허물없이 어울리곤 했다고 한다.

그 세월을 얘기하는 연암의 쓸쓸한 표정이 눈에 선하다. 눈 내리는 것을 보면 그가 생각나고, 문 두드리는 소리가 나면 어김없이 찾아왔던 그가 죽었다니… 세상 일이란 참으로 알 수 없다.

나의 벗 덕보의 생애를 돌아보니

|박지원| 덕보 홍대용의 묘지명

데카르트는 "진정한 친구란 살면서 어쩔 수 없이 부딪치게 되는 사람이 아닌 내가 선택한 사람들"이라고 했다. 박지원이 쓴 홍대용의 묘지명을 보면 그 말을 실감할 수 있다. 두 사람은 오랫동안 친교를 맺으면서 학문적 교류를 나눈 사이였다.

덕보德保(홍대용의 자)가 돌아간 지 사흘이 지나서 아는 사람 하나가 사신 행차를 따라 중국으로 가는데 도중에 삼하를 지나갈 것이다. 삼하에는 덕보의 친구가 한 사람이 있으니 이름이 손유의孫有義요, 호는 용주蓉洲다. 몇 해 전 내가 북경에서 돌아오는 길에 용주를 찾았다가 만나지 못해 편지를 써서 덕보가 남녘에서 원 노릇한다는 소식을 전하고, 또 우리나라의 물산 몇 가지를 놓아두고 왔다. 용주가 그 편지를 보고 응당 내가 덕보의 친구라는 것을 알았을 것이다. 그래서 중국 가는 사람에게 부탁해서 다음과 같이 기별했다.

"건륭 계묘 모월 모일에 조선 박지원은 용주 선생에게 말씀을 드립니다. 조선의 전 영천군수 남양 홍담헌은 이름은 대용이요, 자는 덕보라는 사람으로 금년 10월 23일 유시酉時에 영영 일어나지 못하고 말았습니다. 평소에는 아무 탈이 없었는데 갑자기 중풍으로 입이 삐뚤어지고 말을 못하더니 얼마 지나지 않아 이 지경에 이르렀습니다. 나이는 53세입니다. 그의 아들 원이 설움과 슬픔으로 인해서 제 손으로 편지를 쓰지 못하며 또 양자강 이남에는 소식을 전할 길이 없습니다. 바라건대 선생께서 오강(현재의 강소성 항주 일대)까지 대신 소식을 전해서 천하에 남아 있는 그 친구들로 하여금 그의 돌아간 날짜나마 알게 하신다면 이 세상과 저 세상에서 함께 한이 없이 될 것입니다."

중국으로 가는 사람을 보낸 다음 내가 친히 항주杭州 사람들의 글씨·그림·편지·시문 등 모두 10권을 찾아내서 관 앞에 벌여놓았다. 이에 다시 관을 만지고 울면서 이르노라.

아아! 덕보는 영리하고 민첩하고 겸손하고 우아하였으며, 식견이 심원하고 아는 것이 정밀하였다. 특히 천문학과 수학 등에 밝아서 연구를 쌓고 고심을 거듭한 결과, 자기의 창견으로 많은 관측기구를 만들었다. 처음 서양 사람들은 땅이 둥글다고만 말하고 돈다고는 말하지 못하였는데, 덕보는 오래 전부터 땅이 한 번 돌아서 하루가 된다고 설명했다. 그 학설이 미묘하고 심오해서 미처 책으로 저술하지는 못했으나 만년에는 땅이 돈다는 것을 더욱 믿어 의심치 않았다.

세상에서 덕보를 존경하는 사람들도 그가 일찍부터 과거를 보지 않고 명리名利와 담을 쌓으며 조용히 들어앉아 좋은 향이나 피우고 거문고와 가야금 이나 타며 혼자서 담박하게 살며 세상 밖에 서려는 것으로만 평가할 뿐이었고, 그가 어떤 일이든지 맡고 나서서 어지러운 것을 정리하고 그릇된 것을 교정할 수 있으며, 전국의 재정을 관리할 만하고 먼 나라로 사신도 갈 만하며, 사람들을 통솔하는 데 특별한 재주가 있는 것에 대해서는 누구도 잘 알지 못했다. 오직 남에게 드러내기를 좋아하지 않아 두어 고을의 원을 지내는 데는 그저 서류를 잘 정돈하고 매사를 미리 준비해서 아전들이 순종하고 백성들이 따르게 했을 뿐이었다.

일찍이 그는 숙부가 서장관으로 가는 길을 따라 북경에 갔다가 유리창에서 육비·엄성嚴誠·반정균潘庭均을 만났다. 이 세 사람은 문장과 예술로 이름난 선비들이었다. 하지만 나중에는 그들이 오히려 덕보를 큰 학자로 떠받들었다. 그들과 필담을 나눈 수만 마디 말은 경전의 뜻과 천명·인성과 고금에 나온 대의大義에 대한 논변과 해석이었는데, 모두 폭넓고도 빼어나 이루 말할 수 없이 즐거웠다. 마지막으로 헤어지려고 할 때 서로 눈물을 흘리면서 말하기를 "한 번 이별하면 다시 보지 못할 것이니 황천에서 서로 만날 때 아무 부끄러움이 없도록 생시에 학문을 더욱 연마하기를 맹세하자"고 하였다. 그 중 엄성과는 더욱 뜻이 맞아 '은근히 점잖은 사람은 때에 따라 벼슬을 하기도 하고 않기도 한다'고 암시했더니 그가 곧 크게 깨닫고 남방으로 돌아갔다가 수년 뒤 복건에서 객사하고 말았다. 이때 반정균이 편지로 덕보에게 기별을 했고 덕보는 추도문과 향을 손유의에게 부탁해서 전당으로 보냈는데, 그날 저녁이 바로 엄성의 대상大祥이었다. 이에 많은 사람들이 덕보가 신명을 느낀 것이라고 말하며 경탄하였다. 대상을 지낼 때는 엄성의 형 엄파가 향을 피우고 그 글을 읽으면서 첫 술잔을 부었다.

그 후 엄성의 아들 엄앙이 덕보를 큰 아버지라 부르면서 자기 아버지의 문집인 《철교유집鐵橋遺集》을 보냈는 데 9년 만에야 겨우 돌아왔다. 그 문집 가운데는 엄성이 그린 덕보의 작은 초상도 있었다.

절강 일대에서는 이 이야기가 신기한 소문으로 널리 전파되었으며, 이 이야기를 제목으로 삼아 많은 사람들이 시와 산문을 다투어 지었다. 그 중 주문조라는 사람은 편지를 통해 다음과 같은 사실을 알려주었다.

"아아! 그가 살아 있을 때 기이한 사적은 이미 저 먼 옛날의 이야기와도 같다. 진정을 가진 친구와 벗들이 더욱 더 그 사적을 전파시킬 것이니 비단 양자강 남쪽에서만 이름이 퍼질 것이 아니다. 그 무덤에 묘지를 쓰지 않더라도 덕보의 이름은 길이 전해질 것이다."

-《여한십가문초》제7권

박지원이 지은 홍대용의 묘지명은 보통의 묘지명과는 다르게 쓰여졌다. 삶의 발자취를 순차적으로 서술한 뒤 평하는 묘지명의 격식에서 벗어나 그가 살아생전에 중국의 항주 학자들과 교류했던 내용과 후일담을 적은 것이다. 박지원은 홍대용이 한 고을의 훌륭한 선비나 서너 고을의 원으로 그치는 것이 아니라 우리나라의 훌륭한 선비임을 알리고 그 이름이 나라 밖 여러 곳에 길이 남을 것임을 설파했다. 그리고 마지막에 홍대용의 집안 내력을 적고 '12월 8일 청주 땅에서 장사를 지냈다'며 긴 묘지명을 마친다.

박지원은 체면치레를 하고자 홍대용의 묘지명을 지은 것이 아니었다. 벗 홍대용의 인품에 반한 나머지 그의 내면과 인간애에 초점을 맞추어 마음속에서 우러나오는 진실을 묘지명에 그대로 담았다.

이를 통해 보건대, 박지원은 어쩌면 홍대용의 묘지명을 통해《맹자》의〈만장〉에 나오는 "한 고을의 훌륭한 선비라야 한 고을의 훌륭한 선비를 벗삼을 수 있으며, 천하의 훌륭한 선비라야 천하의 훌륭한 선비를 벗 삼을 수 있다"는 말을 하고 싶었는지도 모른다. 그만큼 홍대용을 잃은 박지원의 상심은 컸던 것이리라.

천 리 길에 그대를 보내고

| 박지원 | 창애 · 경지에게 보내는 글

연암 박지원이 오지 않는 친구를 기다리며 잔잔한 물살처럼 흔들리듯 쓴 글이 있다. 바로 〈답창애答蒼厓〉이다. 창애는 조선 후기 문장가이자 서화書畵에도 뛰어났던 유한준俞漢雋을 말한다.

저물녘 용수산龍首山에 올라 그대를 기다렸으나 그대는 오시지 않고 강물만 동편에서 흘러와서는 어디론가 흘러갔습니다. 밤이 깊은 뒤 달이 떠올라 강물에 배를 띄우고 돌아왔습니다. 정자 아래에 늙은 고목나무가 하얗게 사람과 같이 서 있었습니다. 나는 또 그대가 나보다 먼저 와 그 곳에 서 있는가 의심했었답니다.

－《연암집》

기다림이라는 것이 그런 것인가. 나무를 스치고 지나가는 바람소리에도 혹시 그가 왔을까 돌아다보고, 멀리서 불빛만 보여도 행여 그 사람인가 하여 가슴이 설렌다.

다음 글은 박지원의 〈경지京之에게 답함(答)〉이 라는 글이다.

석별의 말을 주고받았지만, 이른바 천 리 길에 그대를 전송해도, 한 번 이별은 있기 마련인 것을 어찌하겠소. 다만 한 가닥 희미한 정서情緖가 하늘하늘 마음에 서려 있어, 마치 허공 속의 환화幻化가 어디선가 날아왔다가 사라지고 난 뒤에도 다시 하늘거리며 아름다운 것과 같구나.

예전에 백화암百華菴에 앉았노라니, 암주庵主인 처화處華스님이 먼 마을에서 바람결에 들려오는 다듬이 소리를 듣고는 그의 비구인 영탁靈托에게 게偈를 전했다.

"'탁탁 당당'하고 허공에서 떨어지는 소리를 누가 제일 먼저 들었겠는가?"

영탁이 손을 맞잡고 공손히 말하였다.

"먼저도 아니요 나중도 아니거니, 바로 그때 그 소리를 들었습니다."

어제 그대가 여전히 정자 위에서 난간을 따라 서성거릴 때, 이 몸 또한 다리 어귀에서 말을 세우고 있었는데, 그 사이가 아마도 1리쯤 되었지요. 우리 두 사람이 서로를 바라보던 '때'도 역시 바로 '그때'였는지 모르겠습니다.

　　　　　　　　　　　　　　　　　　　　　　　　　－《연암집》

어떤 사람들은 "사랑하는 사람과의 이별은 대개 한쪽의 감정이 식었기 때문에 생기는 것"이라고 말한다. 하지만 이별이란 꼭 그런 것만은 아니다. 언제까지 온다는 기약 있는 이별도 있지만, 기약없는 이별 앞에선 막막하도록 슬퍼져서 정신을 차릴 수 없기 때문이다.

누구나 사랑하는 사람이나 가족과 이별했던 슬픈 기억 한두 가지쯤은 가지고 있다. 생텍쥐페리의 《인간의 대지》를 보면 다음과 같은 구절이 있다.

"한 아이가 벽에 기대어 울고 있다. 그 아이의 일그러진 그 얼굴에 웃음을 피어나게 하지 못한다면 그 아이는 평생을 두고 내 기억 속에서 울음을 그치지 않을 것이다."

학문의 갈림길에서 누구를 찾아 물을 것인가

| 박지원 | 스승 이양천에게 올리는 제문

"연암은 안색이 불그레하고, 윤기가 돌았다. 또 눈자위는 쌍꺼풀이 졌으며, 귀는 크고 희었다. 광대뼈는 귀밑까지 뻗쳤으며, 긴 얼굴에 드문드문 구레나룻이 났다. 이마에는 달을 바라볼 때와 비슷한 주름이 있었다. 몸은 키가 크고 살이 쪘으며, 어깨가 곧추 섰고, 등이 곧아 풍채가 좋았다. 그런데 연암을 그린 초상화는 연암을 제대로 우리에게 보여주고 있는 것일까? 아니다. 초상화에서 보여지는 그의 모습은 눈이 찢어지고, 날카로우며, 덩치 큰 모습만 강조했지, 그 내면의 따사롭고 풍부한 면을 잘 표현하지 못했다. 그래서 초상화는 아무나 함부로 맡길 것이 못된다."

연암 박지원의 아들 박종채가 지은 《과정록》에 실린 글이다. 알다시피, 연암의 생애는 그리 순탄치 않았다. 그의 아버지 박사유朴師愈는 벼슬에 오르지도 못한 채 연암이 어렸을 때 세상을 떠났다. 이에 연암은 할아버지 박필

균朴弼均의 손에서 자랐는데, 아들을 앞서 보낸 그는 손자인 연암을 불운한 자식이라 생각해 글을 가르치지 않았다. 그런 이유로 연암은 열다섯까지 글 공부를 전혀 하지 않았다. 그러다가 열여섯인 1752년(영조 28) 전주이씨全州 李氏 보천輔天의 딸과 결혼하게 되었는데, 처숙인 교리校理 이양천李亮天이 연암이 공부할 시기를 놓쳤음을 알고 "사대부로 배우지 않으면 어찌 행세할 것인가? 오늘부터 나에게 가르침을 받겠느냐?"라고 물었고, 이에 연암은 그 자리에서 배우겠다고 승낙했다.

연암의 문집에 수록된 시문 중 제일 처음에 쓰여진 것이 그의 나이 열아홉에 지은 〈이교리제문李校理祭文〉인 것을 보면 그제야 비로소 학문을 연마했음을 알 수 있다. 그리고 얼마 후 그의 스승이자 처숙인 이교리가 별세하자 진솔한 제문을 남기기도 했다.

제가 현문賢問의 사위가 되고, 어린 나이에 스승에게서 배움을 받았습니다. 두 분 형제분의 정이 두터웠고, 화기和氣가 넘쳐났지요. 그때 장인이 제게 이렇게 말했지요. "내 동생이 글을 좋아해서 벼슬은 변변치 않지만 문학에 매우 열성이다. 네가 내 집 사위가 되었으니 내 동생을 스승으로 삼아라."

스승은 나를 아낌이 장인 못지 않았으므로 저에게 시서詩書를 주고 엄한 일과로 공부에 매진하게 하였습니다. 스승을 모시고, 몸가짐 갖기 4년이 되었지만 문장은 세상의 흐름에 따라가지 못하고 쇠약한 문학만 일으켰습니다. 하지만 스승께서는 저에게 산문은 한유韓愈의 뼈로 만들고, 시는 두보의 살갗을 갈아 만들어 재주없는 사람을 가르쳐 주었습니다. 이제 겨우 스승의 인도와 보살핌으로 겨우 못난 사람을 면했는데, 문득 가시니 아득한 학문의 갈림길에서 누구를 찾아 물을 것인가 라고 생각하니 아득하고 막막하기만 합니다.

옛날 책 한 권을 읽으려고 해도 막히고 어그러짐이 많아서 겨우 몇 줄 읽어 내려가면 온갖 의문이 서로 가로막아서 책을 덮고 한숨지으며 눈물 흘리기 일쑤입니다. 이 의문을 어디에서 풀어야 할까요? 또한 이 게으름을 누가 독려하겠습니까? 지난 여름 장마와 무더위에 스승의 병이 처음 들었을 때도 저를 돌아보고 다음과 같이 말했지요.

"어찌 물을 살피지 않느냐? 큰 일을 하려거든 흐르는 물처럼 바빠야 하느니라." 그 말씀 아직도 귓가에 쟁쟁합니다. 상제가 앉아야 할 거적자리에는 맏상주도 없고, 노모는 아직 살아 계시는데, 알기 어려운 것은 귀신에게나 물어볼 수 있겠습니까?

일찍이 문과에 장원은 하였지만, 집안은 매우 청빈하였고, 두루 화려한 요직을 거쳤으나 어버이 봉양으로 외직을 맡지 않으셨으며, 한림원이란 영광스런 자리 역시 스승께는 영광스런 자리가 아니었습니다. 일찍이 올린 상소 하나로 흑산도 변방에 귀양 가 저는 벽에 걸린 지도를 보며 눈물 방울방울 흘렸습니다. 그 옛날 유배를 갈 때는 위로의 말이라도 전했지만 이제 이렇게 떠나시니 차마 무슨 말을 하겠습니까? 갖춘 제물은 비록 보잘 것 없지만 인정과 예절로 갖춘 것이라 존령尊靈은 어둡지 않아 모름지기 이 한 잔 흠향하시라. 상향.

-《연암집》

자신에게 학문의 길을 열어준 스승이 이 세상을 떠나갔으니, 말 그대로 세상을 다 잃은 것이나 마찬가지였을 것이다. 이런 연암의 제문을 읽다가 보면 세네카가 《도덕론》에서 한 말이 떠오른다.

"가벼운 슬픔은 수다스럽지만, 큰 슬픔은 벙어리가 된다."

홀로 서서 길게 통곡하니

이재성 | 연암 박지원의 묘지에 올린 제문

연암은 많은 사람들의 제문과 묘지명을 지었지만 정작 자신을 위한 묘비명은 짓지 않았다. 다음 글은 연암의 처남이자 평생을 친구로 지냈던 이재성이 연암의 묘지에 올린 제문이다.

아아, 슬프다.

사람들은 말합니다. 문장에는 정해진 품평이 있고, 인물에는 정해진 평판이 있다고. 그러나 공을 제대로 알지 못하니 어찌 그럴 수 있겠습니까? 마치 저 굉장한 보물이 크고 아름답고 기이하고 빼어나지만 마음과 눈으로 보지 못하면 이름하기 어려운 것과 같지요.

용을 아로새긴 보물솥은 밥하는 솥으로 쓸 수 없고, 옥으로 만든 술잔은 호리병이나 질그릇엔 어울리지가 않습니다. 또 보검이나 큰 구슬은 시장에서 살 수 없는 법이고, 하늘이 내린 글이나 신비한 비결은 보통의 책상자 속에 잇을 이유가 없습니다.

신령한 구슬은 잊은 것을 생각나게 합니다. 끊어진 줄은 아교가 잇는가 하면 혼을 부르는 향도 있습니다. 그러나 처음 듣고 처음 보면 이상하고 기이할 수밖에 없습니다. 그래서 한 번 써보지도 않고서 대수롭지 않게 생각하지요.

아아, 우리 공은 어찌 그리 성대하며, 누가 그 심오한 이치를 깨달았는지요? 우리 공은 남과 화합하지 못해서 이웃이 드물었습니다. 제자들은 땀을 뻘뻘 흘리면서 공을 따라 배우려 했지요. 세상에 크게 쓰이지 못한 공을 위해 그 누가 탄식하겠습니까? 나의 서투른 글 솜씨를 때로 칭찬해주시기도 했고, 상자에 손수 지으신 글 백 편을 넣어두시고는 제가 비평해주는 것을 기뻐해 주셨지요.

아아, 우리 공은 그 사귐이 연배를 넘어서 선배에까지 미쳤습니다. 우리 아버지께서 감복하신 것은 그 고결함과 지조 때문이었으니, 잘 알려지지 않은 언행과 덕행을 제문에다 낱낱이 쓰셨습니다. 하지만 어이해 붓을 들어 비문을 짓지 못하셨나요?

저는 형제가 없어 공을 형님처럼 여겼습니다. 머리가 허옇도록 늘 그랬으니 새삼 뭘 말하겠습니까? 숲이 우거진 저 무덤은 옛날 사시던 연암골에 가까운데, 현숙했던 부인께서 먼저 잠들어 계시지요. 추운 새벽 발인하니 길은 눈과 얼음으로 가득하고, 병으로 인해 멀리 전송하지 못하옵고 홀로 서서 길게 통곡하옵니다. 상향.

연암은 그 자신을 다음과 같이 평했다.

"광달曠達하기는 장자莊子와 같고, 불공하기는 유하혜柳下惠같고, 술을 마시는 것은 유령劉伶같고, 책을 쓰는 것은 양웅楊雄같고, 스스로 견주기는 제갈양諸葛亮과 같다."

대체로 그의 말은 맞다. 그는 올곧게 한 생애를 살았고 수많은 저작들을 남겨 후세의 교감이 되고 있으니.

누구에게나 똑같이 주어진 한 평생인데도, 그 생을 남김없이 세상을 위해 연소시키고 가는 사람이 있는 반면, 자기에게 주어진 재능이나 능력을 오로지 자기 몸보신하는데만 쓰다 가는 사람도 있다. 하지만 연암이야말로 스스로에게 주어진 능력을 십분 발휘하여 질곡의 시대를 부끄럽지 않게 살다간 사람으로 길이 기억될 것이다. 그래서일까. 이재성의 제문은 담담하면서도 슬프기 그지없다.

이재성 · 李在性(1751~1809)

계양군桂陽君 이증李璔(세종의 둘째 아들)의 후손으로 연암 박지원의 처남이자 평생지기였으며, 이서구 · 이덕무 · 박제가 등과도 절친하여 북학파의 일원으로 볼 수 있다. 연천淵泉 홍석주 형제에게 글을 가르쳤다. 노년에 진사 급제 후 능참봉을 지냈을 뿐, 평생 벼슬과는 거리가 멀었다. 문집으로《지계집芝溪集》7권이 있으나 현재 전하지 않는다. 자는 중존仲存, 호는 지계芝溪, 본관은 전주全州.

글자마다 눈물방울, 그대 와서 보는가

| 홍대용 | 악사 연익성에게 올리는 제문

홍대용은 궁중악사 연익성延益成에게 거문고를 배우며 평생 교류하였는데, 연익성이 세상을 떠나자 직접 조문하고 제문을 지을 만큼 절친했다.

담헌은 술 한 병, 초 두 자루, 돈 석 냥으로 연사의 영을 멀리 영결하노라. 그대는 죽었는가? 그대의 허약한 몸으로 53세나 살았으니 불행이라고는 할 수 없지. 비록 종신토록 가난하게 지냈으나 뜻은 성색聲色의 곳에 펴서 족히 그대의 생을 즐겼으니 다시 무슨 한이 있으랴. 몸은 음악을 맡은 벼슬아치였지만 뜻은 높은 선비와 같았고, 행적은 배우였지만 깨끗한 성품은 가을 강물과 같았지.

아, 그대의 다짐을 나만은 아는데, 애석하도다. 사람과 거문고가 함께 없어졌으니, 다시 누구와 더불어 음악을 들을 것인가. 30년 동안 좋았던 정분이 이로써 영결이로다. 글자마다 눈물방울, 그대는 와서 보는가?

－《담헌서》 내권 3집

홍대용은 이 제문에서 마치 살아 있는 사람에게 속삭이듯 토로한다.

"그대 어디 있는가?"

"왜 오지 않는가?"

"글자마다 눈물방울, 그대 와서 보는가?"

피를 토하듯 통곡하듯 씌어진 만사가 가슴 가득 사무치는 슬픔을 준다.

홍대용은 또 민장閔丈에게 올린 제문에서 그 마음을 구슬프게 풀어놓은
바 있다.

하늘이 늙으매 기氣 또한 흐려졌도다. 가을비 뿌리던 서성西城에 거문고,
퉁소소리 은은할 적에 유쾌히 잔 비우며 환담하다가 간간이 긴 가락 곁들이
셨소. 그때 공은 병이 나은 듯이 무척 즐거워하시며 "내 병이 깊었으니 자주
들려주게나. 좋은 아침과 긴 저녁은 뒷기약이 너무 많다네"라고 하셨는데, 책
상자를 들고 강가로 나가다가 뜻밖에 부음을 받았습니다. 큰 소리로 장시간
통곡하니 눈물이 옷깃에 가득하고 책상 위의 책도 덮어두고 의자의 거문고
도 던져버렸습니다. 고개를 치켰다 숙였다 하면서 곰곰이 생각하니, 이 세상
어느 누가 나의 마음 알겠습니까?

단암丹巖의 물은 떨어지는데 빈소의 방은 침침합니다. 저 좋은 낙토를 내
버리고 이 강가에는 왜 오셨나요? 흰 장막 걷고 한바탕 슬피 우니 산도 우는

듯 물도 푸른 듯, 영령이 계시거든 이 술 한 잔을 흠향하소서.

−《담헌서》 내권 3집

"좋은 아침과 긴 저녁은 뒷기약이 너무 많다"는 말이 있다. 하지만 이 말의 참뜻을 아는 사람은 과연 얼마나 될까.

아침 찬바람에 옷소매를 여밀 때 동쪽 하늘에 떠오르는 해 아직 멀었는가 싶더니, 온다는 사람이 인기척을 보내오듯 어느덧 저녁 바람이 불어온다.

홍대용 · 洪大容(1731~1783)

조선 후기의 실학자·과학사상가. 북학파北學派 계열의 실학자 박지원·박제가·이덕무·유득공 등과 친분이 깊었다. 1765년(영조 41) 서장관인 작은아버지 억檍의 수행관으로 북경을 방문, 중국 학자 및 독일계 선교사들을 만나 서양문물에 대한 견문을 넓혔다. 유학보다 군국軍國과 경제에 관심이 깊었고, 신흥 상공인의 입장에서 사회개혁사상을 펴고자 했다. 조선 최고의 과학사상가로 수학의 원리 적용, 천문, 측량 도구에 관한 해설을 담은《주해수용籌解需用》을 저술하였고, 천체·기상 해설서인《의산문답毉山問答》에서는 지구의 자전을 주장하였다. 저서에《담헌서湛軒書》를 비롯, 편서編書에《건정필(乾淨筆談》《담헌연기湛軒燕記》《임하경륜林下經綸》《사서문의四書問疑》《항전척독抗傳尺牘》《삼경문변三經問辨》등이 있다. 자는 덕보德保, 호는 홍지弘之, 당호堂號는 담헌湛軒, 본관은 남양南陽.

관을 어루만져 울지도 못했으니

| 홍대용 | 주도이의 죽음에 지은 제문

　　홍대용은 그와 뜻을 같이 했던 주도이周道以의 죽음에 애달픈 마음으로
제문을 지었다. 궁벽한 시골출신으로 어려서 배울 기회를 놓쳤던 주도이는
연경(지금의 북경)으로 가서 4년동안 공부를 한 후 돌아와 북한산과 도봉
산의 여러 서원에서 학문을 갈고 닦았다. 그 후 고향으로 돌아가 널리 인정
을 받았지만 다시 석실로 돌아가 공부를 하던 중 병에 걸려 죽고 말았다. 그
와 가깝게 지낸 홍대용은 지극한 슬픔으로 주도이의 불우했던 한평생을 펼
쳐놓는다.

　　내가 아는 주도이는 궁벽한 시골에서 태어났지만 의리 있는 일에 뜻을 두
었으니, 지혜롭지 않다 할 수 없으며, 먼 천 리 길을 스승을 따르고 재물과 벼
슬은 마음에 두지 않았으니, 의리가 있지 않고서야 능히 할 수 있었겠는가?

4년 동안 연경에 들어가 배우면서 떠돌아다니는 나그네 신세를 감수하고, 병들어 죽는 지경에 이르러서 후회하지 않았으니, 용기가 없는 사람이라 할 수 없을 것이다.

애석하다. 성취함이 없이 젊어서 죽은 도이여! 도이는 칠원漆原 주周씨의 아들, 그 조상에 신재愼齋 선생이란 분이 계셨다. 그는 도리를 알고 문장에 능해서 동국에 드러난 사람이었고, 보면 대개 그의 연원은 유래가 있다.

도이는 외모가 깨끗하고 말은 간명하여 성명聲名을 멀리하고 재물과 관직에 뜻이 없었으니, 그것은 진실로 그의 천성이었다. 젊어서 배울 기회를 잃어 사장詞章에 졸렬했으나 오직 도를 구하는데 뜻을 두어 농사를 짓는 틈틈이 노력하였다. 그는 '서울은 인물과 문명이 모이는 곳'이라고 생각하고 험난한 길을 넘고 괴로움을 견디면서 섬촌蟾村 문하門下에서 폐백을 드리고 미호渼湖에게 글을 배웠다. 북한산의 사원寺院과 도봉산의 서원書院, 미천尾泉의 정사精舍, 석실石室의 사우祠宇에서 온갖 괴로운 일을 겪으면서도 더욱 스스로를 연마하기를 수 년 동안 하였는데, 그의 지식이 나날이 진보되고 행실이 나날이 장해지자 고향으로 돌아가 사람들을 만났다.

그가 처음 고향을 떠날 적에는 그를 비웃지 않는 사람이 없었지만 그가 고향에 돌아오자 모두들 탄복했다. 그리하여 향당鄕黨의 준수한 자제들도 차츰 공부할 마음과 옛것을 사모하는 뜻을 갖게 되었다. 이것으로 보아 도이의 '배우기 좋아함'은 자기의 몸부터 성실히 해서 남에게까지 영향을 미치게 했음을 알 수 있다. 그가 다시 돌아왔을 때는 그의 아내가 임신 7개월이었다. 아아, 신혼 시절은 누구나 지극히 사랑하는 것이요, 아들을 안는 즐거움은 인생의 지극한 경사이거늘, 도이는 초연히 돌아보지 않고 떠나갔으니, 또한 어질지 않은가? 자칭 재주와 덕이 있다는 요즘 사람들을 보면 앉아서 말할 적에는 "처자쯤은 연연하지 않는다"고 큰소리치지만, 막상 변고가 생기고 시세가 급박하면 당황하고 피눈물을 흘리어 구구한 아녀자 짓을 한다. 이를 도이에게 비긴다면 과연 어떻겠는가?

도이는 원래 약한 신체로 잘 아픈데다가 여관 생활 시절의 거친 음식과 고생으로 인해 얻은 병으로 갑술년 봄에 마침내 석실산石室山에서 죽었다고 한다. 그곳에 다시 온 뒤 고향에 돌아가지 못했고 아이가 나서 해가 지나도록 보지 못한 채 죽었다.

아아, 슬프다. 하늘이 착한 사람에게 이와 같은 참혹한 화를 주는 것은 무엇 때문인가? 만약 도이가 배움에 뜻이 없이 전야田野에 숨어서 농상農桑에 힘써 대추와 밤을 먹고 아내와 지식이나 끌어안고 몸을 편하게 했던들 그의 죽음이 이렇게 갑작스러웠을까. 그렇게 했다면 인생의 낙 또한 족했을 것이다. 그런데도 친척과 처자를 버리고 쓸쓸한 물가에서 공부에 몰두하다가 천 리 밖에서 죽었으니 그의 뜻은 무엇을 성취하였는가. 그렇다면 사람이란 배울 필요도 없고 배운다 하더라도 과연 무엇을 하겠는가.

아아! 그럴 리 없다. 사람이 금수와 다르다는 것은 배움 때문이다. "아침에 도를 들으면 저녁에 죽어도 좋다"라고 했고, "군자는 몸이 마치도록 남에게 이름이 일컬어지는 것을 미워한다"고 하였으니, 하루 배우면 하루 동안 사람 노릇을 하고, 한 해를 배우면 한 해 동안 사람 노릇을 하는 것이다. 저 나이 70~80을 살면서 금수처럼 살다가 죽는 사람을 두고 무엇이 귀하다고 하겠는가.

도이가 죽자 사대부들은 그를 알았던 사람이건 몰랐던 사람이건 가리지 않고 놀라고 슬퍼하고 애석하게 여기지 않은 사람이 없었다. 다투어 부의賻儀를 하였고, 심지어 그의 고향으로 반구返柩해서 돌아갈 때는 수령들도 접경에 나와 자기의 도리를 다하지 못할까 두려워했다.

군자가 말하기를 "크도다, 배움이여. 착함이 사람을 감동 시키는 것이 이와 같다"고 하였다. 아아, 작년 가을에 그대를 처음으로 석실에서 만나 거처를 함께 하기 불과 수십 일에 앞으로 살면서 더욱 선善을 권하고 허물을 지적하기로 백 년을 기약했었는데, 이제 하루아침에 그대를 잃어버렸으니 또한 슬프지 않겠는가?

그가 죽었을 때 나는 마침 외지外地에 있어서 미처 듣지 못하였고 반구해서 돌아갈 때도 끝내 관을 어루만져 울지도 못했으니, 도이의 영혼이 진실로 안다면 반드시 한스럽게 여길 것이다. 듣건대 도이의 남은 아들이 그의 아버지를 닮았다고 하니, 하늘이 알음이 있다면 장래에 복으로 갚아주지 않겠는가. 가령 내가 가까운 거리에 있다면 마땅히 인도해서 사랑하고 키우고 길러서 지식智識을 얻은 뒤에 그 아비의 일을 알려주어 마침내 그 아비의 성취하지 못했던 뜻을 성취하도록 할 것인데, 거리가 멀어 이룰 수 없이 거듭 슬픔만 더하게 되니, 애통하다.

반구하던 날 제문을 지어 슬퍼한 선비들이 매우 많았을 것인데, 하물며 그대를 사랑함에 돈독하고, 그대를 슬퍼함에 지극한 나로서 어찌 다른 사람에게 뒤질 수 있겠는가.

돌아보건대 졸렬한 나의 문장으로는, 능히 후세의 선비들로 하여금, "도이라는 사람은 세상에 뛰어난 기지를 가졌으면서도 불행하여 단명했다"라는 사실을 알 수 있도록 대필로 선양하지 못하고, 다만 거친 말과 짧은 글귀로 지워버릴 수 없는 평생 경력을 대강 서술하여 나의 슬픔을 쏟아버릴 뿐이다. 이것이 어찌 그대의 이름을 영원히 남길 수 있으랴.

홍대용은 주도이의 아들이 가까이 있으면 도와주어야 하는데 거리가 멀어 도와줄 수 없음을 한탄하며 제문을 마무리한다.

검산黔山은 뾰족뾰족, 미수渼水는 콸콸, 미쁘다! 이 사람 온화하기 옥같도다. 조각배 타고, 저 삼주三州에 띄워 맑은 술을 서로 주고받았지. 곱디고운 난초에 서리가 내렸도다. 아 아 푸른 하늘이여! 한 친구를 남기지 않는구나. 붉은 깃발은 나부끼고, 강물은 가득 차 흐른다. 저 조령鳥嶺 기슭에 고향이 가까웠다. 바람 같은 천리마가 중도에서 숨졌네. 우뚝한 무덤을 만든 다음, 영혼은 어디로 가는가? 숲에는 새가 울고, 못에는 고기가 논다. 나는 그대가 좋아하던 것을 생각하는데, 그대는 어찌 말이 없는가? 산에는 구름이 있고, 언덕에는 꽃이 피었네. 천 리 길에 애사를 드리니, 한스럽지만 슬퍼한들 무엇하리.

-《담헌서》내집 3권

어찌 가는 사람을 붙잡을 수 있으랴. 그대가 좋아했던 그 많은 것들 이제 그대의 것도, 나의 것도 아니려니, 이젠 모두 지나간 옛것이 되고 말았다. 뒤

돌아서면 물가에 길게 드리운 나무 그림자, 불현듯 옛 기억이 떠오르고 그 기억을 지우듯 강물은 여울져 흘러간다.

추운 겨울이라 상여도 머물지 않고

| 이덕무 | 가깝게 지내던 벗에게 올리는 제문

이덕무가 지은 글 중 가까이 지내던 벗에게 올리는 제문이 있다. 누구라고 밝히지는 않았지만 평소 자주 왕래하던 사이로 보인다. 곧 만날 수 있으리라 여겼는데 홀연히 가버린 벗에 대한 절절한 슬픔이 우러나는 글이다.

부처님의 깨우침에 "인생의 사생이 포말泡沫과 파초芭蕉같다"고 하였으니, 변멸變滅하는 것이 그와 같다는 말이다. 그러나 포말은 잘 꺼지면서도 계속해 일어날 줄 알고, 파초는 묵은 뿌리가 있어 피어오를 듯이 생기를 머금고 있지만, 이제 그대의 포말은 한 번 꺼짐으로 그만이요, 그대의 파초는 다시 푸르기 어렵구나.

가버리면 돌아오지 못하는데 자식조차 두지 못하였구나. 하나의 혈육도 전하지 못하였으니 이에 끝나고 마는 것이다. 후사가 있다면 완연히 그대를 닮았을 것이다. 내가 수시로 가서 안아보고 그대를 생각하며 기뻐할 것인데, 묵적墨蹟이 담긴 두어 장 종잇조각만 상자에 남아 있으니, 그대가 생각나 찾아와서 읽을 적에는 내 정신만 산만하겠구나. 그대의 안부를 조금 전에 입 속으로 중얼거리면서 편지를 써 붓을 뗄 때 곧 만날 것 같더니 홀연 바랄 수 없게 되었구나.

　동문 동녘 5리 주위에 서리에 취한 단풍이 곱게 물들었다. 술을 따르며 놀자고 기약한 것이 아직 한 달도 채 안 되었는데 그대가 어찌하여 이렇게 되었단 말인가? 단풍잎에는 아직 아름다운 빛이 남아 있고, 술잔에는 아직 술구더기 새롭거늘, 그대만이 홀로 세상을 잊어 듣지도 못하고 보지도 못하는구나. 명신名臣의 후예에 착한 선비가 태어났으니, 품행이 자상하고, 단정하며 용모가 아름다웠다. 사우士友들은 진심으로 흠모하며 은연히 그대에게 의지하여, 오래도록 보중保重하고 길이 복록을 누리기를 기대하였는데, 자식도 없이 요절하고 사적에 실리지도 못하였구나. 붉은 명정銘旌에 초라하게 말사未仕를 썼는데, 시월의 추운 겨울이라 상여도 머무르지 않는구나. 제문을 잡고 곡하며 그대를 금수錦水로 보내거니, 어두운 저승길에 그대여 귀 기울여 들으라. 상향.

– 간본 《아정유고》 제5권 제문

　단풍도 아직 제대로 물들지 않은 시월의 이른 겨울인데도, 추위가 몰아치니 상여도 머물지 않고 총총히 서둘러 사라져간다. 이 얼마나 서럽고 가슴 아픈 정경인가. 정지상의 〈영두견〉이라는 시가 절로 생각난다.

우는 소리 애끓으니 산대나무 찢어지고
통곡하여 흘린 피로 들꽃이 붉더라.

운명이니 어쩔 수 없구나

| 이덕무 | 김장행의 만사에 지은 시

이덕무는 서문장徐文長(중국 명대의 문인으로 시·서·화에 천재적이었으며, 명·청나라의 문단에 큰 영향을 끼쳤다. 文長은 字, 본명은 서위徐渭)의 신묘한 글을 기이하게 여겨 좋아했다. 특히 그는 꿈을 꾸고 적모嫡母의 제사를 지낸 제문을 좋아했다. 그 글을 읽을 때마다 눈물이 갓끈을 적시지 않은 때가 없었다고 한다.

지난날 어머님께서 병으로 돌아가셨는데, 어떻게 어젯밤 꿈에는 병드신 몸으로 옷을 벗고서 방구석에 앉아 창문으로 몸을 가리고 계셨습니까? 저는 그 증상症狀을 진찰하고는 울부짖으며 얼굴이 상기된 채 어쩔 줄 몰랐습니다. 치료할 수 없음을 알면서도 여쭙기를 곧 '나으실 것입니다'라고 했습니다. 얼굴을 가리고 통곡하면서 어머님을 부축하여 평상에 뉘이고 얼음을 그치고 꿈을 깼는데, 눈물이 아직도 흐르고 있었습니다. 병드신 어머님을 꿈꾸면서도 슬픔을 금치 못하였는데, 꿈을 깨서는 그 죽음을 더욱 슬퍼하게 되니, 자식의 마음이 어떠하리까.

-《서문장전집》

슬픔이 극심하여 울음이 터지게 되면, 지성스러운 마음을 억제할 수 없게 된다. 그렇기 때문에 진정으로 우는 울음은 뼛속에 사무치게 되고, 가식으로 우는 울음은 겉으로 뜨게 되는 법이다.

이덕무의 《청장관전서》 제49권 〈이목구심서〉에 "슬픔이 닥쳤을 때는 사방을 둘러보아도 막막하여 오직 땅이라도 뚫고 들어가고 싶고 한 치도 살아야겠다는 생각이 없어진다"는 글이 있다.

어찌 이 땅의 시대부들만 슬픔속에서 그 닭똥같은 진한 눈물을 흘렸을까. 테니슨의 시에도 〈눈물, 덧없는 눈물〉이라는 시가 있어 읽는 이의 마음을 슬픔의 바다를 돛단배처럼 떠돌게 한다.

눈물, 덧없는 눈물, 나는 까닭을 모르겠다
어느 거룩한 절망의 깊이로부터 시작하여
가슴에 솟아올라 눈에 괸다
행복한 가을의 들판을 바라보고
다시 오지 않는 그날들을 생각하니

행복하기는 수평선 너머로부터 우리의 친구를 실어 오는
돛대 위에 번쩍하는 맨 처음의 광선 같고
슬프기는 바다 너머로 우리가 사랑하는 사람들 다 태우고
꺼지는 돛대 위에 붉게 타는 마지막 광선 같구나
그렇게 슬프고 그렇게 생생하여라, 다시 오지 않는 날들은
아, 슬프고 야릇하다. 마치 컴컴한 여름날 새벽
숨져 가는 이의 귀에 들리는 설 깬 새들의
맨 먼저의 가락같이 또는 죽어 가는 이의 눈에
유리창이 점점 희미한 사각으로 되어 가는 것이 비칠 때처럼
그렇게 슬프고 그렇게 야릇하구나. 다시 오지 않는 날들은

다정하기는 죽은 뒤에 회상하는 키스 같고
달콤하기는 가망 없는 환상으로 이젠 남의 것이 된
입술 위에 시늉만 내 보는 키스 같다.
깊이는 첫사랑 같고 온갖 뉘우침으로 설레는
아, 삶 중의 죽음이여, 다시 오지 않는 날들이여.

인간 세상이 하룻밤 꿈과도 같아

|이덕무| 서사화의 죽음을 애도하며 쓴 글

조선 후기의 학자이자 정치가인 이서구李書九가 지은 이덕무의 묘지명
에는 "늘 한적한 곳에서 홀로 이 사람을 생각하되 만나볼 수 없으니 한숨
쉬며 탄식하지 않을 수 없다. 처음의 뜻을 이루지 못한 것이 유감이요. 좋은
친구를 다시 만나기 어려운 것이 슬프다"라고 하면서 "어려서부터 학문을
좋아하여 어른이 글을 가르쳐줄 때 이해가 되지 않으면 문득 책을 바라보
고 울면서 끝내는 해석한 뒤에야 기뻐하였다"고 적혀 있다.

평생을 가난하게 살면서도 가난함을 민망하게 여기지 않고 늘 높은 기상
을 지녔던 이덕무. 그런 까닭에 이서구뿐만 아니라 많은 사람들이 그와 사
귀는 것을 기쁘게 여겼다.

다음 글은 이덕무가 젊은 나이로 유명을 달리한 서사화徐士華를 위해 지
은 제문이다.

경진년(1760, 영조 36) 모월 모일에 친구인 나는 사화의 죽음을 듣고 눈물을 흘리며 글을 지어 이렇게 애도한다.

아, 슬프다. 태어나고 장성하고 늙고 죽는 것은 사람의 네 번 변함이다. 생명을 가진 자가 피할 수 없는 일이니, 또한 슬픈 일이다. 지금 그대의 죽음은 몸도 아직 늙지 않았고 원기도 왕성했었다. 늙은 사람이 죽어도 오히려 슬픈데 더구나 그대와 같은 젊은이임이랴!

좌백佐伯이 전하기를 "사화가 죽었네"라고 하기에 나는 마침 어떤 사람과 이야기를 하고 있다가 그 소리를 듣자 황급히 말하기를 "사화가 누구야? 사화가 누구야?"하고 이와 같이 세 번이나 반복하다가 바로 탄식하여 말하기를 "서군 사화가 죽었단 말인가? 내 평소에 보니 사화가 음식도 줄지 않고 행보도 이상이 없었는데 어찌하여 죽었단 말인가. 그의 나이를 헤아려 보니 스물일곱이고, 그의 얼굴을 생각해보니 얼굴도 나이와 같았는데 또한 어찌하여 그렇게 되었는가?"라고 하였다.

아, 그대의 집이 너무 가난하여 사방으로 이사를 다니며 세상을 헤매면서도 늙은 어머니를 주리지 않게 모셨으니, 내 일찍이 그대를 칭찬하여 말하기를 "사화는 집이 가나하여도 능히 그 어버이를 편안하게 모시니 그의 효도하고 공순함을 남들이 알기 어렵다"고 했었는데, 어찌하여 그 정성을 다하지 못하고 죽음에 이르렀는가?

파뿌리처럼 머리가 하얗게 샌 어머니는 관을 어루만지며, "내 아들아, 내 아들아! 나를 버리고 어디를 가느냐?"라며 통곡하고, 아름답고 연약한 아내는 어린아이를 안고 울면서 말하기를 "우리 낭군이시여, 우리 낭군이시여! 어머니와 어린아이를 버려두고 어디로 가십니까?"라고 하는데, 어린 딸은 응애 응애 울며 슬픔을 알지 못하나 비록 자란다 한들 어찌 아버지의 얼굴이나 알 랴. 그대도 아마 저승에서 눈물을 흘릴 것이다.

아, 금년 봄에 호상에서 그대를 만나 하루 종일 담소할 때 그대가 말하기를 "나는 비로소 고양 땅에 정착하여 위로는 어머니를 모시고 아래로 처자를 거 느려 살아가며 좌우에 도서를 쌓고《범수전范誰傳》을 천 번 읽으니, 이만하면 나의 생애를 보낼 수 있다"라고 하기에, 내가 웃으면서 말하기를 "잘 되었네. 내 마땅히 가 보겠네"라고 했는데 그날이 천고의 영결永訣이 될 줄이야 누가 알았겠는가!

아, 무인년(1758, 영조 34) 여름에 그대와 나, 좌백과 운경雲卿이 함께 모여 웃고 떠들며 해학하기를 친형제와 같이 하였는데, 좋은 일은 항상 있지 못하 여 운경은 이미 죽었고, 좌백은 이사를 하였으며, 그대는 타향으로 떠돌아다 녔지. 나는 이때 이미 사람의 일이란 변하기 쉬움을 깨달았었는데, 오늘 그대 마저 죽으니 또한 다시 인간 세상이 하룻밤 꿈과도 같음을 깨닫겠네.

27년은 나는 새와 같이 빠르게 지나쳐 다른 사람들 또한 병 없이도 아프게 하여 마치 죽음으로 다가가듯 흘러가버렸구나. 그대의 늙은 어머니와 연약한 아내는 의지할 곳이 없으니 무엇을 하여 먹고 살며, 무엇을 하여 옷을 입겠는 가? 또 응애응애 포대기 속에서 우는 아이는 반드시 잘 자라리라고 어떻게 믿 을 수 있겠는가?

예전에는 한서漢書(한나라 때의 가의·사마상여·사마천 등 여러 학자들의 저서)와 진필眞筆(진나라의 왕희지·왕헌지 등의 명필들이 쓴 필첩)이 책상 위에 쌓였더니 오늘은 붉은 명정에 흰 관만이 방 안에 놓여 있고, 예전에는 편지를 부쳐 안부를 물었는데, 오늘은 제문을 지어 정령精靈에 조상하는구나.

　길이 멀고 막히어 친히 전을 드리며 곡하지 못하고 또 대신 제사를 지내게 할 만한 사람도 없어서 다만 애도문을 지어 서쪽을 향하여 크게 읽고 이어 불 사르노라. 슬프다, 사화여. 아는지 모르는지. 아아, 슬프도다.

-《청장관전서》제14권

　옛사람의 말에 "가난하다는 말은 입 밖에 내어서도 안 되고 글로 써놓아도 안 된다" 하였다. 또한 "가난을 편하게 여기면 자연히 가난을 말하지 않게 된다"는 말이《청장관전서》에 실려 있다.

　이덕무와 교류를 나눈 서사화는 가난했지만 그 가난을 내색하지 않고 어머니와 처자식을 부양하다가 스물일곱의 젊은 나이에 죽고 말았다. 함께 놀고 웃으며 친형제같이 지내던 것이 엊그제 같은데.

　한 번 죽으면 영영 사라지고 마는 생을 두고 어떤 이들은 이렇게 말하곤 한다.

　"고독하고 허무하기 짝이 없다."

좋은 벗을 잃은 외로움이 앞서고

| 이익 | 벗 윤두서의 죽음에 올리는 제문

　시·서화에 모두 뛰어나 삼절三絶로 불렸던 공재恭齋 윤두서尹斗緖의 학
문적·예술적 노력은 결코 헛된 것이 아니었다. 그가 개척한 선구적 과제는
모두 뛰어난 후배들이 그대로 이어받아 실학은 성호 이익李瀷, 글씨 동국진
체는 백하 윤순尹淳, 그림은 관아재 조영석趙英祏이 마침내 하나의 장르로
완성하게 되었다.

　흔히 영조시대 문예부흥이라고 말하는 것의 모든 기틀은 사실상 숙종시
대에 그 밑거름이 만들어진 것이다. 특히 공재 윤두서는 바로 그 문화를 일
구어낸 장본인이었다. 이러한 공재의 선구적 위업, 그리고 천수를 다하지 못
한 안타까운 죽음에 대해 성호 이익이 눈물로 쓴 제문은 그가 누구였는지
를 가장 극명하게 증언하는 글이기도 하다.

죽은 자는 유감이 없고, 산 자는 더욱 힘써야 하는 법. 공은 진실로 사람을 잃어버린 것이 아니었습니다. 소생은 또한 일찍이 밖에 나아가서는 공의 풍채를 보며 즐거워하였고, 안으로 들어와서는 공의 생각하는 바를 간직하였습니다. 말씀하시는 데는 사물의 이치를 갖추었고, 행동함에는 법도가 있었으니 선비로서 현자를 희구하는 분이었습니다. 사람을 대함에 공손함과 관대함이 있어, 어진 사람이거나 어리석은 사람이거나 환영하지 않음이 없었으니 사람과 잘 사귄 분이었습니다. 일에 임할 때는 민첩하면서도 중용을 지키셨고, 예술에서는 편벽됨이 없었습니다.

오호라! 공이 세상을 떠나니, 좋은 벗을 잃은 외로움이 앞서고, 들어보기 힘든 얘기를 들어볼 곳도 없게 되었으며, 그 당당한 풍모도 볼 수 없게 되었습니다. 재능은 있었으나 명이 짧음은 하늘의 뜻이거늘 어찌 공이 의도한 바랴 하겠습니까. 혹 이를 애석하게 여기는 자가 있다면 그는 공을 알지 못하는 사람입니다. 공은 그림 같은 한가한 일과 외도로 나간 재주에서도 스스로 묘妙함을 얻었지만 혹 이것만으로 공을 찬탄하는 것은 공에게 누를 끼치는 것입니다.

오호라! 세상에서 공이 장부丈夫라 하기에 조금도 부족함이 없는 분이었음을 아는 이가 몇이나 될꼬? 이것이 더욱 슬플 뿐입니다.

−《성호집》

한편 성호 이익은 윤두서의 제문에서 "우리 형제는 자신이 없었지만 공의 칭찬을 듣고서 자신감을 갖게 되었다"라고 하기도 했다.

사실 윤두서는 남인 출신으로 당시 서인의 집권 하에 벼슬길이 막혀 있었다. 그런 나머지 자신의 마음속에 불타오르는 열정과 신념을 배출할 뭔가가 필요했을 것이다. 그런 나머지 학문이 아닌 예술을 통해 자신의 혼을 불살랐으며, 우리에게는 새로운 화풍과 함께 실용적인 학문을 진작시킬 수 있었다. 그는 우리에게 많은 가르침과 아쉬움을 동시에 남긴 당대의 선구적 지식인이자 예술인이었다.

이 익 · 李 瀷(1681~1763)

조선 후기 실학자로 실용적인 학문과 양반도 생업에 종사할 것을 주장하였다. 또한 여론과 평판에 의해 인재를 등용하는 공거제를 주장했다. 1706년 둘째 형 이잠이 노론을 공격하는 상소를 올렸다가 장살되자 벼슬을 단념하고 안산安山 첨성촌瞻星村에 들어가 학문에만 전념하였다. 1727년 (영조 3) 조정에서 선공감가감역繕工監假監役을 제수하였으나 나가지 않았고, 1763년 우로예전優老例典에 따라 첨지중추부사로서 승자陞資의 은전을 베풀었으나 그해 12월 오랜 병고 끝에 죽었다. 저서로《성호사설星湖僿說》《곽우록藿憂錄》등이 있다. 자는 자신自新, 호는 성호星湖, 본관은 여주驪州.

눈물이 쏟아져도 울 수 없고

| 이익 | 이항복의 행적을 기리며

이항복은 고난에 가득 찼던 젊은 날을 이렇게 회상한다.

나는 타고난 운명이 기박하고 고독하며 또한 좋지 못한 때 태어나서 겨우
아홉 살에 아버지를 잃고 열다섯 살에 어머니가 돌아가셨다. 부모를 잃고 형
제들이 동서로 헤어진 뒤로는 혈혈단신으로 의지할 곳이 없었고, 남들이 주
는 것을 받아먹고 자랐다. 또 어려서는 아버님의 가르침을 받지 못하였고 자
라서는 사우師友의 도움을 입지 못하였다. 미친 듯이 제멋대로 쏘다니면서 짐
승처럼 저절로 자랐다.

-《백사집》권2

그렇게 성장한 그는 승문원부정자·예문관검열과 저작·박사·전적·정

언·수찬·이조정랑 등 여러 관직을 두루 거치다가 기축옥사 때 큰 어려움을 겪게 된다.

다음 글은 이익의 《성호사설》 〈시문문〉 제5장에 실린 글로 그의 기질을 잘 드러내고 있다.

기축옥사에 정승 정언신鄭彦信이 조정에서 곤장을 맞고 갑산甲山으로 귀향을 갔으며, 그의 아들 정율鄭慄은 단식 끝에 피를 토하고 죽었다. 이에 모든 사람들이 연좌될 것이 두려워 함부로 나서지 못했다. 심지어 집안사람들조차 시신을 거두어 예법에 따라 장사 지내는 것을 두려워했다. 당시 백사 이항복은 문사랑問事郎으로 있었는데, 그의 원통함을 잘 알고 있었다. 그래서 관을 덮을 적에 몰래 만시挽詩 한 수를 지어 관 속에 넣었다. 집안사람들도 그것을 몰랐다. 그러다가 그의 아들이 장성하여 천장遷葬을 할 때 관을 열어보니, 30년의 세월이 지났는데도 만시를 쓴 종이와 글씨가 그대로였다.

대저 사람은 본래 잠깐 우거하는 것과 같으니
오래고 빠른 것을 누가 논하랴
이 세상에 오는 것은 곧 또 돌아감을 뜻하노니
이 이치를 내 이미 밝게 아나 자네를 위해 슬퍼하네
내 아직 속됨을 면하지 못하여
입이 있으나 말할 수 없고
눈물이 쏟아져도 울 수가 없네

베개를 어루만지며 남이 엿볼까 두려워서

소리를 삼켜가며 가만히 울고 있네

어느 누가 잘 드는 칼로

내 슬픈 마음을 도려내주리.

이 이야기를 듣고 코끝이 시큰하지 않는 사람이 없을 것이다. 이 시는 처음에 본집本集 속에 실렸었는데, 요즘 판본板本에는 삭제되었다. 예전에 간행한 문집이 세상에 간혹 있지만, 요즘 크게 꺼려하는 바가 되었다. 세상의 변괴에 이와 같은 경우가 허다하다.

– 《성호사설》〈시무문〉

남기신 간찰을 어루만지며 울자니

|안정복|스승 이익의 죽음을 슬퍼하며 지은 제문

이익의 학문을 계승한 안정복은 성호학파의 학자들과 교류하며 우리 역사의 정통성과 독자성을 내세워 훗날 민족사관 형성의 기초를 제공했다. 그는 전통적 봉건체제가 무너져가고 중국을 통해 전래된 이단적 서학의 충격 속에서 조선의 전통적 가치와 유교이념을 되살리되 합리적으로 개진하기 위해 고민했던 인물이었다.

그는 정치적으로 불행한 시대를 살았지만 사상적으로는 비교적 자유롭고 개방적인 시대를 살았다. 그래서일까. 그가 우리 역사에서 차지하는 비중은 정치적 행적이나 정책적 업적보다 학문적·사상적 공헌이 훨씬 더 크다. 또 역사적 감각과 학문 및 사상체계를 합리적이고 실증적으로 정립하고자 했던 그의 학문관은 당시의 학문적 풍토에서 매우 뛰어난 것으로 평가되고 있다.

다음 글은 안정복이 스승 이익의 죽음을 슬퍼하며 지은 제문이다.

　아, 슬픕니다. 선생이 이렇게 되셨단 말입니까. 강의剛毅(강직하고 굽힘이 없음)
하고 독실함은 선생의 뜻이요, 정대하고 광명함은 선생의 덕이었습니다. 정심
精深하고 광박廣博함은 선생의 학문이며, 그 기상은 온화한 바람, 상서로운 구
름과 같고, 그 회포는 가을날의 달과 얼음을 넣어두는 옥항아리와 같았는데,
이제 다시 볼 수 없게 되었으니 장차 어디로 의귀依歸해야 한단 말입니까.

　아아, 슬픕니다. 그 도로써 말하자면 지난 성인을 이어 후학을 열어줄 만했
고, 그 나머지를 미루어보면 백성들을 보호하고 임금을 존숭할 만했으나, 도
리어 액궁厄窮을 당하여 시행하지 못했으니, 이는 천리天理의 알기 어려움입
니다. 선생에게야 비록 하늘의 뜬구름과 같은 것이겠지마는 우리들의 입장에
서 말하자면 어찌 하늘에 호소하고자 하면서도 인因할 바가 없는 것이 아니
겠습니까.

　아, 소자가 비록 문하門下에 이름을 의탁한 18년의 세월 동안 선생님의 얼
굴을 뵌 적은 비록 드물었으나 손수 편지로 가르쳐주신 것은 빈번하였습니
다. 만약 이러한 증세가 조금 나아지면 사가 함장函丈을 다시 한 번 모실 수 있
을 것이라 여겼더니, 어찌하여 제 소원을 이루기도 전에 문득 돌아가셨단 말
입니까.

　죽고 살며 없어지고 생기는 것은 하나의 이치로 귀결되는 것인 바, 세상을
싫어하여 구름을 타고 오르면 상제上帝의 고향에 이를 수가 있으니, 병학甁鶴
을 타고 위로 오름은 ─ 선생께서 전 날 편지에 "꿈에 병甁이 학鶴으로 변하기

에 그 학을 타고 공중으로 날아올라 시원스럽게 유람하였다"라고 했기 때문에 이를 인용하여 우리들의 고사故事로 삼은 것임 - 선생에게는 즐거움이 되었으나, 남기신 간찰을 어루만지며 울부짖자니 소자의 애통함은 더욱 간절해집니다.

아, 슬픕니다. 선생의 병환에 몸소 가서 보살펴드리지 못하였고 돌아가신 때도 친히 가 초상을 치르지 못하니, 비록 병 때문이라고 하나 죽어서까지도 한이 될 것입니다. 소건素巾에 수질首絰을 더하여 조금이나 정성을 보이고 자식으로 하여금 대신 달려가게 하니 슬픈 회포를 어찌 감당할 수 있겠습니까. 몸이 쇠하다 보니 글이 되지 못하고 말에 조리가 없으나 존령尊靈이 계신다면 삼가 보아 이르소서. 아, 슬픕니다. 흠향하소서.

－《순암집》제20권 제문

1746년 서른다섯의 안정복은 당시 예순다섯의 이익을 안산으로 직접 찾아가 만난 후 평생의 스승으로 모신다. 그 후 18년간 사숙하며 온몸과 정성을 다해 존경했던 스승 이익을 위해 이렇듯 가슴 아픈 제문을 지은 안정복이지만, 안타깝게도 그는 병 때문에 스승의 장례식에 갈 수 없었다. 장례를 치르기 하루 전 아들 경증에게 닭 한 마리를 보내어 곡하게 했을 뿐이다.

아, 슬픕니다. 저는 어리석고 어리석어 학문의 방법을 알지 못하다가 나이 서른이 넘어 비로소 선생을 찾아뵙고 병인년부터 무인년에 이르기까지 일

년에 한 번씩 가서 3년 사이에 4일간 선생을 모셨습니다. 직접 본 적은 드물었으나 가르치고 가다듬기를 지성스럽게 하셨고, 큰 길을 가르쳐주셨으나 저의 자질이 노둔한 데야 어찌하겠습니까. 선생의 아들 순수醇叟는 높은 재주를 갖춘 훌륭한 인재로서 연배가 저와 비슷하고 훌륭한 명성을 계승하려는 뜻이 간절하였는데, 협흡協洽의 해에 그만 세상을 떠나 자식을 잃은 깊은 슬픔으로 건강을 해치고 말았습니다. 이때 시속의 일에 얽매어 있다가 휴가를 얻어 찾아가서 뵈었는데, 작별할 때에 선생께서 손을 부여잡고 눈물을 흘리며 연연戀戀해 하셨습니다. 소자에게 무엇이 있어서 과분한 보살핌을 입었는지, 눈물을 감춘 채 하직하고 물러나올 때 선생의 은혜가 뼛속까지 사무쳤습니다.

이후로는 세상일이 방해가 많아 다시 가서 뵙지 못하고 또 병으로 들어앉게 되어 선생을 뫼시지 못하였습니다. 13년 동안 편지만 자주 왕래하고 직접 가르침을 받을 수가 없어 날마다 서쪽의 구름만 바라보다가 눈물을 흘리기도 하였습니다. 스스로 용렬하고 어리석은데다 기운도 가볍고 뜻도 약하므로 인욕人慾이 쉽게 발동하여 천리가 오래도록 그쳐버릴 수 있다고 생각하여 행여 말씀을 받들어 잘못된 부분을 보충할까 했더니 이제는 불가능하게 되었기에 심장이 떨어져나가는 것 같습니다.

아, 슬픕니다. 지난해 초 여름에 손수 보내신 편지를 받들었을 때 "깊은 아픔이 있다"라고 하시더니 이것이 마지막 글이 되고 말았다니….

아, 슬픕니다. 일월日月이 머무르지 아니해서 장례 날짜가 다가와 상여를 이미 꾸미고 상여 줄도 매었습니다. 병들어 방에 누워 있는 몸이라서 장지에 가지 못하고 다시 자식을 보내 감히 영결하며 익힌 닭을 올려 비록 고인의 흉내를 내보지만 축실築室(공자가 세상을 떠났을 때 삼년상을 지낸 후에 다른 제자들은 다 돌아갔으나 자공子貢은 혼자 다시 여막을 짓고 3년을 더 지내고 돌아갔음을 말함)의 성의는 공문孔門에 부끄럽기만 합니다. 행여 고질병이 조금 연장되어 곧바로 죽지만 않는다면 기필코 원양元陽과 더불어 좌우로 손을 이끌고 갈 것입니다. 선생의 목소리와 모습이 영원히 가려져버리니 제가 장차 누구에게 의탁해야 하는 것인지요. 생각을 글로 적자니 슬픔으로 가슴이 메입니다. 아, 슬픕니다. 삼가 흠향하소서.

―《순암집》제20권 제문

사람은 가도 시모하고 사모하는 그 애절한 마음은 남는 것이라서 그 목소리 그 모습은 지워지지 않은 채 시시때때로 가슴속을 헤집고 파고든다.

끝장이구나, 끝장이구나
| 김시습 | 병조판서 박공의 행장

김시습의《매월당속집》제1권 병조판서 박공의 행장을 보면 그의 죽음을 애도하는 글이 아닌 김시습 자신의 절절한 심사가 깃들어 있음을 알 수 있다. 그는 여기서 "끝장이구나, 끝장이구나"라며 대성통곡한다.

나는 산수에 유랑流浪하는 뜨내기여서 세상에서 알아주는 이 없고, 오로지 공만이 나를 알아주었었는데, 이제는 끝장이구나, 이제는 끝장이구나. 아! 이 세상에서 나는 누구와 짝이 된단 말인가?

한편《매월당집》제23권에는 다음과 같은 글이 실려 있다.

세상이 이미 나를 알지 못함이여!

인심은 이를 나위가 없구나.

슬프다! 세상 사람들이 이미 나를 알지 못하니, 나 또한 남에게 쌓인 크나큰 정을 모른다고 할 것이다. 〈대학편大學篇〉에 이르기를, "소인이 한가하게 있을 적에 불선不善을 하되 하지 못하는 것이 없이 다하다가, 군자를 본 뒤에야 그 불선을 가리고, 그 선善을 나타내지만, 남이 나를 보기를 그 허파와 간 속을 보는 것 같이 한다"라고 하였다. 그러니 굴원이 어찌 소인의 마음이 거짓을 품어 이리저리 빈축함을 몰랐겠는가? 그러나 그 하는 짓은 간사하기 이를 나위가 없어서 아침에 고치고 저녁에 변하여, 등에선 미워하면서 앞에선 기뻐하여 반복이 무상하기 때문에, 그 꼭두각시를 알 수가 없다. 마치 '선비가 망극罔極하여 그 덕을 둘 셋으로 한다"함과 같을 뿐이다

일찍이 마음 아프고, 이에 슬퍼함이여!
길이 탄식하며 한숨짓네.

비록 그 소인들이 내게 질투하며 해하는 것을 두려워하지 않는다 하더라도 그 종국宗國을 못 잊어 그리워하는 마음은 스스로 그칠 수가 없다. 그러므로 다시 슬픈 마음을 일으키고, 또 슬프게 연모戀慕해 마지아니하여 길이 탄식을 품어 스스로 한숨을 머금고, 울분과 포한의 정을 안고 있음을 알지 못하는구나.

올 때는 흰구름과 더불어 왔고

갈 때는 밝은 달을 따라 갔나니

오고 가는 한 주인공이여

필경 어느 곳으로 갔는고.

-《매월당집》제23권

삶이란 이런 것인가? 하고 뒤돌아다보면 어느새 날이 가고 달이 가고 한 해 두 해 지나다보니, 어느덧 황혼.

김시습·金時習(1435~1493)

조선 초기의 학자이자 생육신生六臣의 한 사람으로 5세 때 세종대왕 앞에서 글을 지어올려 칭찬을 받았다. 삼각산 중흥사重興寺에서 공부하다가 수양대군이 어린 단종을 몰아내고 왕위에 올랐다는 소식을 듣고 통분하여 단식하다가 읽던 책을 모두 불태워버리고 중이 되어 방랑길에 올랐다. 1465년(세조 11) 경주 남산에 금오산실金鰲山室을 짓고 독서를 시작하여《금오신화金鰲新話》를 창작했다. 한 평생 절개를 지키며 불교와 유교를 아우른 사상과 탁월한 문장으로 한세상을 풍미하다가 1493년 59세에 무량사에서 생애를 마감했다. 자는 열경悅卿, 호는 매월당梅月堂·동봉東峰·청한자淸寒子 등이며, 시호는 청간淸簡, 승명은 설잠雪岑, 본관은 강릉江陵.

그대가 먼저 떠나면 누구와 회포를 말할까

|남효온|벗 안응세의 책을 펼쳐보다 그리움에 쓴 글

추강 남효온. 그는 10년 전에 세상을 뜬 친구 자정子挺 안응세安應世의 책을 펼쳐보다가 절절한 그리움에 한 편의 글을 썼다. 두 사람은 김종직 문하에서 김굉필·정여창·김시습 등과 함께 공부하며 돈독한 친분을 쌓은 절친한 벗이었다.

《호산노반湖山老伴》1부 114편은 나의 벗 고故 자정이 지은 책이다. 자정은 세상에 드물게 뛰어난 재주를 지녔음에도 태어난 지 26년이 되도록 벼슬에 오르지 못하고 백의白衣로 세상을 떠났다. 그 문장이나 몸가짐에 대해서는 내가 지문誌文(죽은 사람의 이름·생존기간·연월일·행적·무덤의 소재 등을 적은 글)에 자세히 적어 두었다. 그는 천성이 산과 들에 묻혀 있기를 좋아하고, 세상의 번잡하고 화려함을 즐겨하지 않았다. 이에 옛사람의 고율가사古律歌詞 중에서 한적閒適하고 가장 완상玩賞할만한 것을 뽑아 모아 그 책을 《호산노반》이라 불렀다.

생각하건데, 끝내 강산江山에서 늙기를 꾀하면서 천 년을 두고 길이길이 친하려는 뜻이리라. 아, 자정이 평소에 성정性情이 근엄하여 비록 백안白眼으로 세속을 대하지는 못했으나 사람을 널리 사귐이 부족하였다. 그러나 나와의 사귐은 가장 깊었으므로 전부터 내가 병들고 기력이 약하니 오래 살지 못할 것을 걱정해주었다.

하루는 나에게 와서 시를 이야기하다가 밤늦게 돌아갔는데, 날이 밝자 다시 와서 말하기를, "어제 이야기를 주고받았더니 마음이 매우 평온해졌소. 그런데 중도에서 문득 그대의 평소 병환이 생각나서, 혼잣말을 하기를 '추강이 만약 나보다 먼저 세상을 떠난다면, 나는 누구와 함께 나의 회포를 말할까?'라는 생각이 들어 얼굴을 가리고 울면서 돌아왔소"라고 하였다.

자정의 이 말이 역력하여 오늘 들은 듯하다. 많이 아픈 사람이 살아 있고 건강했던 사람이 죽게 되어 자정의 슬픔이 내게로 옮아 와 내가 도리어 자정을 슬퍼할 줄 어찌 알았으리요. 자정이 세상을 떠난 지 10년이 되는 겨울 10월에, 이 책을 궤속에서 뒤져내어 펼쳐 보며 슬퍼함을 마지 못한다.

－《추강냉화》

안응세는 평소 건강하였고, 남효온은 매일 아프기 일쑤였다. 시를 이야기하다가 헤어져 돌아가면서 안응세가 생각하기를 추강이 먼저 세상을 떠나면 나는 누구와 더불어 마음속 근심을 나눌까 생각하다가 울면서 돌아왔다고 한다. 그런 그가 죽은 지 10년이 지난 10월, 남효온은 홀로 남아 그의 책을 펼치며 슬퍼한다. 사람이 사람을 믿고 그리워한다는 것이 이리도 지극할 수 있을까.

남효온·南孝溫(1454~1521)

조선 전기의 문신으로 생육신 중 한 사람이다. 현덕왕후의 능을 복위시키려고 상소를 올렸으나 저지당했으며 그 일로 갑자사화 때는 부관참시까지 당했다. 중종이 임금에 오르자 좌승지에 추증되었다. 저서로 《육신전》《추강집》 등이 있다. 자는 백공伯恭, 호는 추강秋江·행우杏雨로, 본관은 의령宜寧.

착한 자는 속환된다면 내 가서 그대를 불러오겠네

| 김일손 | 조원의 죽음을 슬퍼하며 지은 〈조백옥 애사〉

무오사화로 인해 큰 화를 입은 김일손은 문장으로도 그 이름을 크게 떨쳤다. 그는 승지를 지낸 조원趙瑗이 죽자 〈조백옥 애사〉를 지어 "백옥(조원의 자)이 세상을 떠났으니, 내가 어떻게 내 마음을 진정해야 하느냐"며 크게 슬퍼했다.

백옥이 세상을 떠났으니, 내가 어떻게 내 마음을 진정해야 하느냐. 백옥은 내게 선배가 되어 나이가 나보다 수십 년이 많다. 당초에는 단 한 번의 지면도 없었는데, 신해년 여름에 함께 강목綱目을 교정하게 되어 반년 동안 동거하면서 비로소 망년忘年을 맺었으니, 사귐은 얕은 것 같지만 연분은 더욱 깊었다. 이때 나는 용양위龍驤衛 사정司正으로 있었고, 백옥은 봉상시 첨정僉正으로 있었으니, 대개 현도玄都의 탄식이 있어 나는 백옥을 위해 탄식했고, 백옥도 역시 매양 나를 위해 탄식을 했었다.

백옥은 문학과 정치에 있어 두 가지가 다 능하고, 의기와 도량은 넓고 씩씩하여, 어디에 기도 못할 것이 없고 또한 흔들리지도 아니하니, 참으로 세상을 요리할만한 큰 인재였다. 나중에 집의執義가 되었으니, 다른 사람에게 비한다면 달達했다고 보겠지만, 백옥에게 있어서는 그렇지 못하다. 그 후에 백옥은 청송青松으로부터 그 부친의 관棺을 받들고 배로 향하여 서쪽으로 내려가는데, 나는 배 하나를 띄워 중류中流로 나아가 조문하려고 했으나, 보고하는 서리가 착실하지 못하여 배가 멀리 떠난 다음에야 비로소 알게 되었으니, 인연이란 어기기를 좋아하는 모양이다. 또한 소장 편지 한 장을 지어 올려 위문하지도 못했고, 겨를을 타서 한 번 상려喪廬에 나아가 문상하려 하면서도 그것마저 못했으니, 백옥이 지금 상중이라 딴 생각을 할 겨를이 없을 것이다. 만약 생각이 난다면 반드시 나를 괴이하게 여겼을 것이다. "백옥이 상중喪中에 있어 예에 극진하다"는 말을 들을 적마다 마음속으로 정중히 여겼는데, 얼마되지 않아서 사람이 나에게 전하기를, "흰옷을 입은 여종이 백옥의 집문 밖에서 매우 슬피 우는 것을 보고 사람을 시켜 물은 즉 백옥이 죽었다 한다"고 했다. 아, 나는 내 마음을 어떻게 진정해야 할 지 모르겠다.

아, 작년에는 희인希仁이 애훼哀毁로 인해 죽었고, 금년에는 백옥이 애척哀戚으로 인해 죽었으니, 하늘이 장차 어떻게 해서 남의 자식 된 자에 거상을 잘할 것을 권할 수 있게 될지 모르겠다. 이는 친구들의 불행만이 아니라 바로 국가의 불행이기도 하다. 백옥도 아들도 없으므로 애사를 지어 내 설움을 억제하는 바이다. 그 애사에 이르기를,

학문도 크게 시행되지 못했고

재주도 크게 채용되지 못했으니

문망한 사대에 중 할뿐이오

이름을 천추에 남기지 못했네

나를 뉘가 허물하리

오직 조물주의 죄로세

조물주는 승복하지 않고

저 진재眞宰에게 미루네

저 진재여

사람을 죽이고 후회를 않네

선과 악을 같이 벌준다면

권장과 징계가 어디 잇나

착한 자는 속환贖還된다면

나는 가서 그대를 불러오겠네

아, 백옥이여

영원히 공채가 묻혔구려

스스로 도독荼毒에 걸린 것은

풍수風樹가 가다리지 않은 때문이라네

백도에겐 아들도 없으니

진재의 허물이 더욱더 하외다.

-《속동문선》제11권

만물을 주재하기 때문에 하늘을 진재라고 한다. 그래서 김일손은 하늘이 백옥을 데려갔다고 원망하면서 착한 사람은 값을 치루고 데려올 수 있다면 가서 불러오겠노라고 말하고 있다. 하지만 그 말이 맞는 사람은 정작 김일손 그 자신이었는지도 모른다. 그 역시 서른셋이라는 젊은 나이에 죽고 말았기 때문이다.

김일손이 지은 제문의 한 구절처럼 '인연이란 어기기를 좋아하는 법'이다. 그래서 인연이 끝난 뒤에야 내가 그 사람을 얼마나 사랑했는지, 그 사랑이 얼마나 깊었는지 깨닫곤 한다.

그대만이 나를 알아주더니

| 허균 | 화가 이정을 위해 지은 애사

공간公軾 이정은 스스로를 나옹懶翁이라 불렀다. 그는 선조 때의 유명한 화가로 특히 산수화와 인물화를 잘 그렸으며 글씨도 잘 썼다. 최립崔岦에게서 시문을 배웠고, 허균·심우영沈友英·이경준李耕俊 등과 가까이 지냈다. 그는 술을 매우 좋아했으며, 의리가 강하고, 좋은 산수를 보면 집에 돌아가는 것을 잃어버릴 만큼 호방한 성격이었다. 또 옳지 않은 것과는 절대 타협을 하지 않는 꿋꿋한 성격의 소유자이기도 했다.

어느 대감이 그에게 그림을 그려달라고 한 적이 있다. 이에 그는 두 마리의 소가 솟을대문 안으로 재물을 가득 싣고 들어가는 그림을 그려주었다. 그림을 본 대감이 크게 노한 것은 당연했다. 하마터면 매를 맞아 죽을 뻔 했다.

이정은 그림뿐 아니라 시詩와 서書에도 능했다. 불교에 심취하여 중이 되고자 했던 적도 있었다. 하지만 과음으로 인해 서른이라는 아까운 나이에

생을 마감하고 말았다.

허균은 이정의 갑작스런 부음을 전해듣고 그해 5월 모씨某氏에게 편지 한 통을 보낸다.

서쪽에서 온 사람이 전하기를 나옹이 죽었다고 하니 이 말이 사실이란 말인가? 통곡하며 피눈물을 흘리노니, 하늘이여 원통하도다. 나는 누구와 함께 물외物外에서 노닐 것인가. 세상 사람들은 그의 그림을 중히 여기지만 나는 그의 사람됨을 더 중하게 여긴다네. (원문 두 자 빠짐) 알아줄는지 모르겠네. 풍류風流가 갑자기 다한 듯하니 어찌 슬프지 않겠는가?

세상을 다 잃어버린 듯 땅이 꺼진 듯한 슬픈 편지를 보낸 허균은 이어서 그를 위한 가슴 아린 애사哀辭를 지었다.

아, 나옹이여
그 명이 어이 이리 짧은고
그러나 삭지 않을 것 남아 있나니
내 어찌 서글퍼하리
사종嗣宗(위나라 때 완적)의 호방함에
자경子敬(진나라 때 서예가 왕헌지)의 허탄함과
정단井丹(후한 때의 은사)의 청고淸高함이며
장강長康의 어리석음이여

이 모든 아름다운 장점 아울러 지니고서

다 버리고 어디로 가는가

내 속세에 어울리지 못하여

세상에서 쭉정이가 되었을 때

자네만이 나와 뜻이 맞아

일찍이 벗을 맺어 단짝이 되었네

사람마다 시끄럽게 모두들 헐뜯고 나무라니

어디로 갈까 슬프도다, 이 내 몸

그대만 이끌고 돌아와서 산중에나 숨어살까 생각했네

티끌이 날아서 흰옷을 더럽힘이여

난초 지초는 가을바람에 여위었네

나이도 장차 저물어가니

빨리 멍에 지워 동으로 가려고 기약했네

누가 알았으랴 옥루에서 빨리 데려갈 것을

일찍이 인간 세상에 연연하지 않아

아득히 회오리바람 타고 가나니 붙잡기 어려워라

봉래산에 오색구름만 아득하네

아련히 옥퉁소 들음이여

나의 눈물 줄줄이 흐르누나

서러워라 이 몸 그 누구를 의지할까

원통하오 지기 이미 선계仙界에 갔네

계수나무여 차가운 뫼라면

가을꽃이여 그윽한 골짜기로다

누구랑 같이 갈거나 서성이노라

외로운 내 그림자 슬퍼하노니 서럽기도 하구려

요담瑤潭은 맑아라, 깨끗하기 그지없고

달빛은 밝아라, 온 누리를 비추네

아련히 그대 모습 봄이여

오장(伍章(《사기》에 나오는 가장歌章의 이름)을 소리 높여 읊조리는 듯하구나

아, 천추만세토록 어찌 다하랴

그대 그리는 마음 잊을 수 없으리.

-《성소부부고》제15권

기축년에 장안사를 고쳐 지을 때 이정이 그린 벽화와 산수화, 그리고 전 왕상 등 여러 그림들은 모두 날아서 움직이는 듯했다고 한다. 이에 명나라 사신 주지번은 "천하에 그와 짝할 이가 없다"고 칭찬하며 그가 그린 산수화를 얻어서 돌아갔다고 한다.

이정은 사람됨이 게을렀다. 때문에 그가 그린 그림이나 필적이 적었고, 이 나마도 현재 전하지 않고 있다. 허균은 이정이 죽기 얼마 전 그가 짓고자 했던 집 그림을 그려달라는 편지를 한 통 보냈다.

큰 비단 한 묶음과 갖가지 모양의 금빛과 푸른빛의 채단을 짐 종에게 함께

부쳐 서경으로 보내네. 모름지기 산을 뒤에 두르고 시내를 앞에 둔 집을 그려 주시게. 온갖 꽃과 대나무 1천 그루를 심어두고, 가운데로는 남쪽으로 마루를 터주게. 그 앞뜰을 넓게 하여 패랭이꽃과 금선화를 심어놓고, 괴석과 해묵은 화분을 늘어놓아 주시게. 동편의 안방에는 휘장을 걸고 도서 천 권을 진열해야 하네. 구리병에는 공작새의 꼬리 깃털을 꽂아 놓고, 비자나무 탁자 위에는 박산향로를 얹어놓아 주게. 서쪽 방에는 창을 내어 애첩이 나물국을 끓여 손수 동동주를 걸러 신선로에 따르는 모습을 그려주게.

나는 방 한가운데서 보료에 기대어 누워 책을 읽고 있고, 자네와 다른 한 벗은 양 옆에서 즐겁게 웃는데, 두건과 비단신을 갖춰 신고 도복을 입고 있되 허리띠는 두르지 않는 모습으로 그려야 하네. 발 밖에서는 한 오리 향연이 일어나야겠지. 그리고 학 두 마리는 바위의 이끼를 쪼고 있고, 산동은 빗자루를 들고 떨어진 꽃잎을 쓸고 있어야겠네.

-《성소부부고》

이덕무李德懋는 《이목구심서耳目口心書》에서 "이정에게 준 허균의 편지에 동산을 그리는 데 그 배치를 설명한 것이 역력히 신묘한 경지에 들어갔으니 매우 기이한 필치이다"라고 한 바 있다. 하지만 애석하게도 허균은 그가 꿈꾸었던 집 그림을 받지 못하였다. 그가 보낸 편지를 받은 며칠 뒤인 1607년 2월 이정이 평양의 거리에서 갑자기 죽었기 때문이다. 그의 나이 서른이었다.

아직 제대로 활짝 꽃피워보지도 못한 그가 죽다니. 허균의 마음이 얼마나 아프고 쓰라렸을까. 이정을 잊지 못한 허균은 정미년 8월 모씨에게 또 한 장의 편지를 보낸다.

어젯밤 꿈속에 나옹懶翁을 만났더니, 죽음이 아주 즐겁다고 말하였네. 이 야말로 인생을 통탄한 말일세. 꿈에서 깨어나 생각해보니, 이 몸도 역시 제가 가진 것이 아니고 보면 덧없는 인생의 온갖 일을 왜 마음속에 쌓아두겠는가. 끝내는 의당 벼슬을 던지고 가서 바다 위의 갈매기와 짝할 생각이네. 내 이 마음은 맑은 물을 두고 맹세하네.

-《성소부부고》

"노을이 잿빛으로 타버리는 것은 그리움 때문이다"라는 말이 생각나는 글이다.

섬강에 살자던 약속 아직도 귀에 쟁쟁한데

|허균| 벗 임약초의 죽음을 곡하는 글

허균은 1577년 경상도 관찰사가 된 아버지 허엽(동인의 영수)를 따라 경상도 상주에 잠시 머문 적이 있다. 그때 임약초와 사귀었다. 그 후 임약초는 허균이 벼슬길에 올라 어려움에 처할 때마다 도와주었고, 죽을 때까지 가까운 친구로 지냈다.

다음은 허균이 지은 임약초任約初의 곡문哭文이다.

아, 내 나이 아홉 살 때 돌아가신 어르신(허균의 아버지 허엽)께서 상곡庠谷으로 이사하신 후 처음으로 그대와 사귀게 되었다. 그대는 나보다 한 살이 어렸다. 처음 자네와 사귀게 됨에 그대는 바야흐로 나이가 어려 더벅머리를 드리웠지만 의젓하여 벌써 어른 같았다.

둘이 서로 아주 좋아하여 그 사귐이 막역莫逆했었다. 파피리 불고 죽마 타던 때로부터 책을 끼고 스승을 찾아 글방에서 재주를 겨루는 나이에 이르도록 나란히 다니지 않은 적이 없고, 어깨를 맞대고 가지 않은 적이 없었다. 낮이면 자리를 마주하고 앉아 글을 읽고, 밤이면 베개를 같이하여 자곤 해서, 잠시도 서로 떨어지질 않았었다. 매양 궁통窮通·진퇴進退·비회·사생死生에 즈음해서도 마땅히 그 출처出處를 같이하여, 이 뜻을 간직하여 어려운 시기에 대처하자고 기약하였다.

난리가 일어난 이래로 비록 노니는 곳은 같지 않았지만, 그리워하고 아끼는 정은 둘다 똑같았다. 내가 벼슬하여 태사太史가 되자 그대 또한 과거에 붙어 똑같이 조정에 서게 되니, 옛날 뜻을 같이 실천할 수 있었다. 그러나 벼슬길이 남북으로 갈라져 한 달도 같이 서울에 있지 못했으니 이별할 적에 늘 한숨을 짓고 헤어지곤 했다.

그대는 과연 재주가 있어 요로에 있었지만, 나는 소준疎儁으로 세상에 받아들여지지 않아 헛늙고 떨치지 못하므로, 그대가 그 영락하고 뜻대로 뜻됨을 늘 생각하여 힘써 추천하였으나 마침내 뜻대로 성취시키지 못하였다. 이에 한숨짓기를 "궁달은 운명이로구나. 그대 같은 재주로 어렵게 지낸다는 것은 나의 책임이다"라고 하였다.

그대가 견책 받아 고향으로 돌아가게 되자, 내가 광릉으로 자네를 찾아가니, 밤에 나에게 "그대는 본래 약하고, 나는 병이 많아, 지리한 인생은 불과 수십 년이면 모두 이 몸이 없어질 것이다. 궁달·희비가 어찌 마음에 거리낄 것인가? 그대 벼슬 또한 부침이 있을 것이니, 다 뿌리치고 같이 시골로 가서 늙지 않으려는가?"라고 말했다. 이에 내가 "진퇴의 계책은 곰곰이 생각해보아야 할 일, 어찌 그대 말을 기다릴 것인가?"라고 하였다. 이에 마침내 섬강蟾江에 살기를 약속했었다.

요산 원 노릇을 하다가 돌아오는 길에, 그대를 소려에서 보니 안색은 초췌하고, 정신은 상하여 몰래 걱정을 하였으되, 하늘이 그대를 낳았거니 어찌 이에 그칠 것인가? 그대 같은 넓은 도량·후한 덕으로는 반드시 오래 살고 잘 되리니, 슬픔이 다하면 마땅히 회복되리라 여겼었다.

그 즈음 상소를 바치니 흰 병풍 종이를 구하며 가슴앓이가 갑자기 생겨 걱정이라기에, 난 그저 우연이려니 여겼던 것이다. 하지만 닷새도 못 되어 부음이 갑자기 오니, 이게 그래 정말인가, 꿈인가? 어찌 이 소식이 귀에 들어왔단 말인가? 그 죽은 것이 헐뜯음 때문인가, 아니면 가슴앓이 탓인가? 그 아픔은 헐뜯음으로 말미암은 것인가? 눈물을 거두고 우니, 애는 찢기고 간은 무너진다. 높은 하늘을 우러르니 해도 그 빛을 잃은 듯하구나.

그 넓은 도량과 후한 덕을, 하늘이 만일 무슨 뜻이 있어 내었다면 하늘이 문득 앗아간 것인가? 하늘이여, 믿기 어렵구나. 나는 본래 친구가 적어 오직 그대만을 믿었더니, 이제 이미 그대를 잃었으니, 난 이제 누구와 짝하리오. 소견이 있은 들 누구와 작정을 하며, 의심나는 바가 있은 들 누구와 결정할까. 엎어지면 누가 와서 부축해주고, 물에 빠진들 누가 구해주랴. 인생살이는 험난하고 벗 사귀는 길은 구름처럼 변덕스럽건만, 그대와 나는 오직 그 처음 뜻을 간직했는데 이제 이 지경에 이르니, 영인郢人 잃은 뒤로는 쟁석이 도끼를 소매에 넣어버렸고, 종자기鍾子期 잃고 백아伯牙는 시위를 끊었었다. 온 세상 둘러봐야 외로운 내 그림자만 아련할 뿐이다.

아, 슬프다. 섬강에 살자던 약속 아직 귀에 쟁쟁한데, 어찌 알았으랴. 수십 년도 못 되어 먼저 죽어 귀신이 될 줄을.

이제 살아 있는 이 몸도 오히려 어찌 이 세상에 오래 견디겠는가. 내 비록 목숨이 붙어 있다 한들 비방과 헐뜯음이 뒤엉키니. 곰곰이 생각하면 죽은 자는 캄캄하여 알지도 못하고 헐뜯음도 시비도 우락도 영욕도 모르고 제 마음이 끌고 빈 시간에 홀로 누워 하늘로 이웃 삼고 해와 달로 벗을 삼아 자기의 자연에 자적함만 같지 못하도다. 나 또한 오래지 않아 저승으로 그대를 따라가, 이 즐거움을 같이 누리고, 젊은 날의 우정과 도리를 이어갈 것이니, 비통하게 생각함도 또한 망령된 일이기에 한 잔 술을 그대에게 권하며 이런 넋두리를 늘어놓는 것이다.

넋이여, 알음이 있는가, 알음이 없는가? 물어도 대답이 없으니 내 어찌 슬퍼하지 않으리오. 오, 서럽고 슬프다.

－《성소부부고》제15권

슬픔과 서러움이 어디 이 세상에만 있을까? 슬픔이 없는 내세라면 어디 갈 마음이나 나겠는가? 섬강에서 살자던 약속을 지키지 않고 먼저 가버린 그 벗 온 마음 다해 믿었던 벗이 다시 돌아올 수 없는 곳으로 먼저 가버리다니 자신도 어서 따라가 함께 즐거움을 누리고 싶을 따름이었으리라.

눈물이 앞서고 말 문이 막혀

| 허균 | 한석봉의 죽음을 슬퍼하며 지은 만시

허균과 당대의 명필로 유명한 한석봉韓石峯은 나이 차가 스무 살여 정도
났지만 나이를 따지지 않고 친구로 지냈다.

수안군수로 부임한 허균은 어느 날 한석봉을 초대하여 누각에 올랐다.
한석봉은 허균이 지켜보는 가운데 금니金泥로 반야심경을 썼다. 저수량
楮遂良과 구양순歐陽詢이 놀랄 정도의 필법이었다. 한석봉은 그곳에서 두
달 동안 머무르다가 가을에 다시 만나자고 약속하고 떠났다. 그런데 얼마
후 7월 10일, 허균은 석봉이 '나귀에서 떨어져 그 자리에서 죽었다'는 부고
를 받았다. 이에 슬픔에 젖은 허균은 이정에게 편지를 보낸다.

석봉을 떠나보낸 지 겨우 몇 십 일인데, 갑자기 그의 부음을 들으니 가슴을
움켜쥐고 살을 꼬집으며 놀란 마음을 견딜 수가 없네.

4장_글자마다 눈물방울, 그대 와서 보는가

허균은 슬픔을 억제하며 만시輓詩를 지어 한석봉의 영혼을 위로했다.

송악의 정기를 받아

특이한 재질을 결성하였으니 공의 태어남이여

성하게도 무리 중에 으뜸이었네

서까래만한 붓으로

봇물이 되도록 연습하더니

마침내 사마시에 합격하여 이름이 왕국에 떨쳤네

… (중략) …

두 달 동안 머물다가

너무 오래라고 떠나기에

교외郊外라고 떠나기에

가을에 만나자고 기약했는데

가을이 되기 전에

갑자기 부음을 받았네

처음엔 놀라고 의심을 하면서

눈물이 앞서고 말 문이 막혔네

하늘이 보살피지 않아서

우리 어진 사람을 앗아갔네

인자仁者가 오래 살지 못한다고

그 누가 신에게 따진단 말인가

계석桂席에 채 먼지도 앉기 전에

옥루로 아득히 떠났구려

신선과 노닐 것을 생각하니

간장과 골수를 점점이 도려내듯 아프기만 하네

영령은 없어지지 않고

어찌 티끌로 변하리까

천지의 정기가 섞여서

달과 별같이 빛나리니

적막한 정자나

깨끗한 빈 집에선

그 모습 보이는 듯

그 목소리 들리는 듯하리

이름이 썩지 않으리니

죽었다 하여 무엇이 슬프랴마는

살아 있는 자들이 부질없이 서러워하네

직분에 구애되어

호리蒿里(죽은 사람들이 산다는 곳)로 떠나는 길 전송도 못하고

멀리서 비박한 제수를 올리오니

나의 이 뇌문誄文을 들어주시기 바랍니다

아, 슬프다.

－《성소부부고》제15권 제문

죽음은 예고 없이 온다. 갑작스런 한석봉의 부음을 접한 허균의 마음은 얼마나 복잡하고 허망했을까. "

"다시 만나자던 석봉이 속절없이 가버리다니, 그 말이 진실인가? 흐르는 눈물은 그침이 없고 밤은 저리도 깊으니 이를 어이한단 말인가?"

젊은 아내는 딸과 함께 울고

| 허균 | 이춘영·임자승을 위한 애사

　허균의 제문 중 이춘영李春英의 죽음을 두고 쓴 제문이 있다. 이춘영은 우계 성혼과 송강 정철의 문하에서 활동했던 사람으로 기축옥사 당시 동인의 미움을 받아 정철을 비롯한 서인들이 정권에서 물러나자 삼수군으로 유배를 갔다. 이에 허균은 "그에게 부동하던 자들이 도리어 그를 공격함으로써 평소 호시탐탐 벼르던 자들은 매우 고소하게 생각하였다. 이는 실지實之(이춘영의 호)가 나이가 젊고 앎이 없어 망녕되었기 때문이다. 하지만 집정자를 감싸는 자들 또한 실지에게 죄를 뒤집어씌우니 얼마나 원통한가?"라고 하며 제문을 지었다.

　　마침내는 내쫓겨 야인이 되니
　　아, 운명은 이에 그쳤네

아, 슬프도다

지난날 진주의 응벽루에 묵을 적에

그대가 이정李禎을 데리고

표연히 찾아와서

손뼉치며 고금을 논하고

백가의 작품을 품평하며

죽는 게 정녕 편하겠고

산다는 건 한숨 겹다더니만

갑자기 죽으니

그 밝음 오히려 귀에 쟁쟁하구나

싸늘히 바람 부는 장막 앞에

그대 위해 한 번 눈물지우네

아, 슬프다

그대가 이 세상 쓰일 땐

그것 참 기특하다 말들 하더니

그대 물러나게 되자

모두들 등을 돌렸다네

어디 등만 돌렸을 뿐인가

돌까지 던졌었지

알랑대던 무리들은

도리어 높은 벼슬을

남들은 그대에게 성을 내지만

난 그대 위해 원통히 여긴다오

그대 넋이 앎이 있다면

반드시 내 말에 수긍하리라

무한한 그대의 슬기

맺히어 대년이 되어

천고에 빛날 것이며

해와 달같이 늘 밝으리니

그의 굴함 슬퍼 말고

그의 요절 슬퍼 말라

아, 슬프도다

아, 무얼 탄식할 건가.

– 《성서부부고》

허균은 임자승林子昇이라는 친구가 죽었을 때도 제문을 지었다.

아, 자승이여! 하늘은 그대를 냈다가 또 어째서 앗아갔단 말인가? 태어나면 의례히 죽게 마련이니 자네는 무엇을 슬퍼하겠는가? 자네의 뛰어난 재주는 당대에 쓰이고 밝은 세상에 떨칠만했는데, 빨리 앗아가서 그 재주 크게 쓰이지 못하니 이것이 곧 여러 벗들이 애석하게 여기는 바로세.

아, 자승이여! 노모는 살아계시고 슬하엔 아들이 없어 젊은 아내가 딸아이를 안고, 아이고 지고 울어대네. 덕 높은 사람에게 후사도 안주다니. 아, 하늘의 길은 알기 어렵구나. 남쪽 하늘은 아득아득 그 길은 꼬불꼬불 내 흰 말 타고, 흰 장막 더위잡을 제, 그대에게 곡한 눈물은 구천九泉을 뚫으리라. 그대를 슬퍼하는 정은 말로 다 못해. 그대 만약 앎이 있다면 반드시 날 위해 흐느끼며 눈물 흘리리.

지난 봄 해양에서 한 이불 덮고 좋아할 때, 그대 병 고칠 수 없다고 말하기에 내 잘 타이르며 깨우쳐주었지. 군평君平(진나라 때의 공탄孔坦을 말하는데 군평은 그의 자로 남들이 뭐라고 말하자 벼슬을 그만두었던 사람), 봉천奉倩(삼국시대 위나라 사람인 순찬의 자로 아내가 죽자 상심하여 일찍 요절하였음)은 너무 어리석었다고, 그대 내 말을 수긍하여 다소 그 생각 억눌렀었지. 누가 알랴. 한 돌도 채 못 되어 갑자기 이승을 영영 하직할 줄을. 산은 험준하고, 구름은 컴컴하고, 해는 어둑어둑 서쪽으로 넘어가는데, 굽어보니 묘의 골짜기 아득도 해라. 여기서 자네와 영원히 이별을 할 수밖에.

아, 슬프다. 가슴치고 통곡한들 어이 따르리. 지난 날 서로 간격없이 노닐던 때를 생각하니 다시 만날 기약조차 없어 슬프구나. 여기 제물祭物을 깨끗이 지어 올리고 정성들여 애사를 올리니, 영령이여 나를 보고 와서 내 잔 다 비우소.

-《성서부부고》

젊은 아내는 어린 딸을 데리고 '아이고 대고' 울어대고, 이를 달랠 길 없는 허균은 '그대 만약 앎이 있다면 반드시 날 위해 흐느끼며 눈물 흘릴 것'이라고 말하지만 이미 가버린 사람이 무슨 말을 할 수 있겠는가. 해는 서쪽으로 하염없이 넘어가고 울음소리는 자꾸만 잦아드는데.

철인이 갑자기 가시다니

| 이이 | 퇴계 이황의 제사에 올리는 제문

다음 글은 율곡 이이가 퇴계 이황이 작고한 지 3년(1572년, 선조 5)째 되던 대상大祥에 지은 제문이다. 그때 이이의 나이 서른일곱이었다. 이이는 이 제문을 통해 퇴계에 대한 존경심과 함께 그의 학문적 업적을 회고하고 있다.

아! 슬픕니다. 공의 탄생하심은 세간의 드문 정기가 모이신 바인지라 옥같이 온화하신 그 자질이고 윤택하신 그 얼굴입니다.

급류急流와 같은 시국에 휩쓸리지 않고 용감하게 물러나, 편범한 사람보다 훨씬 뛰어나시었습니다. 친구를 떠나 산속에서 도를 지키시며, 부귀를 뜬 구름처럼 여기셨습니다. 한가로운 속의 세월이요, 고요한 속의 세계였습니다.

아! 슬픕니다. 소자가 학문의 정로正路를 잃어, 눈이 어두워 방향을 잡지 못했습니다. 마치 사나운 말이 마구 달려가듯 가시밭길이 험난하였는데, 회거개철回車改轍('가던 길을 버리고 수레를 돌린다'는 뜻)하였음은 공께서 진실로 계발啓發하여 주신 것입니다. 시작은 하였지만 끝을 이루지 못하였기에, 저의 멸렬滅裂함을 슬퍼하였습니다. 공께서 조복을 벗으시고 물러나시면 저 또한 벼슬을 사퇴하고서 스스로 책을 매고 나아가 학업을 마치기를 바랐사온데, 하늘이 남겨두시지 않아 철인哲人이 갑자기 가셨습니다. 공께서 역책易簀(도리를 바로 하고 죽는 것)하실 때 저는 서쪽 땅 변두리에 있었습니다. 질병으로 신음하였사오며 도로는 막히고 멀었습니다. 부음을 받고 한 번 통곡하니 만사가 제대로 되지 않았습니다. 염습할 때 반함飯含(죽은 사람의 입에 구슬이나 쌀과 조개껍질 등을 넣은 상례의 한 가지)도 못하고 장례 모실 때 집불執紼(상여 줄을 매고 장례를 모시는 일)도 하지 못하였습니다.

아! 이 세상 살아 있는 동안에서 유명幽明(이 세상과 저 세상)을 저버리었습니다. 제문을 짓고 한 잔의 술 하주河酎(먼데 고여 있는 물을 길어다가 여과해서 술밥 짓는 물로 써 성의를 다해서 지었다는 술)로 멀리 보잘 것 없는 정성을 드리나이다. 아! 슬픕니다.

-《율곡전서》

한 마리 외로운 새가 그림자와 서로 위로하는 것 같고

|정철| 율곡 이이의 죽음을 슬퍼하며 지은 제문

정철과 이이는 동갑내기로 학문적 교류는 물론 개인적으로도 깊은 우정을 나눈 사이였다. 그러나 동인을 꺾고자 한 정철과 달리 이이는 동서 양당의 화합을 원했다. 결국 정철은 이이가 자신의 요청과 권유를 듣지 않자 조정을 떠나 성산으로 가면서 다음과 같은 시 한 편을 보냈다.

그대의 뜻은 산과 같아 굳어서 움직이지 않고
내 마음은 물과 같아 돌아오기 어렵네
물 같고 산 같음이 모두 이 운명이로구나
서풍에 머리 돌리며 홀로 배회하네.

– 《송강집》

그러나 얼마 후 정철에게 이이의 갑작스런 부고가 날아든다. 이에 정철은 둘도 없는 벗의 죽음을 슬퍼하며 제문을 쓴다.

슬프도다, 우리 숙헌(叔獻)(이이의 자)이여. 그대는 나와 같은 나이로 오직 월 일에 선후가 있을 뿐이었다. 1556년(명종 11) 경노를 통해 공을 알게 되었는데, 그때 그대는 금강산에서 처음 서울로 왔던 것이었다. 맑은 물에 부용같은 그 높은 재주와 성한 이름은 한 세상에 으뜸으로 다시는 없을 것 같았다. 나는 젊 고 또 어리석어서, 다만 이르기를 그대는 문인 중의 제일인자라고 하였다. 그 러나 교유한 지 이미 오래고 나 역시 사리를 판단할 줄 알게 되면서부터, 비로 소 그대가 이미 공(公)된 것임을 알았다.

어찌 문장뿐이랴. 학문의 순수하고 정대함은 대개 천품이 도(道)에 가까워 서 노력을 하지 않고 얻은 것이다. 만년에 다시 연마하고 사색하여, 세월이 쌓 인 연후 학문이 더욱 진취하고 식견이 더욱 맑아 마치 높고 크나큰 배가 하나 의 돛으로 천리를 항해함과 같아 선배로도 미치지 못할 바가 있었다.

아! 어찌 쉽사리 속세의 사람과 더불어 논할 수 있으랴. 희로(喜怒)가 없고 죽 고 사는 것에 태연하며, 얻고 잃은 것이나 영화롭고 욕됨을 다 잊어버려, 외물 (外物)로 마음에 두지 않음과 같은 것은 곧 천성으로 그러하였던 것이다. 그리 고 소통하고 민활하여 일에 부딪히면 막힘이 없는 사람이 그대가 아니었던 가?

임금을 부모와 같이 사랑하고, 나라를 집과 같이 걱정하여, 강호에서나 낭 묘(廊廟)에서나 나라를 사랑하고 백성을 사랑하는 그 마음을 달리하지 않은

이도 바로 그대가 아니었던가? 그리고, 또 충忠과 신信으로 사람을 대하고, 사물과 접하되 서로 더불어 다투는 일도 없으니, 사람들이 다 군자라 부른 것은 그대의 덕德이요, 넓고 큰 도량으로 비록 용납을 못할 것이 없었으나 악한 사람을 대하여는 사색辭色에도 용서가 없었음은 그대의 개결이었다.

정철은 1575년 조정의 동서로 나뉘었을 때도 가능한 한 양당을 융합시키려고 끊임없이 노력하였던 이이를 회상하며 그가 동인들에게 배척당했던 것을 이야기한다. 그때 동인들은 이이를 두고 공론이 아니라 사욕에 따라 움직이는 소인배라고 비난했다. 오죽했으면 이이 스스로가 "정말 공평한 눈을 가진 사람이 있어서 오랫동안 내가 하는 일을 지켜보면 내 마음을 알 수 있을 것이다"라고까지 했을까.

그러나 마침내 이로 인해 참소를 만나 거의 암담한 지경에 빠질 뻔했으나, 천일天日이 소소하여 이미 물러갔다가 다시 돌아와, 바야흐로 성스러우신 총애가 높아서 바르게 달리고 멀리 걸으려던 때 나라의 들보가 문득 꺾이었으니, 삶은 기약이 있는 것 같고, 죽음은 빼앗김이 있는 것 같다.

아! 하늘이 우리나라를 복되게 하지 않으려 하시는 것인가. 정력을 다하고 마음을 괴롭히어 조금도 힘을 남기지 않고, 나랏일에 죽으려 함은 옛날에도 비할 만한 사람이 없다. 돌아가신 날 시중 사람들이 달려와 슬프게 부르짖는 사람들이 모두가 그대의 얼굴도 알지 못하는 사람들이었으니, 어찌 그런 지경에까지 이르렀을까. 그대를 사랑하는 이가 많은 한편 그대를 미워하는 이도 있고, 그대의 죽음을 슬퍼하는 사람이 있는 동시에 그대의 죽음을 슬퍼하지 않는 사람도 있으나, 그것이 그대에게 무슨 손상이 있으리오. 나같이 못생긴 사람으로서 무엇이 이렇다 할 만한 것이 있으랴마는 그대가 홀로 나를 너그럽게 대해준 것이 지금 이미 30년이며, 또 전협狷狹으로 나와 절교를 할 만한 때가 한두 번이 아니었는데도, 마침내 옛날에 맺은 의리를 버리지 않고 끝까지 친절하게 같이 옳은 길로 돌아오도록 하였으니, 그대를 두고 어찌 진실로 어진 사람이라 하지 않겠는가.

아! 나라 일을 꾀하고, 인재를 선발하며 용렬한 나 같은 사람도 함께 들어 쓰려하니, 이것은 내가 유능한 사람이라고 해서가 아니라, 원컨대 배워서 조금이라도 함께 시국의 어려움을 건져보려는 것이었다. 그런데 그대는 세도에 뜻이 없는 양 문득 나를 버리고 돌아감은 그 무슨 일인가? 호원浩原의 학문과 재식으로도 오히려 공이 없이 나 혼자만으로는 능히 운영을 못하거든, 하물며 나같이 아무것도 모르는 공공空空으로 장차 어떻게 나라 일에 만분의 일이라도 도움이 될 수 있으리오.

아! 시국을 걱정하는 그대의 한결같은 마음은 죽음에 이르기까지 쇠하지 않아, 임종시에도 내 손을 잡고 부탁한 것이 나랏일 걱정 아닌 것이 없었다. 죽어서도 역시 단결된 이 기운이 흩어지지 않아 상서로운 구름과 단비가 되어 풍년이 들어 우리 백성으로 하여금 배가 부르게 하려는가. 모진 바람과 빠른 우뢰로 변하여 괴상망측한 도깨비와 같은 소인들을 멀리 쫓아버리려는가. 또 기린麒麟과 봉황鳳凰이 되어, 여러 좋은 일이 아울러 이르고 만 가지 복이 모이게 하려는가. 아니면 태산과 교악喬嶽이 되어, 성스러운 우리 신도神都를 지켜 국조國祚가 천백 년을 뻗치게 하려는가. 그대는 이상의 네 가지에 반드시 말없이 묵묵히 도울 것이요. 결코 용렬한 사람과 같이 그 혼과 기운이 살아서는 꿈틀거리고 죽으면 바람과 연기처럼 날려 흩어지지는 않으리라.

아! 내가 그대의 죽음을 애절하게 곡哭함으로부터는 외롭고 외로워서 다시는 인간사에 뜻이 없으니, 한 마리 외로운 새가 그림자와 서로 위로하는 것 같고, 줄이 없는 거문고, 구멍이 없는 젓대와 같아서, 비록 거문고를 타고 젓대를 불고 싶으나 어찌할 수 없으니, 나도 역시 모든 것이 이에 그친 듯하도다.

아! 친구란 천륜으로 합한 혈기도 아닌데, 어찌하여 이토록 슬프단 말인가. 서호西湖에 물은 밀려왔다가 다시 나갔다가 하고 동산東山에 달도 다시 오르리라. 봉래蓬萊에 오색의 빛도 역시 어제 같도다.

슬프다! 우리 숙헌은 어느 때나 다시 돌아오시려는가? 말이 다하고 제사를 끝내고, 한 번 큰 소리로 길게 외쳐봅니다. 상향.

-《송강집》속집 2권

송강은 율곡의 제문을 쓰며 "그대의 죽음 앞에 애절하게 통곡하고는 외롭고 외로워서 다시는 인간사에 뜻이 없다"고 하였지만 사람의 한평생이 어디 그런가. 아무리 늙고 쇠하였어도 더 살고 싶은 것이 사람의 마음이고, 벼슬에 뜻이 없다면서도 물러나면 다시 올라가고 싶은 것이 세상의 이치이자 사람의 본심이다.

송강은 조정에서 물러나 있으면서도 선조를 향한 사모의 마음을 가득 담은 글을 수도 없이 올렸으며, 다시 정계에 복귀해서는 '조자룡 헌 칼' 쓰듯

권력을 마음껏 휘둘러가며 수많은 사람들의 지탄의 대상이 되고 말았다.

한편 이이의 제사를 마친 송강은 율곡과 같이 평생을 같이했던 친구이자 정치적 동반자였던 우계牛溪 성혼에게 편지를 한 장 보낸다.

삼경三更에 일어나 율곡의 영구靈柩를 호송하며 홍제원弘濟院에 이르러 곡을 하고 보내는데, 온몸이 춥고 떨려 수레에서 내려 술 석 잔을 마시고 집에 돌아오니, 더욱 심하여 거의 기진할 것 같았습니다. 이제야 비로소 머리를 들고 일어나서 밥을 서너 숟가락 먹고 나니, 이제는 형兄을 만나 이야기라도 하고 싶은 생각이 간절합니다. 하지만, 종奴과 말馬이 없으니 어찌하지 못하고, 종일 베개에 엎드려 있으니 마디마디 창자가 끊어질 것 같습니다.

−《송강집》속집 2권

여윈 살은 뼈에 붙고, 걱정은 마음 속에 스며들어

| 성혼 | 송강 정철을 위한 제문

송강 정철과 우계 성혼은 비슷한 나이에 서로 지향하는 바가 비슷해 그 관계가 매우 친밀했다. 이에 성혼은 송강 정철이 죽자 그와 함께 나누었던 우정과 그 자신이 처한 심정을 담담하게 표현한 제문을 지어 그의 부재를 크게 슬퍼하였다.

형兄이 돌아간 뒤 해가 넘어서야 비로소 나는 와서 곡哭을 하며, 곡으로써 슬픔을 다하려 하나 슬픈 심경이 끝이 없습니다. 아! 어지러운 세상에는 오래 사는 것이 괴로운 일이구려. 사는 것이 괴로울진대, 죽는 것이 또 어찌 슬프오리까? 혼탁한 세상에서 벗어난 형의 선택이 옳은 것이라 생각되오. 여윈 살은 뼈에 붙고, 백 가지 걱정은 마음속에 스며듭니다. 어느 때든지 형의 뒤를 따라 가겠으니, 구원九原에서 앎이 있을진대 아마 다시 만나게 될 것입니다. 상향.

-《송강집》

송강의 삶은 강물과도 같았다. 잔잔하게 흐르다가도 격랑에 휩싸여 그 자신도 주체하지 못할 만큼 파란만장한 삶을 살았다. 그의 성격상 그러한 삶을 살 수밖에 없었을 것이다. 그로 인해 말년에는 호구糊口(입에 풀칠을 한다는 뜻으로, 겨우 끼니를 이어 감을 이르는 말)조차 이어갈 수 없었다. 강화도 송정촌에서 그와 교분이 두터웠던 이희참에게 보낸 글을 보면 그의 말년이 얼마나 괴롭고 슬펐던 가를 짐작할 수 있다.

내가 강화로 물러나온 후 사면을 둘러보아도 입에 풀칠할 계책이 없으니, 형이 조금 도와줄 수 없겠습니까? 평일에 여러 고을에서 보내온 것도 여태껏 감히 받지 않는데, 지금 장차 계율을 깨뜨리게 되니, 늙으막에 대책 없이 이러는 것이 자못 본심에 부끄럽기 그지없습니다. 그러나 형처럼 절친한 이에게서는 약간의 것인즉 마음이 편하겠지만 많은 것은 받을 순 없습니다.

-《송강집》

하지만 그는 누구보다도 강직했고 청렴결백하였다. 정승을 지냈으며 서인의 영수였으면서도 말년에는 호구지책을 걱정해야 했던 것이다. 사람의 한평생은 과연 무엇일까.

성 혼 · 成 渾(1535~1598)

이이 · 정철 등 서인과 정치노선을 함께 하였다. 1589년 기축옥사로 서인이 정권을 잡자 이조참판에 등용되었으며, 이때 북인 최영경의 옥사 문제로 정인홍 등 북인의 강렬한 비난을 받았다. 이이와 함께 서인의 학문적 원류를 형성하였으며, 문인으로는 조헌 · 황신 · 이귀 · 정엽 등이 있다. 그의학문은 이황과 이이의 학문을 절충했다는 평가가 있으며, 외손 윤선거, 사위 윤증尹拯에게 계승되면서 소론학파의 사상적 원류가 되었다는 견해도 있다. 문집《우계집》과 저서에《주문지결朱門旨訣》《위학지방爲學之方》등이 있다. 자는 호원浩源, 호는 우계牛溪 · 묵암默庵, 시호는 문간文簡, 본관은 창녕昌寧.

눈물만 봇물처럼 흐를 뿐

| 송시열 | 송준길의 죽음에 곡하며 지은 글

암담한 세월을 보낸 송시열은 그와 평생을 같이한 학문적·사상적 동지인 동춘당同春堂 송준길의 부음을 듣고 손자 은석懋錫을 보내어 대신 곡하게 하였다.

이제 갑자기 나보다 먼저 가셨으니, 나는 다시 누구를 의탁해야 합니까? 아, 형의 성덕盛德은 나로서는 헤아릴 수가 없어서 비록 형용하고자 하나 어찌 감히 만분의 일이나 따르겠습니까? 옛날 형의 병환이 위독할 적에 나는 깊은 산골에 있었는데, 위독하다는 소식을 듣고 달려가서 손잡고 탄식하며 "우스갯말을 소자邵子와 같이 할 수 있습니까?"라고 묻자, 웃으며 대답하기를 "어떻게 할 수 있겠는가? 그런 역량이 없네"라고 하셨으니, 그 겸양하는 덕에 더욱 감탄하게 되었습니다.

형이 또 나에게 이르기를 "모름지기 평심平心으로 우리나라와 민족을 회복시켜 권선하고 금악했으면 다행하겠다"라고 하였는데, 이것은 우리나라의 형세가 중대하니, 어찌 내가 책임질 수 있겠습니까. 일찍이 들은 바로는 나를 칭찬하며 높은 산처럼 우러른다고 하였는데 이 또한 어찌 제가 감당할 수 있겠습니까? 단지 더욱 경황할 뿐입니다. 한 가닥 맑은 찬 마음(氷心)이란 하서 河西와 율곡을 칭한 것인데, 형께서 보지 못했다 하였으나 형이 아니시면 누가 당하겠습니까.

아, 날과 달이 흘러가매 장사지낼 날이 가까워지니, 친한 벗들이 와서 기가 꺾이고 슬픈 마음이 더욱 깊습니다. 말을 지어서 제수를 권하는데 형께서는 듣고 계십니까. 아, 끝났습니다. 눈물만이 봇물처럼 흐를 뿐입니다. 바라건대 내격來格하시어 나의 슬픈 마음을 살펴주십시오 아, 애통합니다. 흠향하소서.

－《송자대전》제153권

명나라 말 양명좌파陽明左派로 활동했던 이탁오李卓吾는 다음과 같은 말을 남겼다.

"스승이면서 친구가 될 수 없다면 진정한 스승이 아니고, 친구이면서 스승이 될 수 없다면 그것 또한 진정한 친구가 아니다."

송준길과 송시열은 이탁오의 말처럼 서로에게 스승이자 진정한 친구였으며 정치적 동반자였다. 송시열은 그보다 먼저 세상을 하직한 송준길을 위해 애절한 제문을 지었지만 그의 죽음은 더 애처롭다. 유배지 제주에서 서울로 올라가던 중 전라도 정읍에서 사사되고 말았기 때문이다.

죽음은 누구에게나 공평한데 그 방법은 그토록 달랐다. 죽음에 직면한 송시열은 자손과 제자들에게 다음과 같은 말을 남겼다고 한다.

"하늘과 땅이 만물을 낳고 성인이 만사에 응하는 까닭은 오직 곧음뿐이다."

과연 그럴까? 옛말에 곧으면 부러진다고 했는데, 어떻게 사는 것이 바르게 사는 것이고 어떻게 사는 것이 그르게 사는 것일까. 바람 부는 언덕에 서서 이리 흔들리고 저리 흔들리는 나뭇잎을 바라보며 생각하는 삶은 어둡게 내려앉는 어둠일 뿐이다. 과연 얼마나 어둠이 깊어야 새벽은 오는 것일까.

목이 메어 곡소리조차 내지 못하고

ㅣ정구ㅣ벗 김우옹의 장사를 지내며

한강寒岡 정구鄭逑와 동강東岡 김우옹金宇顒의 친분은 남달랐다. 두 사람은 남명 조식과 퇴계 이황의 문하에서 함께 학문을 배웠는데, 김우옹이 일찍부터 벼슬에 나아간 반면, 정구는 과거를 포기하고 학문에만 전념하였다.

다음 글은 김우옹이 죽은 후 그의 널이 고향에 도착하자 정구가 애통해하며 쓴 글이다.

객지에서 별세한 동강 공의 널(관)이 멀리 청주淸州로부터 고향으로 돌아올 때 닭이며 술 등 제물로 길가에서 영접하며 고합니다.

아, 애통합니다. 공은 서원西原(청주의 옛 이름)에 우거寓居하고, 나는 목천木川에 머무를 적에 각기 병 때문에 만나보고 싶어도 만나지 못하다가 9월 그믐께 내가 선조를 그리는 감회가 간절한 나머지 고향에 돌아가서 선영先塋

을 둘러보기 위해 지나가는 길에 공을 찾아뵈었습니다. 그때 반가운 얼굴로 만나 하룻밤을 묵으면서 대화를 나누는 과정에 "내년에는 우리 함께 고향으로 돌아가자"는 약속도 하고, 국화와 동산의 풍경을 감상한 뒤 나란히 새로 지은 누각에 오르기도 하면서 당장 함께 짐을 꾸려 길을 떠나지 못하는 것을 한스러워하는 한편, 한가로이 담소를 나누노라니 10년 전 고향에서 어울리던 그 즐거움이 되살아난 듯했습니다. 그때 보니, 공은 몸이 야위고 숨결이 가쁘긴 하였으나 정신이 편안하고 얼굴도 맑았으며 지나간 옛일을 마치 어제의 일처럼 낱낱이 말씀하시므로 내심 탄복하며 정신이 어두워 공을 따라갈 수 없는 제 자신이 부끄러웠는데, 그 당시 작별이 또 다시 못 만날 작별이 될 줄을 누가 알았겠습니까?

나는 고향에 돌아온 뒤에 병 때문에 즉시 되돌아가지 못하고, 그대로 머물러 겨울철을 넘길 생각을 하면서 인 편을 통해 공에게 편지를 보내, 새해가 되면 일찍 돌아와 지난날 함께 즐기던 생활을 다시 이어보자고 하였습니다. 그런데 어찌 그 편지가 공에게 도달하기도 전에 부음이 먼저 이르고, 흰 수레에 붉은 깃발을 펄럭이며 이처럼 멀리서 당도하여 나로 하여금 흰 상복 차림으로 이곳에 나와 맞이하며 슬픔을 가눌 수 없게 한다는 말입니까? 시야가 참담하고, 마음이 슬픈 나머지 목이 메어 곡소리를 내기조차 어렵습니다.

아, 이승에서는 더 이상 그 금옥처럼 단단하고 맑은 기풍을 접할 수 없게 되었습니다. 고을 부로父老들이 다 모여들고 산천도 서글퍼 하는 가운데 싸늘한 하늘이며 아침햇살 등 눈에 비치는 모든 것들이 다 슬픔을 머금었습니다. 더 이상 무엇을 말하겠습니까? 아, 슬픕니다.

-《한강집》제11권

수레에 붉은 깃발 펄럭이며 오는 그대를 바라보는 내 마음은 시야가 참담하여 마음이 슬픈 터라 소리내어 곡도 못하니, 이 어찌 그 슬픔을 말로 다 할 수 있겠는가.

정 구·鄭 逑(1543~1620)

조선 중기의 문신. 종이모부이자 남명 조식曺植의 수제자였던 오건吳健에게《주역》등을 배우고 이황과 조식에게 성리학을 배웠다. 그러나 과거를 보지 않고 학문에만 정진하였다. 1573년 김우옹의 추천으로 예빈시참봉禮賓寺參奉에 제수되었으나 부임하지 않고 학문에만 힘썼다. 그의 학문세계는 우주공간의 모든 것을 연구대상으로 삼았는데, 경서·병학·의학·역사·천문·풍수지리 등 모든 분야에 통달하였고, 특히 예학禮學에 뛰어났다. 저서로《오선생예설분류伍先生禮說分類》《심경발휘心經發揮》《고금충모古今忠謨》《의안집방醫眼集方》《함주지咸州誌》등이 있다. 자는 도가道可, 호는 한강寒岡, 본관은 청주淸州.

공의 모습이 눈에 보일듯 말듯하여

|정구|스승박정번에게올린제문

학암學巖 박정번은 조선 중기의 학자로 정구의 스승이다. 임진왜란 때 형 박정완과 함께 왜구와 맞서 싸웠는데, 임진왜란이 끝나고 공적을 논할 때 자신의 공적을 드러내지 않고 형의 공적만 내세울 정도로 덕이 높았다. 그는 1605년부터 정구, 장현광을 비롯한 후진들에게《심경心經》을 가르쳤다.

다음 글은 정구가 스승 박정번에게 올린 제문으로 사제간의 애절한 정을 느낄 수 있다.

아! 애통합니다. 공께서는 가정에서 남들이 따라갈 수 없는 숨은 행실이 있었으나 남들은 과연 따라갈 수 없다는 것을 몰랐습니다. 천성이 산천을 좋아하는 벽癖이 있어 그것을 낙으로 삼고 온 나라를 50여 년 동안 누리고 다녔는데, 스스로 그것을 벽이라 하며 하잘 것 없다고 여기셨습니다. 이는 진정 사람들이 어렵게 여기는 행실이고 그 유례가 드문 법인데, 하늘이 거기에 도움을 준 것도 우연이 아니라고 봅니다.

공의 모습이 눈에 보일듯 말듯 저승과 이승 사이의 간격이 지척도 안 될 듯한데 직접 만나 얼굴을 대할 수가 없습니다. 애절한 이 정을 어느 누가 막겠습니까? 차린 제물이 후하지 않으니 어쩌하면 좋겠습니까? 술 한 잔과 구운 닭한 마리를 올리며 이글을 지어 흠향하시길 권하고 애통한 심정을 토로 하노니 영령이여 계시거든 강령하여 흠향하소서.

－《한강집》제11권

제문에 의하면 박정번은 산천을 유람하는 것을 삶의 즐거움으로 삼고 전국을 돌아다녔으면서도 그것을 자기의 벽이라고 여긴 듯하다. 하지만 세상에 아무런 구애를 받지 않고 떠돌 수 있는 사람이 과연 얼마나 되겠는가?

삶은 붙잡을 수도 없이 이렇게 저렇게 흘러가 결국 죽음 앞으로 가게 되어 있다. 그러나 죽음은 이승과의 단절이 아니라 연속連續이고, 영원한 이별離別이 아니라 또 다른 만남의 시작일 것이다.

자신과 더불어 세상을 논했던 스승은 이미 이승을 떠나갔다. 하지만 눈에 보일 듯 말 듯 눈에 자꾸만 어른거리는 것은 왜일까.

이렇듯 파도처럼 밀려오는 슬픔에 젖어 한바탕 울고 났을 때의 후련함이란 그 무엇으로도 설명할 수 없다. 외려 우리가 느끼는 슬픔 뒤에 오는 진정한 기쁨은 아닐까?

곡하는 것도 남보다 뒤졌으니

| 김경생·정철 | 고봉 기대승을 위한 제문·만장

다음 글은 김경생金京生이 고봉 기대승을 위해 지은 제문이다.

세차 계유 2월 7일 무오에 문인 김경생은 감히 청작清酌 시수時羞(때맞추어 바치다)로 삼가 고봉 선생께 올립니다.

아, 소생이 선생을 만난 지 겨우 2년이고 함장函丈의 사이에서 직접 배운 즐거움은 10여 개월뿐이었습니다. 선생께서는 북으로 중국에 사신 가라는 명이 환수되자 남으로 고향에 돌아오는 말 등에 또 안장을 올렸으니, 조정에 나아가서는 비록 포부를 펴지 못하였으나 물러나서는 장차 도를 전수하시게 되었습니다. 그래서 소생은 마음속으로, 백 년 동안 선생을 흰 구름 아래에서 종유하여 풍월을 읊조리며 즐기며 살아야 하겠다고 생각하였는데, 하늘은 어찌 이다지도 매정하여 이 계획을 이룰 수 없게 한다는 말입니까?

지난 날 떨어지지 않는 발걸음으로 대궐을 떠나 강가의 절에서 이틀 밤을 묵으실 때 이별하던 일을 생각하면 참담하기도 한데, 그 때에 진지하게 가르쳐 주시고 또 "선善한 마음만 지니고 그럭저럭 세월을 넘기면 평범한 인물이 되고 만다"라며 경계하셨습니다. 소생은 그 가르침을 받고서 마음을 가다듬었고 그에 부응하지 못할까 두려워하고 있는데, 이제까지도 면전에서 가르침을 받는 것처럼 뚜렷하기만 합니다.

아, 애통합니다. 매화꽃 핀 집에서(梅堂) 헤어진 것이 10월 8일이고, 선생께서 병환이 깊으시다는 말을 들은 것은 그 달 스무여드레였습니다. 그리고 그 후 열이틀이 지나서야 선생께서 돌아가셨다는 소식을 들었습니다. 스스로 생각하건대, 못난 소생이 은혜를 받고서도 평소에 보답을 들리지 못한데다, 병환 중에 그 증세를 살펴보지도 못했고, 돌아가실 때 시신을 대하지도 못한 채 달려가 곡하는 것도 남보다 뒤졌으니, 이 또한 저의 평생의 끝없는 슬픔이 될 것입니다.

아, 애통합니다. 성인의 시대는 아득하고 경전은 낡아 방 안에 먼지와 좀벌레만 수북하니, 갈팡질팡하는 말세에 어디로 돌아갈 것입니까? 그래도 믿을만한 것은 사문斯文이 없어지지 아니하고, 남기신 가르침이 아직 남아 있으니 이를 받들어 따르며 사문師門을 행여 저버리지 않는 이것이 곧 간절한 바람일뿐입니다. 더 이상 무엇을 말하겠습니까. 아, 애통합니다. 아, 애통합니다. 흠향하소서.

–《고봉집》

"선한 마음만 가지고 그럭저럭 세월을 보내면 평범한 사람이 되고 말 것이다"라는 말을 보고 있노라면 키에르케고르의 말이 생각난다.

"무명의 인간들 속에 매몰되어 자기 자신을 상실하고 있는 상태로부터 속히 돌아올 수 있기를."

무명이라는 것은 도대체 무엇이며 유명이라는 것은 무엇일까. 다음 글은 송강 정철이 기대승을 위해 지은 만장挽章이다.

산천의 빼어난 기운 타고 나시어

온화하고 슬기로우며 설옥처럼 맑았네

인문人文이 어두워짐 슬퍼하였고

성리聲利에 치달음 개탄하였네

서책에서 성현심법 탐구했다면

유가에서 지킬 준칙 얻어냈어라

어린 나이 기껏해야 약관 시절에

높은 안목 벌써 몇 층 이루어졌네

… (중략) …

오의嗚醫(선조가 보낸 의원)는 애통해라 길을 돌리고

이 사람은 서글퍼라 새벽잠 못이뤄

운정 막히니 눈물은 바닥이 나고

위령 오르니 넋이 찢어지누나

우리 마침내 어디에 의탁할 건고

아득해라 하늘 뜻 알기 어렵네.

-《송강집》

김경생 · 金景生(1549~?)

조선 중기의 문신. 1573년(선조6) 알성시謁聖試 병과에 입격한 후 감찰監察을 지냈다. 자는 자길
子吉, 본관은 언양彦陽.

그대는 없어지고 밤만 깊구려

| 신흠 | 벗 이영흥을 기리며 쓴 제문

　　상촌象村 신흠申欽은 이영흥李永興에 대한 제문을 썼는데, 제문에 나오는 이제신李濟臣은 조선 중기의 문신으로 신흠과 이영흥의 스승이었다. 그는 1581년 강계부사가 되었으나 1584년 여진족인 이탕개가 쳐들어와 경원부가 함락되자 패전의 책임을 지고 의주 인산진으로 유배되었다가 그곳에서 죽었다.

　　신흠과 이영흥은 시문에 능했던 이제신의 문하에서 배웠는데 이제신이 죽은 지 8년 뒤에 이영흥이 과거에 급제하자 사람들이 말하기를 "이 사람이 어쩌면 그리도 청강공淸江公(이제신의 호)을 잘 닮았단 말인가? 청강공 자신이 누리지 못한 복록을 누리게 되었음을 증명하겠네"라며 칭송하였다. 그러나 이영흥은 하절사로 북경에 다녀오던 중에 병을 얻어 황해도 봉산군에서 죽고 말았다.

젊은 시절 두 사람이 함께 거처하면서 쌓은 우정이 얼마나 깊었겠는가. 그런데 그 도반道件이 스승처럼 객지에서 세상을 뜨고 말았으니, 신흠의 슬픔은 이루 다 말할 수 없었으리라.

청강공은 대체로 한 세대의 위인이었다. 재주가 있었으나 시대에 다 쓰이지 못했고, 덕이 있었으나 은택이 뭇사람에게 미쳐가지 못했다. 그리하여 공이 작고했을 적에 사람들이 모두 애석히 여겼고, 담론하는 자들이 말하기를 "천도天道란 친한 이가 따로 없고 오직 선한 이를 돕는 것이므로 자신이 복록을 다 누리지 못했으면 반드시 그 자손이 누리게 되는 것이니, 청강공 같은 이는 후사가 좋을 것이다'라고 하였다.

나는 재주 없는 사람으로 일찍부터 청강공 문하에 의탁하여 가장 깊은 알아줌을 받았고, 인척관계에만 머물지 않았다. 그래서 공과는 날마다 함께 거처할 수 있었으니, 나를 알기로는 당연히 공만한 이가 없거니와, 공을 알기로는 나만한 사람이 없다.

공은 성품이 넓게 탁 트이고 활달하였으며, 의기가 있고 승낙을 신중하게 하였다. 때문에 잠깐 접해보아서는 기氣가 성한 사람 같아 친할 수 없을 것처럼 여겨지지만, 오랜 시간 접하여 이리저리 얘기를 해보면 진정한 속마음을 숨김없이 다 털어놓음을 볼 수 있다.

공은 남의 위급한 처지를 들으면 반드시 먼저 가서 구해주되, 개연히 존망과 사생을 같이할 의협심이 있었고, 권력의 경중에 의해 절개를 변치 않았다. 그러므로 공을 아는 자는 공의 의義를 끝없이 칭송하고, 공을 알지 못한 자도 공의 명예와 행실을 칭송하면서 자신이 따를 수 없다고 여겼다.

청강공이 본디 재산을 모아 자손들에게 물려주려고 마음을 쓰지 않았는데, 공이 그 미덕을 능히 이었으므로, 벼슬을 그만둘 적마다 남에게서 양식을 꾸어다가 밥을 짓곤 하였다. 그리하여 공이 작고하자 모두들 "선인善人이 죽었다"라고 하였고, 공의 친구들은 통곡하여 눈물을 줄줄 흘리면서 슬픔을 감당치 못했으며, 공의 집에 조문 온 사람들의 발길이 만 일개월이 되어서야 그쳤다. 마음이 지성스러운 사람이 아니면 어찌 이와 같이 사람을 감동 분발시킬 수 있겠는가.

지난해 여름에 나는 서관西關으로부터 들어왔고, 공은 영북嶺北으로부터 돌아왔는데, 그 때에 내가 공이 매우 쇠약해졌음을 의아하게 여기긴 했으나, 공이 끝내 죽으리라고는 생각하지 못했었다. 공은 이미 성품이 강직하여 뜻을 얻지 못한데다가 세속을 따라 행동하기를 더욱 싫어해서, 매양 나와 함께 시골구석에 물러나 살 것을 생각했었는데, 나를 버리고 먼저 작고할 줄을 누가 생각이나 했겠는가. 아, 슬프다.

공은 세 번 장가들어 3남을 두었는데, 장자는 자식도 없이 요절하였고, 그 다음은 10세, 또 그 다음은 아직 8세에 불과하다. 1녀는 공이 북경에 간 뒤에 낳았으므로, 공이 미처 보지 못했다. 서출庶出 4명은 모두 요절하였다. 아, 슬프다. 다음과 같이 초혼사招魂辭를 지어 공의 혼령을 부르노라.

오늘 저녁이 어떤 저녁인고
집은 텅 비고 뜰을 적막하여라

지금 가면 어디로 가는고

묵은 풀 더부룩한 황량한 언덕이네

혼이여 돌아오소서

흰 휘장에 붉은 명정이며

잣나무 상여에 삼나무 널이로다

땅강아지 개미는 속으로 구멍을 뚫고

여우 너구리는 곁에서 뜯어 먹으리라

혼이여 돌아오소서

철쭉꽃은 한창 피고

정향꽃은 시들어가네

사물은 돌고 도는데

그대는 없어지고 밤만 깊구려

혼이여 돌아오소서

초주며 계주랑 드리오니

어슴푸레 자식은 부르짖어 우는데

점점 가까이 오지 않고 더욱 멀어지네

혼이여 돌아오소서

영원토록 폐절廢絶됨이여

아득히 어두워라 애가 더욱 끊기려네

풀잎의 이슬 같은 목숨 몇 년이나 되던고

그대 생각 잊을 수 있으랴

혼이여 돌아오소서.

-《상촌집》제30권

신흠은《상촌집》에 실린 〈기재기奇齋記〉에서 중국 하왕조의 시조 〈대우
大禹〉의 말을 빌려 "산다는 것은 붙어 있는 것이고, 죽음이란 돌아가는 것이
다"라고 하였다. 그러나 그럼에도 불구하고 가버린 혼을 어찌 이토록 "다시
오라"고 소리쳐 부르고 있다.

한나라 제왕齊王 전횡田橫의 문인은 악부 시 〈해로薤露〉에서 풀잎 위 이
슬만도 못한 인생을 다음과 같이 노래했다.

풀잎 위 이슬
너무 쉽게 마르네.
내일 아침 이슬은 또 내리겠지만
한 번 떠난 사람은 돌아올 줄 모르네.

기러기는 떠나고 나는 눈물 속에 잠겼네

| 윤휴 | 민광소에게 올린 제문

윤휴는 조선 중기의 유학자로, 당대에서는 보기 드물게 사회 전반에 걸친 개혁을 시도했던 유학자이다. 하지만 그의 개혁은 송시열 등 노론에 의해 번번이 좌절되고 말았다. 그 결과, 그는 1680년(숙종 6) 사약을 받고 죽고 말았다. 다음 글은 그가 회양淮陽 민광소閔光熽의 죽음에 부쳐 올린 제문이다.

남원 윤휴는 삼가 술과 닭 등 제물을 아들 은제를 시켜 故회향 사군 형의 영전에 잔을 올리도록 하였습니다. 아, 내 이미 노쇠하여 다정한 벗들 다 떠나고 너무 외롭고 쓸쓸해서 세상 살맛이 없는데, 오늘 와서는 노형까지 또 나를 버리고 떠나 나로 하여금 더욱 외롭고 의지할 곳이 없이 만들줄이야 누가 알겠습니까?

아, 우리 형께서는 크고 넓은 도량에 해박한 지식과 장자의 기풍이 있어,

서둘러 나가려고 하지도 않았고, 숨어 산다하여 서글퍼 하지도 않았지요. 남들은 다 앞으로 잘도 가지만 자신만은 뒷걸음질을 하면서도 내가 공의 얼굴을 볼 때 걱정하지 않고 회기 띈 얼굴이었습니다. 옛사람들도 차마 그렇게 하긴 어려웠을 것입니다. 하지만 이제는 그런 사람을 찾아보기가 힘듭니다. 가신 공은 그곳에서 노닐겠지만 이 먼지 속에 떨어져 짝도 없이 홀로 가는 내 심정은 슬플 따름입니다. 돌아가는 배가 강을 지나가도 병들어 나아가 곡도 못하니, 내 눈엔 눈물이 줄줄 흐른답니다. 술 한 잔을 올리지만 슬퍼서 제문도 안 됩니다. 영령이여! 계시거든 이 심정을 굽어 살펴주소서. 아, 슬픕니다.

-《백호전서》18권

장지로 가는 배가 강을 휘돌아 집 앞을 지나간다. 그러나 몸이 성하지 못하여 나아가지도 못하고 그렇다고 목 놓아 울 수조차 없다. 이 얼마나 슬픈 정경인가. 눈물은 한없이 이어지고, 불러도 그대는 대답이 없다.

다음 글 역시 윤휴가 지은 제문으로 벗 창복昌復 이조연李祖然의 죽음에 북받치는 슬픔을 참으며 지은 것이다.

아, 슬프도다. 조연이 죽다니, 하늘이 나를 망치셨네. 조연이 죽다니, 하늘이 이 나라를 돕지 않으시네. 까마득한 높은 산을 누구와 함께 우러러보며, 머나먼 큰 길을 누구와 함께 간단 말인가. 또 광대한 의리는 누구와 함께 붙잡을 것이며, 총총한 속마음은 누구와 함께 풀 것인가. 기성과 두성斗星 하늘이 거두어지지 않았기에 나도 모르게 애통한 마음이 들고 두고두고 생각을 않으려 야않을 수 없네.

조용하고 화기 찬 바탕에 자태는 청수하고 아름다웠지. 그 돈독한 행실, 해박한 지식, 굳은 지조, 그리고 꺼질 줄 모르는 충절과 빈틈없는 생각을 이제 이 세상에서는 다시 볼 수 없게 되었네.

하늘이 나를 생각하지 않아 자네가 나를 먼저 버리고 갔으니, 이제 다 그만두어야지 운명인 것을. 한 해도 점점 저물어 가는데, 기러기는 떠나고 나는 눈물 속에 잠겼네. 산에는 나무가 있고 물에는 섬이 있건만 그 사람 잊을 수가 없네 그려. 서천의 백발노인 그림자도 외로운데 한수 동쪽 떠나는 영정, 물도 목메고 바람도 우네. 살아서는 자네가 나를 도와주었는데 나를 돕고 인도하는 일 죽었다고 하여 버리지 말게.

한 잔 술로 영결을 고하노니, 영령이여 듣기나 하는가? 가슴에 벅찬 회포를 슬퍼서 말도 못하겠네.

푸르고 푸른 언덕 위에
뾰족뾰족한 산골짜기의 돌
세상 속의 인생이란 문득
먼 길 가는 나그네 같아라.

－《백호전서》18권

"잊음으로써 기억한다"는 옛말이 있다. 그러나 그것이 어디 마음먹은 대로 되는 것인가. 자기도 모르는 사이에 그리움이 꽃처럼 피어날 때가 있지 않던가.

윤 휴 · 尹 鑴(1617~1680)

조선 중기의 학자이자 문신. 아버지를 일찍 여의고 할아버지 희손喜孫에게 배웠으며, 전통적인 학설을 고수하기보다는 독창적인 견해를 개척하였다. 1660년(현종 1) 자의대비慈懿大妃의 복상문제로 제1차 예송논쟁 당시 송시열과 논쟁을 벌였으나 패하고 말았다. 1674년 현종이 죽고 제2차 예송논쟁에서 서인이 몰락하고 남인이 정권을 잡자 성균관 사업이 되었고, 대사헌·동부 승지·이조참의·도총관·우참찬을 지냈다. 1679년(숙종 5) 우찬성에 올랐으나, 이듬해 경신환국으로 실각하여 갑산甲山으로 유배된 뒤 허견許堅의 옥사에 연루되어 사사되었다. 정치적 업적보다 학문적 업적이 더 많았지만 18세기 이후 그와 정치적 적대세력이었던 서인과 노론계열이 계속 집권함에 따라 빛을 보지 못하다가 1927년에야 진주 용강서당에서 처음으로《백호문집》이 발행되었다. 저서에《독서기讀書記》《백호문집》《백호전기》등이 있다. 자는 희중希仲, 호는 백호白湖·하헌夏軒, 본관은 남원南原.

하늘 같이 멀고 땅처럼 긴 이 이별은

| 최익현 | 김평묵의 영전에 올린 제문

면암 최익현이 제문을 지은 중암重庵 김평묵은 조선 후기의 학자로 경기도 포천에 살았다. 어려서부터 한학을 공부한 그는 스물넷에 이항로를 찾아가 배우면서 최익현과 친분을 쌓았다. 강골이었던 그는 1881년 위정척사衛正斥邪를 부르짖다가 섬에 유배되기도 했다.

최익현은 김평묵과 평생동안 수많은 편지를 주고받았다. 그만큼 막역한 사이였기 때문이다. 다음 글은 그가 김평묵에 보낸 편지의 일부로 자신이 처한 상황과 처지를 솔직하게 털어놓고 있다.

내가 운명이 험하여 작년 7월에 사백舍伯의 변상을 당하였으니, 한 몸이 외롭고 위태하여 의탁할 데 없는 것은 말할 나위도 없고, 양가의 어른께서는 연로의 지경에 이 역리逆理를 당하셨으니, 기운이 꺾이고, 마음이 상하여 자주 편찮으시고, 게다가 생계까지 곤란하여 봉양하는 것도 뜻같이 하기가 어려우니, 밤낮으로 송구하여 어찌할 바를 모르겠습니다. 그러는 동안에도 분주하여 책읽기도 그만두어 버렸으니 세월이 나를 위해 머물러 주지 않는 것이라 참으로 비탄할 일입니다.

-《면암집》제1권

최익현은 김평묵이 죽자 영전에 올릴 제문을 직접 쓰기도 했다. 그 많은 세월 속에서 다져진 우정 때문이었을까, 간절하기가 이루 다 말할 수 없다.

영력永曆(명나라 영명왕의 연호) 245년 신묘년(1891년, 고종 28) 12월 20일(경술)에 중암 김공이 백운동白雲洞 사택의 정침正寢에서 세상을 떠나니, 문인이 소복하고 가마加麻하기를 화서華西 선생이 돌아가던 때와 같이하였다. 오는 3월 26일 장례를 치르려 하는데, 하루 전 일인 계미일에 동문인同門人 최익현이 판향瓣香과 야주野酒를 가지고 상생象生의 영령 앞에 와서 통곡하며 고합니다.

아! 슬프다. 선생의 도가 그르단 말입니까? 만일 그르다면, 이같이 천지가 혼몽하고 여러 가지 간사한 것이 뒤섞인 때를 당하여 성인의 도를 호위하고 편파적인 말을 막으며, 쓰러지는 것을 부축하고 위태함을 잡아주는 그 공로가 어찌 그렇게도 훌륭하고 높으며 광대하고 고명하단 말입니까?

그러면 선생의 도가 옳단 말입니까? 만일 옳다고 하면, 위아래 사람에게 신임을 얻지 못하여 걸핏하면 비방을 듣고, 어느 하루도 곤궁하고 우울하지 않은 날이 없으며, 어디를 가나 창과 칼의 위협을 받지 않음이 없었으니, 선생에게 닥친 위험과 고난이 어찌 그다지 심하단 말입니까?

아, 공자·맹자·정자·주자와 같은 만세의 종사宗師로서도 무숙武叔·장창藏倉·형서邢恕·부백수傅伯壽의 비방을 면치 못하였는데, 더구나 우리나라의 풍기와 말세의 물정이 그때와는 현격하게 다른데다가 무부무군無父無君의 교까지 겹쳤습니다. 이것은 이른바 '성인도 어떻게 할 수 없다'는 것이요, '천지가 유감스럽지 않을 수 없다'는 것이 아닌가 생각됩니다.

그러나 천리가 선생을 힘입어 밝았고, 인기人紀가 선생을 힘입어 유지되었으며, 군자는 믿는 바가 있어 착한 일에 힘썼고, 소인은 두려워하는 바가 있어 악한 일을 못하였습니다. 모두가 예의와 명절이 귀하고 고상한 것임을 알아서 이 우주 사이에 진정한 한 맥이 끊어지지 않게 된 것은 과연 누구의 힘이었습니까?

이것이 곧 지금의 사람들도 조금이라도 상성을 가진 자면 모두 선생을 사랑하여 교송같이 오래 장수하시기를 기원하였습니다. 그런데 도리어 태산이 무너지고 대들보가 부러졌으니, 그 애절하고 통박한 심정이 어찌 옛날의 '나라가 병들었다'는 탄식이나 '백 번 죽어서 그 죽음을 대신하겠다'는 슬픔뿐이겠습니까?

아! 우리 화서 선생은 호걸의 재질로 당대 제일의 학문을 닦아, 양구陽九·백륙百六의 액운을 당하여 한 마디 말과 혼자의 손으로 거센 파도를 안정시키고 강유綱維를 정돈하여 일치一治의 공을 이루었으니, 이는 장자張子가 이른바 '천지를 위하여 뜻을 세우고, 생민生民을 위하여 도를 세우고, 선성先聖

을 위하여 끊어진 학문을 계승하고 만세를 위하여 태평을 열었다'는 것이었습니다.

그런데 화서 선생이 돌아간 지 얼마 되지 않아, 그 미훈微訓·대의大義가 모두 어두워져 밖으로는 천지간 인수人獸를 가름하는 예의가 먼저 유속배流俗輩의 손에 무너져 천 리에 피를 흘리고 백만 명이 죽는 화를 저렇게 가져왔으며, 안으로는 도체道體로 절충한 정론이 또한 문제자門弟子의 안목에 차지 않아서 옮기고 바꿔서 그 두면頭面을 어지럽혔으니 이는 진실로 세교世敎와 사문斯文의 액운厄運의 소관으로서 천리와 윤가가 거의 없어졌으니, 아, 이를 차마 말하겠습니까?

선생은 자품이 양강陽剛하시어 총명하고 과감한 기질로 남이 백을 공부하면 자신은 천을 하는 노력이 있었습니다. 도를 옹호하는 그 혈성과 악을 미워하는 그 강장剛腸은 진실로 세속의 유생들처럼 법문法門에서나 대동大同하겠다는 하찮은 것이 아니었고, 오직 선사를 성심으로 좋아하는 유교遺敎를 존신하기를 시축尸祝(종묘의 축관)이 종석宗祏(신주를 모셔두는 돌로 만든 장)을 받들 듯했으며, 선사에게 무례함을 보면 새매가 새를 쫓듯이 하였으니, 스스로 평일에 간직한 마음이 그러하였습니다.

이에 사력을 다하여 우리의 지주砥柱를 세우니, 포양襃揚과 주벌誅罰을 한결같이 천명天命에 따랐으며 인정에 얽매이지 않았습니다. 스스로 책임을 중하게 여기고 스스로 확신하여, 맹분孟賁·하육夏育같은 역사라도 뜻을 빼앗을 수 없었고, 순우곤·공손연公孫衍 같은 변사라도 마음을 어지럽히지 못하였습니다. 이 때문에 원수가 세상에 가득하여 주먹과 발길이 번갈아들어와, 처음에는 귀양 가는 화를 입었으며 두 번째는 제자의 배반을 당하는 액운을 가져온 것입니다.

아, 어진이가 가는 길이 기구하고 사우師友 간의 변란은 옛날에도 있었지만 선생이 당한 경우와 같은 예는 없었는데도 굴신屈伸과 영욕榮辱을 선사와 같이 하였으니, 주자가 말한 '늙어갈수록 광화光華해진다'는 것으로서 선생에는 더할 것도 덜할 것도 없는 것입니다.

다만 오늘날이 어떤 시기이며, 요즈음은 어떤 세상입니까? 선생이 하루 세상에 있으면 하루가 부지되고, 이틀 세상에 있으면 이틀이 부지되어서, 캄캄한 긴 밤이 되지 않을 것인데 이제는 이미 끝이 났습니다. 아, 이후로 세상일은 이런 꼴로 나가다가 끝나고 만단 말입니까? 아니면 수 백 년 뒤에 다시 진정한 어진이가 나와서 선생의 도를 크게 밝히고 선생을 높이기를, 선생이 선사를 높이듯이 한 것인지 알지 못하겠습니다.

아, 나는 우매하여 백 가지가 다 남과 같은 것이 없는데, 어린 시절부터 외람되게 선생의 사랑을 받아 가르치고 인도해준 것을 매우 정녕하게 하였습니다만, 돌이켜 생각하면 나의 천품이 우매하여 두텁게 가려서 알기가 어려웠습니다. 처음에는 뜻이 서지 못하고 공부가 독실하지 못하여 가르침의 만분의 일도 실천에 옮기지 못하였으며, 중간에는 벼슬길에 정신이 팔려 선생 곁을 수십 년 떨어져 있었습니다. 늦게야 후회하는 마음이 생겨서 만년을 잘 수습하여 과거의 잘못을 고쳐볼까 하였는데, 덧없이 머리는 희어지고 이가 빠진데다 선생마저 세상을 떠났으니, 세상 꼴이 날로 틀려지고 우리의 도가 더욱 외로워져 슬픈 생각에 나도 모르게 한숨이 나오고 눈물이 쏟아집니다.

그리하여 몇 명의 군자와 마음을 같이하여 강마하고 권면해서 선생이 평일에 잡고 있던 의리를 저버리지 않으려 합니다. 그렇게 하면 유명이 다르다 하여 막힘이 없을 것이니, 만일 잘못이 있으면 꿈에서라도 만나 엄중히 깨우쳐주고 길이 버리지 마소서.

아, 고비皐比(범의 가죽으로 스승이 깔았던 것. 즉, 스승을 가리킴)가 참담하고 함장函丈(스승과 제자의 거리가 한 장丈의 여지를 둔다는 뜻. 역시 스승을 가리킴)이 적막하니, 경색景色은 처참하여 한을 머금은 듯, 시냇물은 목이 메어 우는 듯합니다. 하늘같이 멀고 땅처럼 긴 이 이별은 끝이 없어 장하長河를 기울인 듯한 눈물이 나는데, 이는 내 평생을 의탁할 곳이 없어서입니다. 술 한 잔, 제문 한 장에 모든 일을 영결하오니 아, 슬픕니다. 흠향하소서.

－《면암집》제2권 제문

얼마나 믿음이 두터웠으면 "선생이 세상에 있으면 하루가 부지되고, 선생이 세상에 이틀 있으면 이틀이 부지된다"라고까지 했을까. 그렇게 믿고 의지했던 사람이 영원히 떠나가다니….

최익현 · 崔益鉉(1833~1907)

조선 말기의 학자이자 의병장으로 이항로李恒老의 문인. 1873년 대원군이 만동묘萬東廟를 비롯한 서원을 철폐하자 그 시정을 건의한 〈계유상소癸酉上疏〉로 대원군 집권을 무너뜨리고 고종의 친정이 시작되는 계기를 만들었다. 하지만 민씨 일가의 옹폐壅蔽를 비난하는 상소로 인해 3년 동안 제주도에 유배되었고, 1876년 병자수호조약을 결사 반대하는 상소를 올렸다가 다시 흑산도로 유배되었다. 1905년 을사조약이 체결되자 곧바로 망국조약에 참여한 박제순 등 을사오적의 처단을 주장하였고, 1906년 윤4월 궐기하여 8도 사민에게 포고문을 내고 항일투쟁을 호소하였다. 순창에서 의병장 임병찬과 함께 의병을 일으켜 싸우다가 관군이 쳐들어오자 관군과는 싸울 수 없다며 싸움을 포기한 뒤 쓰시마對馬島로 끌려갔다. 그곳에서 적이 주는 음식은 먹을 수 없다며 단식을 하다가 유소遺疏를 구술하고 굶어 죽었다. 저서에 《면암집》40권, 속집 4권, 부록 4권이 있다. 자는 찬겸贊謙. 호는 면암勉庵, 본관은 경주慶州.

| 참고문헌 |

강항,《수은간양록》, 영광문화원, 2001.

고정욱 엮음,《우리 옛 산문의 풍경》, 자우출판사, 2001.

권문해,《초간일기》, 한국정신문화연구원, 1997.

기대승,《국역 고봉집》 1~3, 민족문화추진회, 1989.

김명호,《열화일기 연구》, 창비, 1990.

김성규,《초정집》 1~3, 한국인문과학원, 1990.

김시습,《국역 매월당집》, 세종대왕기념사업회, 1978.

김인후,《국역 하서전집》상·중·하, 하서선생기념사업회, 1987.

김정희 저, 선종순 편,《국역 완당전집》, 민족문화추진회, 1996.

김종직,《국역 점필재집》, 민족문화추진회, 1996.

김지용 편저,《한국역대여류한시문선》상·하, 아세아문화사, 1992.

김진영,《이규보 문학연구》, 집문당, 1984.

박제가 저, 이우성 편,《초정전서》, 상·하, 아세아문화사, 1992.

박종채 저, 박희병 역,《나의 아버지 박지원》, 돌베개, 1998.

박종채 저,〈과정록〉,《한국한문학연구》6~7집, 민족문화사, 1982~1983.

박지원 저, 김혈조 역,《그렇다면 도로 눈을 감고 가시오》, 학고재, 1997.

박지원 저, 윤재영 역,《열하일기》 1~5, 박영사, 1983.

박지원 저,《연암집》, 경인문화사, 1974.

변계량 저, 김홍여·조동영 공역,《국역 춘정집》, 민족문화추진회, 2001.

서거정 등 저,《국역 동문선》, 민족문화추진회, 1968~1070.

서경덕,《국역 화담집》, 고려대 민족문화연구소, 1971.

성현 등 저,《대동야승》, 민족문화추진회, 1977.

성현 저, 이종묵 역,《부휴자전》, 홍익출판사, 2002.

신대우,《완구유집》, 민족문화추진회, 2000.

신흠,《상촌선생전집》, 민족문화추진회, 1990.

심경호,《한문문체론》, 이회문화사, 1995.

심경호,《한문 산문의 내면 풍경》, 소명출판, 2002.

심경호,《한문 산문의 미학》, 고려대학교 출판부, 1998.

안순태,〈현곡 조위한의 삶과 문학〉,《한국한시작가연구》8, 태학사, 2003.

안정복,《국역 순암집》, 민족문학추진회, 1997.

양희지,《대봉집》, 경인문화사, 1987.

왕성순,《국역 여한십가문초》, 민족문화추진회, 1997.

우정상 등 저,《한국의 인간상》, 신구문화사, 1965.

유몽인 저, 박명희 역,《어우야담》, 전통문화연구회, 2001.

유재일 저,《이덕무의 시문학 연구》, 태학사, 1998.

유홍준,《완당평전》1, 학고재, 2002.

윤선도 저, 이형대 외 역,《국역 고산유고》, 소명출판, 2001.

의천,《대각국사문집》, 정선문화연구원, 1989.

이가원,《연암집, 연암소설연구》, 을유문화사, 1965.

이덕무,《국역 청장관전서》, 민족문화추진회, 1979~1981.

이덕일,《정약용과 그의 형제들》1~2, 김영사, 2004.

이색,《국역 목은집》, 민족문화추진회, 2000.

이서구,《척재집》, 민족문화사, 1980.

이수광 저, 남만성 역,《지봉유설》상·하, 을유문화사, 1994.

이순신 저, 허경진 역,《난중일기》, 한양출판, 1997.

이영춘,《임윤지당》, 혜안, 1998.

이우성 편,《사숙재집》, 아세아문화사, 1992.

이월영 역주,《삼의당 김부인 유고》, 신아출판사, 2004.

이이,《율곡전서》1~2, 성균관대 대동문화연구원, 1978.

이익, 《국역 성호사설》, 민족문화추진회, 1977.

이항복 저, 임정기 역, 《국역 백사집》 1~3, 민족문화추진회, 1998~1999.

임윤지당 저, 이영춘 역, 《임윤지당》, 혜안, 1998.

장유, 《국역 계곡집》, 민족문화추진회, 1994.

정구, 《국역 한강집》, 민족문화추진회, 2001.

정도전, 《국역 삼봉집》, 민족문화추진회, 1977.

정몽주, 《국역 포은집》, 대양서적, 1982.

정민, 《비슷한 것은 가짜다》, 태학사, 2000.

정약용 저, 다산학회 편, 《여유당전서》 1~3, 경인문화사, 1974.

정약용 저, 박석무 역, 《유배지에서 보낸 편지》, 창비, 1991.

정운한, 《국역 송강집》, 상·하, 삼인출판사, 1974.

정일남, 《초정 박제가 연구》, 지식산업사, 2004.

정조, 《홍재전서》, 문화재관리국 장서각, 1978.

정진권, 《고전 산문을 읽는 즐거움》, 학지사, 2002.

정철, 《송강집》, 송강유적보존회, 1988.

조동일, 《한국문학통사》 3, 지식산업사, 1991.

조면희, 《우리 옛글 백 가지》, 현암사, 1997.

조식, 《국역 남명집》, 경상대 남명학연구소, 1995.

조우식, 《정도전을 위한 변명》, 푸른역사, 1997.

조위한, 《현곡선생문집》, 경인문화사, 1986.

조익, 《포저전집》, 보경문화사, 1989.

진필상 저, 심경호 역, 《한문문체론》, 이회문화사, 2001.

최명희, 《혼불》 6, 한길사, 1996.

최익현, 《국역 면암집》 1~3, 민족문화추진회, 1977.

허균, 《국역 성소부부고》, 민족문화추진회, 1986.

허난설헌, 《난설헌집》, 평민사, 1999.

허목, 《국역 미수기언》, 민족문화추진회, 1981.

허미자,《허난설헌 연구》, 성신여대출판부, 1984.

홍대용,《국역 담헌서》, 상 · 하, 경인문화사, 1969.

KBS 〈역사스페셜〉 제작팀,《역사스페셜》3, 효형출판, 2001.

눈물편지

초판 1쇄 인쇄 2012년 11월 8일
초판 1쇄 발행 2012년 11월 15일

엮은이 신정일
발행인 임채성
디자인 하로디자인(nowhm@naver.com)

펴낸곳 도서출판 판테온하우스
주소 서울시 마포구 동교동 165-8 LG팰리스빌딩 921호
전화 02-332-6304 **팩스** 02)332-6306
메일 asra21@naver.com
출판등록 2010년 4월 22일(신고번호 제313-2010-119호)

ISBN 978-89-94943-20-6 03810